Pokorny lacht

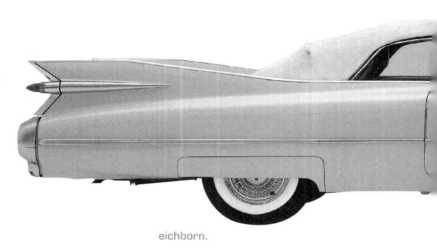

eichborn.

**Frank Goosen
Pokorny lacht**

roman

2 3 4   05 04 03

© Eichborn AG, Frankfurt am Main, Januar 2003
Umschlaggestaltung: Moni Port unter Verwendung einer Fotografie von
© 1996 Dorling Kindersley Limited, London/American 50's Car Hire
Druck und Bindung: Clausen & Bosse, Leck
ISBN 3-8218-0918-3

Verlagsverzeichnis schickt gern:
Eichborn Verlag, Kaiserstraße 66, D-60329 Frankfurt am Main
www.eichborn.de

Für Robert Hans Richard Goosen

Zu Hause riss er zuerst die Fenster auf. Die Luft war abgestanden und muffig, wie immer, wenn er drei Wochen auf Tournee gewesen war. Die dicke Frau Sander, seine Putzfrau, hatte hier zwar einmal in der Woche nach dem Rechten gesehen, dabei aber wieder nicht gelüftet. Er ging in die Küche und machte sich einen doppelten Espresso. Sein Blick fiel auf den Haufen Post, den Frau Sander auf dem Tisch deponiert hatte. Das hatte Zeit. Das waren sowieso nur Rechnungen, Programme von Kleinkunsttheatern und Veranstaltern, die seinen Agenten umgehen wollten, weil sie glaubten, dann kriegten sie Friedrich Pokorny billiger. Mit der Tasse in der Hand ging er nach draußen.

Der Garten war in einem schlimmen Zustand. In den nächsten Tagen würde er Maus anrufen müssen, den pensionierten Gärtner, der ihm das Grünzeug in Ordnung hielt.

Er zog seine Schuhe aus und ging über den Rasen. Er liebte das. Manchmal erwischte er sich dabei, wie er schon im Zug, zwei Stunden vor der Ankunft am heimischen Bahnhof, diesem Moment entgegenfieberte.

Er trank den Espresso im Stehen und dachte an nichts. Dann ging er wieder hinein und packte seinen Koffer aus. Im Keller warf er die Leibwäsche in die Waschmaschine und stopfte den Rest in den großen Stoffsack, den die Reinigung am nächsten Morgen abholen würde.

Jetzt wäre Zeit für die Post gewesen, aber ihm ging nun die Stille im Haus ein wenig an die Nerven. Das passierte meistens eine bis anderthalb Stunden, nachdem er von einer Reise zurückgekommen war. Er legte *A Man Alone* von 1969 in den CD-Player, die Platte, die Rod McKuen eigens für Sinatra komponiert hatte. Wahre Fans hielten nicht viel von dieser Schaffensphase des Meisters. Zu viele sentimentale Balladen, kein Biss, kein Swing. Friedrich fand, es war die richtige Musik für einen einsamen Mann, der gern heimlich in Selbstmitleid versank.

Er wollte gerade in die Küche gehen und sich endlich der Post zuwenden, als das Telefon klingelte. Es war sein Vater.

»Bist du wieder zu Hause?«

Sag bloß nicht Guten Tag, alter Mann, dir könnte die Zunge im Maul verdorren.

»Hallo Papa, wie geht es dir?«

»Ach, wie soll es mir gehen ...« Pause.

So war das immer. Sein Vater rief an, beklagte sich und wartete darauf, dass sein Sohn das Gespräch bestritt. Friedrich tat ihm den Gefallen.

»Was macht der Rücken?«

»Ach, was soll mein Rücken schon machen ...«

»Soll ich heute Abend mal vorbeikommen?«

»Tja, wenn du meinst ...«

»*Möchtest* du, dass ich vorbeikomme?«

»Also, wenn es dein Terminplan erlaubt ...«

»Er erlaubt es.«

»Tja, wenn du einen Teil deiner kostbaren Freizeit mit deinem alten Vater verbringen möchtest ...«

Friedrich atmete hörbar aus. Konnte sein Vater überhaupt noch einen Satz sagen, der *nicht* in drei Punkten endete?

»Also, wenn dir das alles zu viel wird«, sagte der alte Pokorny, »dann bleib lieber zu Hause.«

»Ich komme am frühen Abend vorbei.«

»Sehr genaue Zeitangabe!«

»Gegen sieben.«

»*Gegen* sieben? Na ja, dein alter Vater hat ja nichts mehr vor. Der sitzt nur blöd rum und wartet darauf, dass der Herr Sohn mal vorbeikommt.«

»Ich bin um Punkt sieben bei dir. Zufrieden?«

»Ich weiß nicht. Hört sich an, als wäre es eine enorme Überwindung für dich.«

»Das stimmt nicht. Also um sieben?«

»Tja, wenn du meinst ...«

Sie legten auf.

Der Vater hatte nie begriffen, womit Friedrich sein Geld verdiente.

»Was soll das heißen, du stehst auf einer Bühne und erzählst komische Geschichten?«, hatte er gefragt, als sein Sohn ihm eröffnete, er wolle das jetzt beruflich betreiben.

»Na ja, es heißt, was es heißt. Ich erzähle komische Geschichten und die Leute lachen.«

»Worüber? Über dich?«

»Über das, was ich erzähle.«

»Das ist dasselbe.«

»Finde ich nicht.«

»Du kriegst Geld dafür, dass die Leute über dich lachen. Das ist ja schlimmer als eine Nutte.«

»Ich kriege aber mehr Geld.« Das stimmte damals noch nicht, aber Friedrich hoffte, den Vater wenigstens mit der Aussicht auf materiellen Erfolg beruhigen zu können.

»Friedrich, so etwas ist keine Arbeit.«

»Aber es macht Spaß.«

»Spaß, wenn ich das schon höre!«

Für Karl Pokorny hatte Arbeit nichts mit Spaß zu tun. Arbeit hatte einem gefälligst die Gesundheit zu ruinieren. *Spaß* war etwas für Schwätzer. Mit fünfzehn hatte Friedrich seinen Vater mal gefragt, ob er in seinem Beruf »Erfüllung« fände. »Erfüllung?«, hatte der Alte ausgerufen, mit einem Gesicht, als hätte ihm jemand Essig statt Kaffee serviert. »Ich stehe morgens auf, gehe arbeiten, komme abends nach Hause, und am nächsten Morgen geht es wieder von vorne los. Ich habe keine *Langeweile*, wenn du das meinst.« Und dann hatte der Vater auf der Rückzahlung des Geldes bestanden, das er Friedrich für sein Studium gegeben hatte.

Nach dem Gespräch mit seinem Vater wäre eigentlich Zeit für die Post gewesen, aber Friedrich beschloss, seine schlechte Stimmung an seinem Agenten auszulassen. Er rief Konietzka an und beschwerte sich zum x-ten Male über die Qualität der Hotels, die Kleinstädte und vor allem die freien Tage.

»Friedrich«, sagte Konietzka, »im letzten Jahr hattest

du zweihundertfünfzig Auftritte. Kein normaler Mensch spielt so viel!«

»Also waren noch einhundertfünfzehn Abende frei. Von Matineen will ich gar nicht sprechen.«

»Ich vermute mal, dann wird es dich auch nicht gerade freuen, dass der Auftritt am nächsten Samstag ins Wasser fällt.«

»Wieso?«

»Denen ist die Finanzierung zusammengebrochen. Das passiert schon mal bei diesen kleinen Kulturinitiativen.«

»Ich könnte mit der Gage runtergehen.«

»Das Ding ist vom Tisch. Tut mir Leid. Dafür hast du doch übermorgen die Aufzeichnung mit Korff und Steiner.«

»Ach komm, du weißt, das ist nur drittes Programm, öffentlich-rechtlich. Das sieht kein Schwein. Und die, die es doch sehen, kommen nicht in meine Vorstellungen, weil sie abends das Altersheim nicht verlassen dürfen.«

»Du übertreibst maßlos, mein Bester. Ich faxe dir gleich mal den Probenplan und den Sendeablauf.«

»Und Korff ist ein Arschloch.«

»Natürlich ist Korff ein Arschloch«, sagte Konietzka, »und Steiner ist auch eins, das weiß jeder. Aber es gibt zweieinhalbtausend Juros, also hab dich nicht so.«

»Bitte sag Euro und nicht *Juros*.«

»Ich lege dir die Pläne gleich mal aufs Fax.«

»Ja, leg mir die Pläne mal aufs Fax. Was für eine bescheuerte Formulierung!«

»Du, ich muss jetzt Schluss machen. Mein Zeitmanagement erlaubt mir höchstens fünfzehn Minuten pro Künstler am Tag.« Konietzka kicherte wie ein Kind. Friedrich hasste es, wenn sein Agent so redete, deshalb zog Konietzka ihn immer wieder damit auf.

Kaum hatte er aufgelegt, rief Silvia an. Er kriegte das Ohr heute scheinbar gar nicht mehr vom Hörer.

»Ich hätte dich auch heute noch angerufen«, sagte er. »Ist alles in Ordnung?«

»Ja. Das heißt nein. Es geht um Kai.«

»Probleme?«

»Ich mache mir Sorgen um ihn.«

»Mütter machen sich immer Sorgen.«

»Seine Zensuren gehen in den Keller. Er ist frech und treibt sich mit merkwürdigen Leuten herum.«

»Er ist fünfzehn. Was erwartest du?«

»Er ist gerade mal vierzehn, und ich komme an ihn nicht mehr heran.«

»Das nennt man Pubertät. Nur weil du keine hattest, musst du nicht glauben, sie sei abgeschafft worden.«

Silvia seufzte. »Das war nicht nötig.«

»Du hast Recht, es tut mir Leid.«

»Kai ist beim Klauen erwischt worden«, sagte Silvia.

Jungs klauen nun mal, wollte Friedrich erst sagen, aber er konnte sich gerade noch zusammenreißen. »Was hat er denn geklaut?«

»CDs. Die haben ihn angezeigt. Sie sagen, sie machen das immer so.«

»War er allein?«

»Nein, es waren noch andere dabei, aber er will nicht sagen, wer. Obwohl es ihm sicher nützen würde.«

Na, wenigstens ist der Junge kein Denunziant, dachte Friedrich.

»Könntest du nicht mal mit ihm reden?«, fragte Silvia.

»Ich weiß nicht, was das bringen soll.«

»Und ich weiß nicht mehr, was ich tun soll. Er nimmt mich doch gar nicht mehr ernst. Ich habe Angst, dass er eines Tages etwas wirklich Schlimmes macht.«

»Okay, ich rede mal mit ihm.«

»Ich muss jetzt Schluss machen.«

Silvia lebte allein. Sie hatte mehr Pech mit Männern als sie verdiente, und das war Friedrichs Schuld. Hätte er sie nicht geschwängert, wäre sie jetzt nicht eine allein erziehende Mutter mit einem pubertierenden Sohn, der jeden Mann angiftete, der seine Mutter auch nur nach der Uhrzeit fragte. Zwei oder drei hatten es ein paar Monate mit ihr ausgehalten, aber dann war es ihnen zu viel geworden.

Jetzt die Post. Er fing an, die Umschläge durchzuarbeiten. Das Übliche, lauter Altpapier. Und dann hielt er in der

Bewegung inne. Da war ein Kuvert mit einem Absender, den er nicht glauben konnte. Er betrachtete den Umschlag von allen Seiten. Feines Papier, verschnörkelte Schrift. Er stand auf, ging ins Wohnzimmer, setzte sich auf das Sofa, stand wieder auf und ging zurück in die Küche. Der Umschlag war noch da. Mit demselben Absender. Links oben in der Ecke: Thomas Zacher. Die Straße kannte Friedrich nicht, aber die Postleitzahl erlaubte keinen Zweifel: Zacher war wieder da.

Friedrich stand auf und machte sich noch einen Espresso, den er dann nicht trank. Stattdessen starrte er in das Halbdunkel des Gartens und stellte fest, dass er seine Schuhe am Nachmittag auf dem Rasen vergessen hatte. Er holte sie herein und setzte sich wieder an den Küchentisch. Er fragte sich, wie lange Zacher wieder zurück war, wie lange sie beide schon in derselben Stadt wohnten.

Friedrich sah auf die Uhr. Viertel vor sieben. Um sieben musste er bei seinem Vater sein. Er rannte nach oben, zog sich in aller Eile um, holte den Wagen aus der Garage und fuhr davon, ohne das Garagentor zu schließen und ohne die Alarmanlage zu schärfen. Sollten sie doch bei ihm einsteigen! Vielleicht nahmen sie dann den ganzen Scheiß mit, der auf seinem Küchentisch lag.

Obwohl er schneller fuhr als erlaubt und zwei Ampeln bei Gelb nahm, kam er sieben Minuten zu spät bei seinem Vater an. Der Alte stand schon in der Tür und sah auf die Uhr. »Ah, der Herr Sohn konnte sich doch noch freimachen.«

Als er um kurz nach elf nach Hause kam, stand das Garagentor noch immer offen. Niemand war eingebrochen. Der Küchentisch sah aus wie vorher. Friedrich kippte den Espresso weg, den er am frühen Abend nicht getrunken hatte, und reinigte die Maschine.

Er ging ins Wohnzimmer und schaltete den Fernseher ein, drehte aber den Ton herunter und legte Sammy Davis Junior auf. So hielt er durch bis zum Nachtmagazin auf RTL, zu dem er den Ton wieder aufdrehte und Sammy Davis abwürgte. Er hörte zu, aber kriegte nicht mit, was in der

Welt passiert war. Um halb eins schaltete er ab und ging nach oben. Er machte Abendtoilette, legte sich ins Bett und schaltete das Licht aus. Die Leuchtziffern des Radioweckers zeigten 0.44 Uhr. Dann 0.45 Uhr. Dann 0.46 Uhr. Dann 0.47 Uhr. Das ging so weiter bis 1.12 Uhr. Dann hatte Friedrich eine Lücke bis 2.01 Uhr. Etwa eine halbe Stunde zählte er wieder die Minuten. Dann war es plötzlich 3.45 Uhr. Um 4 12 Uhr stand er auf, setzte sich wieder vor den Fernseher und versuchte, sich von einer dieser dämlichen Dauerwerbesendungen einschläfern zu lassen. Das funktionierte nicht. Er ging barfuß in den Garten und wartete auf den Sonnenaufgang. Der Himmel wurde irgendwann milchig grau, aber die Sonne zeigte sich nicht.

Friedrich wusste, dass er den Umschlag öffnen musste.

Aber bevor er das tat, ging er in den Keller. Es dauerte immerhin eine Viertelstunde, bis er die kleine Holzkiste mit den schwarzen Beschlägen und dem winzigen Vorhängeschloss gefunden hatte. Er trug sie nach oben und stellte sie auf den Küchentisch. Den Schlüssel hatte er mit einem Streifen Tesafilm oben auf den Deckel geklebt. Er öffnete die Kiste und nahm die Fotos heraus.

Die Fotos lagen wild durcheinander. Da waren Fotos von Pokornys ersten Auftritten im »Marty's«, von Silvia, als sie schwanger war, und von Konietzka mit wechselnden Frauen. Friedrich fiel wieder auf, dass er so gut wie keine Fotos von seinen Eltern hatte. Sein Vater hatte sich noch nie gern fotografieren lassen. »Geh mir weg mit Fotos«, hatte er einmal gesagt. »Die liegen nur rum, und alle wollen sie sehen, und dann muss man sie sich angucken. Ich will nicht wissen, wie ich mal ausgesehen habe.« Es gab natürlich ein offizielles Hochzeitsbild von Friedrichs Eltern, aber auch das war verschwommen und unscharf, die Gesichter nur helle Flächen mit dunklen Flecken, dort, wo die Augen, die Nasenlöcher und der Mund sein mussten. Immerhin, man konnte erkennen, dass die Braut Weiß getragen hatte und der Bräutigam einen dunklen Anzug. Dann gab es noch zwei Bilder, die Friedrichs Mutter von hinten zeigten. Sie stand mit zwei Leuten zusammen, die Friedrich nicht kannte. Ein Bild zeigte den Vater auf seinem Schrottplatz, aber der Kopf war abgeschnitten. Das war alles, was er an Fotos von seinen Eltern hatte.

Und dann: Pokorny und Zacher am Tag der Ausgabe ihrer Abiturzeugnisse, wobei sich Zachers Mutter so blamiert hatte. Zacher, der ernste junge Mann aus schwierigen Verhältnissen, der so viel klüger war als alle, die über ihn die Nase rümpften.

In einer zusammengefalteten Klarsichthülle steckten die drei Fotos von Ellen. Das eine zeigte sie von hinten, den Kopf aber der Kamera zugewandt. Sie lachte. Auf dem zweiten lag sie auf dem Bett in ihrem winzigen Wohnheimzimmer und las in einer Zeitschrift. Und dann das dritte. Das, welches er immer vor Augen hatte, wenn er an sie dachte. Wie sie im Bett saß, das Glas in der Hand. Und von der Seite konnte man so gerade noch den Ansatz ihrer Brust sehen.

Er steckte die drei Bilder wieder in die Klarsichtfolie, legte sie zu den anderen Fotos in die Kiste und verschloss sie wieder. Er ging nach oben, nahm den Brief und riss ihn auf, ohne das Küchenmesser zu benutzen.

Es war eine Einladung, sehr förmlich, auf schwerem Papier. Dr. Thomas Zacher und Carla Veneri-Zacher luden ihn zu einem Abendessen ein. Zacher hatte also seinen Doktor gemacht, was Friedrich nicht sonderlich überraschte. Und er hatte geheiratet.

Das Abendessen sollte am folgenden Samstag sein. Der Samstag, den er nun freihatte, weil dieser Auftritt abgesagt worden war. Vielleicht sollte Friedrich dort anrufen und sagen, er spiele zur Not auch umsonst. Er konnte nicht zu Zacher gehen, sich mit ihm an einen Tisch setzen und essen, als sei nichts gewesen. Immerhin war Zacher dafür verantwortlich, dass Ellen nicht mehr lebte.

Erster Teil

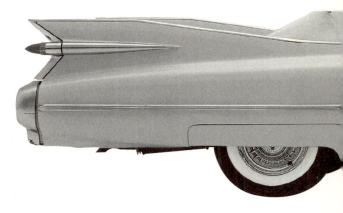

1

Friedrich war schon fast an der Sonderschule vorbei, als ihm drei Jungen und zwei Mädchen entgegenkamen, die er schon öfter gesehen hatte. Er fing an zu schwitzen und sehnte sich auf die andere Straßenseite. Mit den Kindern von der Sonderschule gab es immer nur Ärger. Sie riefen einem Schimpfwörter hinterher, so was wie Arschloch, Wichser, Ficker oder Spasti, und Friedrich hatte schon gehört, dass sie einen Jungen, der ganz in seiner Nähe wohnte, verprügelt hatten.

Sie kamen immer näher. Auf die andere Straßenseite durfte er aber nicht, das hatte ihm seine Mutter verboten, es war zu gefährlich. Unauffällig versuchte er, möglichst weit rechts zu gehen, obwohl er damit der Straße bedrohlich nahe kam. Die fünf aber gingen nebeneinanderher, wie in einer geübten Formation, es würde eng werden. Der Zweite von rechts war der Größte. Er hatte dunkles Haar, das ihm an den Seiten bis über die Ohren reichte, hinten bis weit über den Kragen und vorne in die Augen hing. Die beiden Mädchen waren dick, hatten schlechte Haut und trugen Kleider, obwohl es nicht besonders warm war. Ganz links ging ein Junge in Fußballschuhen. Und ganz rechts ein kleiner, dunkler Junge, der Turnschuhe trug, von denen sich die Streifen zu lösen begannen. Ohnehin waren es nur zwei gewesen und nicht drei, wie sich das gehörte. Friedrich spürte den Luftzug der Autos, die an ihm vorbeidonnerten.

Es war eigentlich kaum zu spüren, nur eine leichte Berührung. Friedrichs Schulter hatte die des kleinen Jungen ganz rechts gestreift, es war der Junge, an dessen Schuhen die Streifen nicht mehr halten wollten. Erst eine Sekunde zuvor hatte Friedrich gedacht, es könnte klappen, er könnte vorbeikommen, aber dann machte der kleine Junge eine Bewegung, eine ganz kleine nur, und ihre Schultern berührten sich. Friedrich ging einfach weiter. Der kleine Junge schrie ihm hinterher: »Ey, du Sau! Bist du bescheuert?« Dann hörte Friedrich eine andere Stimme, wahrscheinlich die des großen Jungen. »Was ist los?«

»Die schwule Sau hat mich angerempelt!«

Friedrich ging weiter, ohne sich umzudrehen, aber er wusste, dass er in Schwierigkeiten war. Er war nicht nur eine Sau, sondern eine »schwule Sau«. Er hatte keine Ahnung, was das Wort bedeutete, aber es konnte nichts Gutes sein.

»Ernsthaft?«, fragte die zweite Stimme.

»Hat mich voll angerempelt, der Arsch!«

»Ey, Kurzer!«, rief der große Junge, und es war klar, wen er meinte, aber Friedrich hielt es für besser, gar nicht zu reagieren.

»Ich rede mit dir! Du Arsch mit dem orangenen Tornister!«

Friedrich ging weiter. Aber dann spürte er, wie eine Hand seinen Tornister nach unten drückte, damit er nach hinten kippte. Friedrich konnte sich gerade noch fangen und drehte sich um. Der große Junge stand vor ihm und sah ihn durch die vor seinen Augen hängenden Haare an. »Du hast meinen Kumpel angerempelt!«

»Entschuldigung«, murmelte Friedrich.

»Wie bitte? Ich kann dich nicht hören!« Die anderen Kinder kamen näher.

»Entschuldigung!«, sagte Friedrich etwas lauter. Er sah auf den Boden, so wie er es tat, wenn sein Vater zu Hause mit ihm schimpfte. Der große Junge drehte sich zu den anderen um und lachte: »Der Arsch entschuldigt sich.«

Der kleine Junge mit den kaputten Schuhen rief: »Und du meinst, das reicht, oder was?«

Friedrich schwieg.

»Er hat dich was gefragt!«, sagte der Große.

Friedrich zuckte mit den Schultern.

»Ich glaube nicht, dass das reicht«, schüttelte der Große den Kopf. »Ich glaube, du brauchst noch ein paar auf die Fresse. Hä? Was sagst du dazu?«

Friedrich hielt den Mund.

»Würdest du nicht auch sagen, du brauchst ein paar auf die Fresse?«

Friedrich konzentrierte sich auf die Fuge zwischen den beiden Gehsteigplatten, auf denen er stand.

»Los, sag schon! Sag es! Sag, dass du ein paar auf die Fresse brauchst!«

Friedrich war schon klar, dass er auf jeden Fall verprügelt werden würde. Wenn er tat, was der Junge wollte, würde er Prügel bekommen, weil er darum gebeten hatte, und tat er es nicht, würde der Junge ihn schlagen, weil er nicht gehorcht hatte. Doch er hoffte, dass die Schläge nicht so schlimm sein würden, wenn er den Jungen nicht noch weiter gegen sich aufbrachte, also flüsterte er: »Ich brauche ein paar auf die Fresse.«

»Was? Ich habe dich nicht gehört! Habt ihr ihn gehört?«

»Nein!«, riefen die beiden Mädchen wie aus einem Munde.

»Also noch mal! Spuck's aus!«

Da es nun einmal raus war, konnte er es genauso gut auch wiederholen. Und Friedrich sagte lauter: »Ich brauche ein paar auf die Fresse!«

»Habt ihr das gehört?« Der große Junge fing an zu lachen. »Der Idiot will was auf die Fresse!«

Friedrich dachte noch, der Junge könnte doch mal eine andere Formulierung gebrauchen, da kam auch schon der erste Schlag, aber nicht der Junge hatte zugeschlagen, sondern eines der Mädchen. Sie kicherte, als hätte sie von etwas Verbotenem genascht. Sie hatte ihn mit der flachen Hand auf die Wange geschlagen, hatte ihm eine Ohrfeige verpasst, als sei er ein unartiges Kind. Das andere Mädchen schlug Friedrich mit der Faust ins Gesicht. Von seiner Nase breitete sich ein Schmerz im ganzen Kopf aus, gleichzeitig hatte er das Gefühl, niesen zu müssen. Jetzt kam bestimmt der große Junge an die Reihe.

Aber bevor Friedrich wieder einen Schlag einstecken musste, hörte er ein komisches Geräusch. Es hörte sich an wie »Ou!«. Gleichzeitig entwich irgendwo Luft, wie wenn man einen vollen Luftballon losließ, bevor man ihn zugeknotet hatte. Der Junge mit den kaputten Turnschuhen lag plötzlich am Boden. Vor ihm stand Thomas Zacher, ein Junge aus seiner Klasse, mit dem er aber noch nie ge-

: 18 :

sprochen hatte. Für etwa eine Sekunde guckten alle sehr überrascht. Dann rief der große Junge: »Wer bist *du* denn?«

Statt zu antworten, rammte ihm Thomas den Kopf in den Bauch, sprang auf ihn drauf und schlug ihm ein paarmal ins Gesicht. Dann packte er Friedrich, und sie rannten weg. An der nächsten Ecke stolperten sie, kamen zwar wieder hoch, aber da waren die anderen schon da. Und jetzt gab es richtig was auf die Fresse, ob verlangt oder nicht. Es gelang Thomas immerhin, dem Jungen mit den Turnschuhen einen Zahn auszuschlagen. Um nicht wie ein kompletter Idiot dazustehen, landete Friedrich einen Treffer bei einem der Mädchen, doch er traute sich nicht, ihr ins Gesicht zu schlagen, also schlug er ihr in den Magen. Ihre Schwester rempelte ihn so hart von der Seite an, dass er das Gleichgewicht verlor. Dann waren beide Mädchen über ihm und traten zu, erwischten ihn am Kopf und an den Rippen. Der große Junge und der mit den Turnschuhen machten das Gleiche mit Thomas.

Zwei ältere Männer gingen vorbei, lachten und sagten: »Guck mal, die kloppen sich!«

Dann hörten die Tritte auf, Friedrich und Thomas blieben aber noch liegen. Die Kinder von der Sonderschule wurden noch ein paar Beschimpfungen los. Als Thomas aufstehen wollte, kam der mit den Fußballschuhen heran und trat ihm zwischen die Beine. Thomas schrie und rollte sich zusammen. Die anderen liefen weg.

»Tief durchatmen«, sagte Friedrich.

Nach einer Viertelstunde waren sie beide wieder auf den Beinen. Sie gaben sich die Hand.

»Ich bin Thomas Zacher.«

»Ich weiß«, sagte Friedrich. Thomas wohnte in dem Haus gleich neben dem Schrottplatz, der Friedrichs Vater gehörte. In den letzten dreieinhalb Jahren hatte Friedrich Thomas schon oft gesehen, wenn er zur Schule ging. Thomas war nur immer ein paar Minuten früher dran gewesen als Friedrich. Sie waren jahrelang hintereinander hergegangen, manchmal im Abstand von nur fünfzig Metern.

Am Abend fragte die Mutter Friedrich, wie es in der Schule gewesen sei und was er danach so getrieben habe. Sie hatte einen Termin beim Arzt gehabt, und das hatte etwas länger gedauert, deshalb war Friedrich den ganzen Nachmittag allein gewesen. Er erzählte von der Sache mit den Kindern von der Sonderschule und dass ihm Thomas Zacher geholfen habe. Dabei sah Friedrich seinem Vater zu, wie der dicke Scheiben vom Röstbrot schnitt, wobei das Messer fast in seiner riesigen Pranke verschwand. »Dreckspack«, sagte der Vater, »asoziales Dreckspack«, und die Mutter fragte, wen der Vater meine, die Kinder von der Sonderschule oder den kleinen Thomas Zacher.

»Beide«, sagte der Vater. »Die Zacher säuft und hat ständig Kerle bei sich rumlaufen, richtig verlottert sieht die aus.«

»Aber der Thomas scheint ganz pfiffig zu sein«, sagte die Mutter. »Immerhin hat er Friedrich heute geholfen.«

»Muss man ihm lassen. Scheint kein Feigling zu sein.« Der Vater war jetzt mit dem Brotschneiden fertig und fing an, die steinharte Butter fast fingerdick auf den Scheiben zu zerdrücken und zu verteilen. Dann kam die grobe pommersche Gutsleberwurst obendrauf. »Lass dich nicht fertig machen«, sagte der Vater, »das hast du nicht nötig, wir sind keine Idioten, wir müssen uns nichts gefallen lassen. Dein Vater ist Unternehmer, schlag zurück, wenn sie dir krumm kommen.«

»Er soll sich nicht prügeln«, sagte die Mutter und wischte sich die Hände an der geblümten Schürze ab, obwohl sie nicht schmutzig waren.

»Ich sage ja nicht, dass er Prügeleien anfangen soll, aber wenn sie ihm krumm kommen, soll er sich wehren.«

»Thomas und ich wollen jetzt immer zusammen zur Schule gehen«, sagte Friedrich.

»Ist sicher eine gute Idee«, sagte die Mutter schnell.

»Meinetwegen«, brummte der Vater. »Der Junge kann ja nichts für seine Mutter.«

»Ich erinnere mich noch an deinen ersten Schultag«, sagte die Mutter. »Da war doch der kleine Thomas ganz alleine. Ohne Mutter und ohne Schultüte.«

Stimmt, Friedrich erinnerte sich. Thomas hatte in der Aula, als die Klassen eingeteilt wurden, auf der vordersten Kante seines Stuhls gesessen und das Kinn ganz weit nach vorn gereckt, um nichts zu verpassen.

Nach dem Abendessen verließ Friedrich das Haus und ging durch die breite Einfahrt, über der auf einem großen Schild »Autoverwertung Karl Pokorny« geschrieben stand. Abends, wenn hier keiner mehr war, nicht einmal sein Vater, fühlte er sich hier am wohlsten. Da hatte er all die kaputten Autos für sich, konnte sich hineinsetzen und so tun, als sei er auf der Autobahn, oder er krabbelte durch die Vorderseite hinein und zum Kofferraum wieder hinaus. Aber das alles war nur ein Vorspiel, damit machte er sich selbst Appetit auf die eigentliche Attraktion des ganzen Schrottplatzes. Ganz hinten stand ein Zwinger, ein Käfig, in dem jedoch kein Tier gefangen gehalten wurde, sondern ein Auto. Kaum zu glauben, dass dieses riesige Ding mal richtig gefahren war. Er konnte sich nicht vorstellen, dass irgendjemand groß genug war, auch nur über das Lenkrad hinwegzuschauen. Sein Vater sagte, das Auto sei ein »Käddi«, ein richtiger Straßenkreuzer. Es kam aus Amerika und war rosa.

Abend für Abend stand Friedrich vor dem Zwinger und starrte den »Käddi« an. Spielen durfte er darin nicht, dafür war das Auto zu wertvoll, aber er durfte davor stehen und es bewundern. Heute hatte der Vater die Tür des Zwingers offen gelassen, und Friedrich konnte nicht widerstehen, er ging hinein. Das war riskant. »Ein Schrottplatz ist nicht ungefährlich«, sagte der Vater immer. Friedrich blickte sich um, aber von seinem Vater war weit und breit nichts zu sehen. Dafür fiel sein Blick auf das Haus, das dem Schrottplatz am nächsten war. Ganz oben, fast unter dem Dach, stand Thomas Zacher am Fenster. Friedrich hob die Hand und winkte. Thomas schien zu zögern, dann aber winkte er zurück. Friedrich zeigte auf den Straßenkreuzer, legte sogar kurz seine Hand auf den vorderen Kotflügel. Dann hatte Thomas wohl etwas hinter sich gehört, er drehte sich kurz um, schloss das Fenster und zog die Gardine vor.

Als Friedrich zurück zum Haus ging, blickte er noch einmal zu dem Schild über der Einfahrt hoch. »Autoverwertung Karl Pokorny«. Darauf war Friedrich stolz. Die Väter der anderen Kinder in der Gegend hatten keinen eigenen Betrieb, von ihnen gab es nirgendwo ein großes Schild mit ihrem Namen drauf. Komischerweise aber fanden das die anderen Kinder und auch ihre Eltern gar nicht so toll. Für sie war Friedrichs Vater immer noch der »Klüngelskerl«, weil er früher mit dem alten Pritschenwagen von Großvater Pokorny durch die Straßen gefahren war und Alteisen gesammelt hatte. Auf dem Armaturenbrett des Lasters hatte immer eine alte Glocke gestanden, die der Vater aus dem Fenster gehalten und geschüttelt hatte, damit alle wussten: der Klüngelskerl ist da. Er nahm alles, Hauptsache es war aus Metall. Ein Jahr, bevor Friedrich zur Welt kam, kaufte er das Gelände am Ende der Straße und eröffnete die »Autoverwertung Karl Pokorny«. Aber für die Leute blieb er der »Klüngelskerl«, und das bekam auch Friedrich immer wieder zu spüren. Im Kindergarten hieß es nur »Da kommt der Sohn vom Klüngelskerl«, und eine der Kindergartentanten sagte mal, ohne zu wissen, dass Friedrich es hören konnte, zu einer anderen: »Der lebt doch immer noch von dem, was andere wegwerfen. So ein Schrottplatz ist doch keine Umgebung für ein Kind.« Friedrich erzählte das seinem Vater, und der wurde sauer und schnauzte: »Ein Schrottplatz ist kein Rosengarten, das müssen die endlich mal begreifen.«

Sein Vater war klein, aber sehr kräftig. Er rasierte sich jeden Monat seinen Schädel, um den Friseurbesuch zu sparen. »Rausgeschmissenes Geld« war das für ihn. Friedrichs Vater gab nicht gern Geld aus. Neue Hosen, neue Schuhe, neue Hemden und Pullover, das war alles Verschwendung. Friedrich musste seine Hosen tragen, bis sie ihm kaum noch bis zum Knöchel reichten. Bei allen Schäden vom Knöchel bis zum Knie musste die Mutter die Hose abschneiden und umnähen, damit Friedrich die Hose noch im Sommer anziehen konnte. Und selbst wenn es neue Sachen gab, hatten die billig zu sein, sonst zählte nichts. »Hose ist Hose«, meinte der Vater.

Als Friedrich wieder ins Haus kam, saß sein Vater vor dem Fernseher, auf dem Tisch eine zur Hälfte schon ausgetrunkene Flasche Bier. Sein Schädel glänzte, er hatte geschwitzt, sein Hemd stand offen, als hätte er es sehr hastig zugeknöpft. »Du bist am Käddi gewesen«, sagte der Vater. Friedrich wusste, leugnen hatte keinen Zweck, also hielt er den Mund. »Lass die Finger davon«, sagte der Vater, aber Friedrich wunderte sich, dass er nicht strenger mit ihm war.

Friedrich sagte: »Die Tür vom Zwinger steht noch offen.«

»Ich geh gleich raus und mach sie zu«, sagte der Vater, blieb aber sitzen.

Auf dem Weg zu seinem Zimmer kam Friedrich am Schlafzimmer vorbei und sah seine Mutter vor dem großen, dreiteiligen Spiegel der Frisierkommode sitzen. Hier konnte man sich von allen Seiten ansehen, ohne sich groß den Kopf zu verrenken, das hatte Friedrich schon immer gefallen. Auch hatte er seine Mutter schon oft davor sitzen sehen, wie sie ihr Haar bürstete oder die Fingernägel lackierte, obwohl der Vater das nicht mochte. »Mal dich nicht so an«, hatte er ein paarmal gesagt, aber das hatte die Mutter nicht weiter interessiert, und komischerweise war sein Vater dann gar nicht sauer geworden. Überhaupt hatte Friedrich noch nie gesehen, dass sein Vater und seine Mutter sich gestritten hätten. Sein Vater regte sich über alles Mögliche auf, über Kunden, die ihn bei den Ersatzteilen runterhandeln wollten, über die Nachbarn, für die er nur der Klüngelskerl war, über die Politiker im Fernsehen, aber zu seiner Frau hatte er noch nie ein böses Wort gesagt.

Friedrich sah, wie seine Mutter, nur in Unterrock und Büstenhalter, ihre schwarzen Lederhandschuhe anprobierte. Im Herbst und im Winter trug sie die Handschuhe jeden Tag, zog sie nicht mal im Supermarkt aus oder im Kaufhaus, beim Bäcker, beim Metzger oder im Café. Wenn Friedrich mit ihr unterwegs war, hielten ihre Lederfinger seine Hand fest umschlossen, aber das war kein unangenehmes Gefühl für ihn, das Leder fühlte sich ganz weich und geschmeidig an.

Sie schob jetzt das Material zwischen den Fingern zurecht, bis es perfekt saß, und begutachtete mit ausgestrecktem Arm die nach oben abgespreizte Hand. Sie griff nach einer Bürste und begann, ihr Haar zu kämmen. Sie saß oft vor dem Spiegel und kämmte ihr dichtes, blondes Haar, durch das eine leichte Welle ging. Es konnte passieren, dass sie eine halbe Stunde lang bürstete, den Kopf schräg gelegt, erst die eine, dann die andere Seite. Wenn sie fertig war, leuchtete ihr Haar im Dunkeln.

Friedrich mochte sich von dem Anblick nicht losreißen, wie immer. Er sah durch den Spalt und fragte sich, ob seine Mutter die Schlafzimmertür absichtlich immer ein wenig offen stehen ließ, damit er ihr zusehen konnte, aber wahrscheinlich bemerkte sie ihn gar nicht. Er hoffte, sie würde heute wieder ihre Nägel lackieren, wobei sie die Finger auf der Frisierkommode spreizte, ein kleines Pinselchen in das Fläschchen mit dem roten Lack tunkte und dann gewissenhaft über die Nägel führte. Zwischendurch kontrollierte sie den Farbauftrag, wieder mit ausgestrecktem Arm, die Hand nach oben abgespreizt, ganz so, wie sie den Sitz ihrer Handschuhe überprüfte. War sie fertig, schüttelte sie ihre Finger aus und pustete auf die Nägel, damit der Lack schneller trocknete. Heute aber schien sie das nicht machen zu wollen. Stattdessen griff sie zu dem Parfüm, das auf der Frisierkommode stand, eine achteckige Flasche mit einem Metallverschluss am Hals, an dem ein dünner, roter Schlauch angebracht war, der in einem kleinen Ball endete. Friedrich beobachtete interessiert, wie seine Mutter die Flasche nahm, sie neben ihren Kopf hielt und dann mit der anderen Hand auf den Ball drückte, sodass ein feiner Nebel aus der Flasche kam. Kein anderes Kind hatte eine solche Mutter, das wusste Friedrich. Wenn er mit seiner Mutter in der Stadt unterwegs war, konnte es passieren, dass Männer sich nach ihr umdrehten oder ihr hinterherpfiffen. Sie lächelte dann und tat so, als kümmere es sie nicht weiter.

Er ging in sein Zimmer und legte sich auf sein Bett. Er freute sich immer, wenn er sie so sah, manchmal saß sie aber auch ganz allein in der Küche, den Kopf in die Hände gestützt, schwer atmend. Oder sie blieb beim Spaziergehen plötzlich stehen, griff sich an die Stirn und kniff die Augen zusammen, als ob sie etwas blendete. Wenn sein Vater dabei war, wendete er sich ihr sofort zu, sah Friedrich an, zog sie außer Hörweite, redete leise auf sie ein und strich ihr sanft über den Kopf. Ihn selbst umarmte der Vater nicht einmal zum Geburtstag, aber wenn die Mutter sich an die Stirn griff, dann küsste der Vater sie auf die Wangen und auf ihr Haar, auch wenn er sich dafür ein wenig auf die Zehenspitzen stellen musste.

Am nächsten Morgen wartete Thomas Zacher schon vor der Haustür, um mit Friedrich gemeinsam zur Schule zu gehen. Sie nickten einander zu wie alte Bekannte.

»Tolles Auto«, sagte Thomas Zacher.

»Ein Käddi«, sagte Friedrich.

»Ich weiß. Wahrscheinlich Baujahr '56, Weißbandreifen. Klar, dass dein Vater dafür einen Käfig gebaut hat.«

»Er kann sogar den Maschendrahtzaun unter Strom setzen!«, sagte Friedrich, obwohl das nicht stimmte.

»Würde ich auch machen, wenn mir das Ding gehören würde.«

Es gehört dir aber nicht, dachte Friedrich, hielt aber den Mund, weil er sich mit Thomas nicht streiten wollte. Ohne ihn wäre er gestern aufgeschmissen gewesen.

In der Schule ging Thomas, kurz bevor der Unterricht losging, zu Frau Engels, der Klassenlehrerin, und besprach etwas mit ihr. Dann kam er zu Friedrich und sagte, sie dürften jetzt zusammensitzen. Friedrich wunderte sich etwas, aber eigentlich war das ganz gut, denn den dicken Jörg, der bisher sein Banknachbar gewesen war, konnte er nicht leiden. Thomas hatte bisher ganz allein gesessen. Er nahm seine Sachen und ging hinter Thomas Zacher her in die letzte Reihe. Alle anderen drehten sich verwundert zu ihnen um und runzelten die Stirn. Frau Engels lächelte nur und fing mit dem Unterricht an.

Nach der zweiten Stunde, als alle zur großen Pause auf den Hof stürmten, hielt Frau Engels Friedrich zurück.

»Friedrich, auf ein Wort!«, sagte sie. So redete sie immer.

Sie sagte auch Sachen wie »Mich deucht, das ist falsch«
oder »Ei der Daus« oder »Verdamm mich«. Sie hatte lange,
glatte Haare und vorstehende Zähne. »Ich finde es schön«,
sagte sie, »dass du dich ein wenig um den kleinen Zacher
kümmerst.«

Friedrich verstand nicht ganz, was sie damit meinte.

»Na ja, ich habe mich natürlich erst ein wenig gewun-
dert, als Thomas meinte, du wolltest unbedingt neben ihm
sitzen, würdest dich aber nicht trauen, mir das zu sagen,
aber dann dachte ich: Potzblitz, es ist doch fein, dass sich
da zwei anfreundeten, die es beide nicht leicht haben. So,
und jetzt geh spielen.«

Friedrich ging nach unten auf den Schulhof. Er hatte
sich doch gar nicht gewünscht, neben Thomas Zacher zu
sitzen, das war dessen Idee gewesen. Draußen suchte er
nach seinem neuen Banknachbarn, fand ihn aber nicht.
Stattdessen stand plötzlich Andreas Frieling vor ihm. Andreas hatte ein rotes Gesicht und war schon einen ganzen
Kopf größer als alle anderen in der Klasse. »Ey, Schrott-
Spasti«, sagte er, »bist jetzt dicke mit dem Asi, was? Der
kommt sich vor, als wenn er was Besseres wär, aber der soll
mal bloß aufpassen, er ist ein doofes Asi-Arsch und seine
Mutter ist 'ne Nutte, das ist mal klar.« Und dann drehte
sich Andreas Frieling um und lief weg.

Friedrich fand Thomas auf der Treppe zum Fahrradkeller. Er saß da und aß sein Pausenbrot. Friedrich setzte sich
neben ihn und wollte ihn eigentlich fragen, wieso er das
mit Frau Engels gemacht habe, aber da hielt ihm Thomas
sein Pausenbrot hin und fragte, ob er mal abbeißen wolle.
Friedrich nickte, biss ab und musste feststellen, dass die
Wurst, die da auf dem Brot war, viel besser schmeckte als
der Adler-Weichkäse, den seine Mutter ihm immer aufs
Brot schmierte. Oft brachte Friedrich die Brote wieder mit
nach Hause oder warf sie auf dem Heimweg in einen Pa-
pierkorb. Er hatte seiner Mutter noch nie gesagt, dass er
den Käse nicht ausstehen konnte, aus Angst, sie könnte gekränkt sein, weil sie sich immer so viel Mühe gab mit seinen Pausenbroten, meistens waren noch ein wenig Petersi-
lie oder ein paar Gurkenscheiben dabei.

»Das schmeckt gut«, sagte Friedrich. »Was ist das?«

»Schinken«, sagte Thomas.

»So was macht mir meine Mutter nie.«

»Meine auch nicht. Hab ich selbst gemacht.«

»Aber immerhin kauft deine Mutter so was.«

»Nee, auch nicht.«

»Lecker«, sagte Friedrich, und Thomas hielt ihm das Brot wieder hin, Friedrich biss ab und hatte keine Lust mehr, die Sache mit Frau Engels anzusprechen.

Nach der Schule gingen sie zusammen nach Hause. Die Mutter stand am Fenster und winkte, als sie die Straße herunterkamen. Friedrich rief ihr zu, ob Thomas mit zu ihnen nach Hause kommen dürfe, damit sie zusammen Hausaufgaben machten, und die Mutter nickte lächelnd. Friedrichs Vater ging gerade, die Hände in den Taschen seines Blaumanns versenkt, mit einem Kunden über den Schrottplatz. Friedrich bemerkte, wie Thomas' Blick umherschweifte, der will den Käddi, dachte er, aber da kann er lange suchen.

Thomas durfte auch mit Friedrich und seinen Eltern zu Mittag essen, es gab Erbsensuppe mit Mettwürstchen, und weil nur drei Würstchen da waren, sagte die Mutter, Friedrich könne seines doch mit Thomas teilen.

Mit den Hausaufgaben war Thomas als Erster fertig, sodass er Friedrich, der noch nicht einmal die Hälfte geschafft hatte, helfen konnte. Für Thomas war das alles ganz klar, Friedrich brauchte da etwas länger. Thomas sagte: »Stell dich nicht so an. Ist doch ganz einfach. So blöd bist du nicht.« Bisher hatte Friedrich keine Hilfe bei den Hausaufgaben gebraucht. Seine Mutter sah sie sich am Abend an, und manchmal hatte er ein paar Fragen, aber das war auch alles.

Danach gingen sie zum Spielen nach draußen. Thomas wollte auf den Schrottplatz, aber Friedrich meinte, er würde lieber zu dem Spielplatz zwei Straßen weiter gehen. Thomas blickte ein paarmal zwischen Friedrich und dem Autofriedhof hin und her, war dann einverstanden. Eine halbe Stunde später kletterte Friedrich etwas lustlos auf dem bunten Gerüst herum, während Thomas auf der roten Parkbank an der Seite saß, wie eine Mutter, die auf ihr Kind aufpasste.

»Macht dir der Spielplatz keinen Spaß?«, wollte Friedrich wissen, als sie wieder nach Hause gingen.

»Ist nichts für mich«, sagte Thomas.

Thomas holte noch seinen Tornister aus Friedrichs Zimmer und ging dann nach Hause, und da fiel Friedrich auf, dass Thomas gar nicht seine Mutter gefragt hatte, ob er bei Friedrich bleiben dürfe. Er hatte sie nicht mal angerufen.

Am nächsten Morgen gingen sie wieder zusammen zur Schule, saßen im Unterricht nebeneinander, hockten in der Pause auf der Treppe zum Fahrradkeller. Thomas hatte für Friedrich ein Butterbrot mit Schinken mitgebracht. Als sie in die Klasse zurückkamen, guckten die anderen sie an, als hätten sie beide Dreck im Gesicht.

Mittags durfte Thomas wieder mitessen, es gab noch immer Erbsensuppe, heute aber für jeden eine ganze Mettwurst. Bei den Hausaufgaben war Thomas wieder sehr viel schneller. Zum Spielen gingen sie diesmal nicht auf den Spielplatz, sondern auf die große Brache hinter den Häusern, da, wo früher die alte Zeche gewesen war. Aber auch da schien es Thomas nicht zu gefallen. Auf nichts, was Friedrich vorschlug, hatte er so richtig Lust, und als sie sich am Abend verabschiedeten, sagte Thomas: »Wieso gehen wir morgen zum Spielen nicht mal auf den Schrottplatz? Oder meinst du, dein Vater hat was dagegen?«

»Muss ihn mal fragen«, sagte Friedrich. Er wusste nicht, wie er Thomas klar machen konnte, dass der Platz nur ihm gehörte. Er hoffte, sein Vater würde Nein sagen, aber das war nicht sehr wahrscheinlich. Der Vater hatte nie was dagegen, wenn Friedrich zwischen den Autos spielte. Kaputtmachen konnte man auf einem Schrottplatz ja nichts mehr.

Also gingen sie am nächsten Tag unter dem großen Schild »Autoverwertung Karl Pokorny« hindurch. Neben dem Eingang saß Friedrichs Vater in einer Bretterbude, die als Büro diente, hinter seinem Schreibtisch und blätterte in einem Ordner. Friedrich fragte ihn, ob sie ein wenig spielen dürften, der Vater hob den Kopf und sah erst Friedrich an, dann Thomas und dann wieder Friedrich, und sagte: »Meinetwegen.« Okay, dachte Friedrich, aber zum Käddi gehen wir nicht.

Kaum hatte Friedrichs Vater seine Erlaubnis gegeben, rannte Thomas los, und Friedrich hatte Mühe hinterherzukommen. Thomas bog um ein paar Ecken und stürzte schließlich auf ein Auto ohne Räder zu, dem die Beifahrertür und der Kofferraumdeckel fehlten, riss die Fahrertür auf und setzte sich hinters Steuer. Krachend zog er die Tür wieder zu und legte den Ellenbogen in das offene Fenster, was etwas komisch aussah, da er dafür eigentlich zu klein war und den angewinkelten Arm schräg nach oben halten musste. Friedrich setzte sich auf den Beifahrersitz, obwohl er lieber hinter dem Lenkrad gesessen hätte. Er ärgerte sich ein bisschen, weil Thomas die bessere Seite erwischt, nein, weil er sie sich einfach genommen hatte.

»Eine feine Sache, so ein alter Taunus«, sagte Thomas und grinste Friedrich an. Er kennt sich also auch mit den Automarken aus, dachte Friedrich, der weiß ja alles.

Thomas richtete erst den Außen-, dann den Innenspiegel, setzte den Blinker und tat so, als würde er sich in den fließenden Verkehr einfädeln. Er bog ein paarmal ab, war dann auf der Autobahn und drückte aufs Gas, was er durch ein lautes Motorgeräusch verdeutlichte, das er mit geschürzten Lippen erzeugte. Friedrich war sein Beifahrer und wünschte sich, er würde ihn wenigstens mal nach dem Weg fragen, nur aus Spaß, aber Thomas wusste genau, wo es langging.

Als der Taunus sie ans Ziel gebracht hatte, stiegen sie aus und liefen herum. In einem alten Mercedes fand Thomas einen Fußball, den Friedrich schon lange vermisste. Eines Abends hatte er ihn ein wenig durch die Gegend geschossen und nicht mehr wiedergefunden. Sie spielten sich den Ball ein wenig zu und übten dann Freistöße »direkt in den Winkel« und Schüsse »volley aus der Luft«. Hierbei waren sie beide gleich gut oder gleich schlecht, und das beruhigte Friedrich ein bisschen. Dann aber, als

Friedrich Thomas den Ball einmal etwas ungenau aufgelegt und der ihn nicht voll getroffen hatte, segelte die Kugel über ein paar Autos hinweg und entschwand ihren Blicken. Kurz darauf hörten sie ein komisches Geräusch, und Friedrich wusste gleich, wo der Ball gelandet war. Sie gingen ihn suchen und fanden ihn vor dem Zwinger des Käddis. Der Ball war auf das Wellblechdach geprallt und dann heruntergerollt. Friedrich hob ihn auf und wollte weggehen, nur weg vom Käddi, aber Thomas blieb wie angewurzelt stehen und starrte den Straßenkreuzer an. »Komm, wir gehen wieder da drüben hin!«, sagte Friedrich, aber Thomas machte langsam ein paar Schritte nach vorne, bis er ganz dicht vor dem Käfig stand. Friedrich sah sich um, ob nicht vielleicht sein Vater um die Ecke käme, um ihnen klar zu machen, dass sie da zu verschwinden hatten. Thomas krallte jetzt beide Hände in den Maschendrahtzaun und drückte seine Stirn dagegen.

Komm da weg, wollte Friedrich sagen, mein Vater wird sauer, wenn er uns hier sieht. Thomas tastete sich vor bis zu der Tür und zog sie auf. Sie ist nicht abgeschlossen!, dachte Friedrich. Das hatte sein Vater früher nie vergessen und jetzt schon das zweite Mal in einer Woche. »Thomas!«, rief Friedrich, aber der hörte nicht, im Gegenteil, er ging sogar in den Zwinger hinein! Friedrich sah seinen Vater vor sich, wie er immer wieder Kinder verscheuchte, die auf dem Schrottplatz nichts zu suchen hatten. Eine schwere Eisenstange, die er in seiner Bretterbude neben dem Schreibtisch stehen hatte, über dem Kopf schwenkend lief er hinter solchen Kindern her und schrie: »Macht, dass ihr wegkommt, ihr Scheißblagen!«

Thomas stand jetzt ganz dicht am Auto. Er wird ihn anfassen, dachte Friedrich, er wird den Käddi anfassen! Den Fußball noch immer unter dem Arm, ging Friedrich ebenfalls in den Zwinger. Thomas streckte seine Hand aus und legte sie auf den Kotflügel, wie Friedrich es vor ein paar Tagen gemacht hatte. Friedrich konnte nicht anders, er musste den Käddi auch anfassen, er konnte nicht einfach so daneben stehen. Er legte erst die rechte, dann die linke Hand auf den Kotflügel. Der Fußball fiel zu Boden. Jetzt hatte er beide Hände am Käddi, das war, als hätte er ihn zweimal berührt. »Wir müssen hier wieder raus«, flüsterte er. »Wenn mein Vater uns sieht ...«

»Ein Cadillac«, flüsterte Thomas ebenso leise. »Mann!«

»Komm jetzt!«

Widerwillig, als sei seine Hand angewachsen, ließ Thomas den Käddi los, Friedrich stieß sich regelrecht von dem Straßenkreuzer ab. Sie drehten sich um, und als sie den Zwinger verließen, stand da nicht Friedrichs Vater, sondern seine Mutter. Es war gerade erst Frühling geworden, noch etwas kühl, aber sie trug schon eines ihrer geblümten Sommerkleider. Ihr Haar wurde vom Wind zerzaust, aber Friedrich wusste, dass sie es am Abend wieder bürsten würde, wenn sie vor dem Spiegel im Schlafzimmer saß, den Kopf erst zur einen, dann zur anderen Seite gelegt. Die Mutter lächelte und sagte, sie sollten sich nur nicht vom Vater erwischen lassen. Dann legte sie Friedrich und Thomas die Hände auf die Schultern und ging mit ihnen zurück zum Haus. Unter dem Schild »Autoverwertung Karl Pokorny« blieb die Mutter plötzlich stehen. Sie hatte wieder die Augen zusammengekniffen und griff sich an die Stirn.

»Geht schon mal rein«, sagte sie. »Ich komme gleich.«

Als sie ins Haus gingen, sahen sie, wie Friedrichs Vater aus der Bretterbude kam und die Mutter umarmte.

Manchmal standen sie an der Hauptstraße und spielten »Automarken erkennen«. Wenn ein Auto von weitem angefahren kam, musste geraten werden, welche Marke das war. Hier hatte Friedrich keine Chance. Thomas wusste schon Bescheid, wenn der Wagen noch ein heller oder dunkler Fleck ganz weit entfernt war. Er konnte jeden Kühlergrill, jeden Kotflügel, jede Windschutzscheibe sofort zuordnen.

Dann spielten sie das »Autonummernspiel«, bei dem sie an der Ampel standen und darauf warteten, dass es für die Autos rot wurde. Während der Grünphase musste jeder eine Zahl zwischen eins und neunhundertneunundneunzig sagen. Die wurde dann mit der Zahl auf dem Nummernschild des als Erstes bei Rot anhaltenden Autos in der linken Fahrspur verglichen, und wer näher dran lag, hatte gewonnen. Hier hatte Friedrich manchmal Glück, und auch wenn das nicht mit einer besonderen Fähigkeit zu tun hatte, war es gut, wenigstens ab und zu mal zu gewinnen.

Plötzlich rief Thomas durch den Verkehrslärm hindurch: »Auf was für eine Schule gehst du nach den Sommerferien?« In ein paar Monaten waren sie mit der Grundschule fertig und dann war die Frage, wie es weiterging. Friedrich sagte, seine Mutter wolle, dass er aufs Gymnasium gehe, aber sein Vater sei dagegen, schließlich brauche man kein Abitur, um einen Schrottplatz zu führen.

»Und was wäre dir am liebsten?«, wollte Thomas wissen.

Friedrich zuckte mit den Schultern. »Abitur hört sich ganz gut an.«

»Ich mache auf jeden Fall Abitur«, sagte Thomas. »Und dann werde ich studieren. Ich will Anwalt werden.«

Darüber, was er mal werden wollte, hatte sich Friedrich noch überhaupt keine Gedanken gemacht. Er konnte sich allerdings nicht gut vorstellen, da vorne in der Bretterbude zu sitzen, eine Eisenstange neben dem Schreibtisch und einen schmutzigen Blaumann am Leib.

Eines Abends, als der Vater wieder pommersche Gutsleberwurst auf den Broten verteilte, wollte Friedrich wissen, ob er denn nun im neuen Schuljahr aufs Gymnasium gehen solle oder nicht. Seine Mutter warf dem Vater einen Blick zu, der aber beschäftigte sich weiter intensiv mit der Leberwurst und den Broten.

»Der Papa und ich«, sagte die Mutter, »haben uns darauf geeinigt, dass du aufs Gymnasium gehst und Abitur machst.«

»Prima«, sagte Friedrich, »der Thomas will auch Abitur machen.« Dass er weiter zusammen mit Thomas zur Schule gehen konnte, war für Friedrich das beste Argument für das Gymnasium. Sie verbrachten viel Zeit miteinander, verstanden sich ohne viele Worte, es gab keinen Streit zwi-

: 32 :

schen ihnen. Nur dass Thomas ein Auge auf den Käddi geworfen hatte, beunruhigte Friedrich ein wenig. Doch so lange es klar war, wem der Käddi gehörte, war alles in Ordnung.

»Steckst du jetzt eigentlich nur noch mit dem kleinen Zacher zusammen?«, brummte der Vater. »Hast du keine anderen Freunde?«

»Nein«, sagte Friedrich nur. Er war schließlich der Schrott-Fritz, der Sohn vom »Klüngelskerl«. Die anderen wollten nichts mit ihm zu tun haben. Auf dem Schulhof ließen sie ihn zwar mitspielen, wenn er zu ihnen ging, aber sie luden ihn nicht von sich aus ein. Ein paarmal hatte Friedrich Tränen unterdrücken müssen. Seit er Thomas kannte, war das für ihn nicht mehr so schlimm. Thomas war der Sohn einer versoffenen Asozialen, und er hatte keinen Vater, das war eindeutig noch schlimmer, als der Schrott-Fritz zu sein.

»Er ist fleißig, der Thomas«, sagte die Mutter und fuhr sich mit der Hand durchs Haar. »Das färbt ab auf den Friedrich, und das ist gut.«

Der Vater lachte einmal kurz auf. »Der will sich lieb Kind machen, damit er hier bleiben kann und nicht nach Hause muss.«

»Kannst du ihm das verdenken?«

»Eine asoziale Schlampe ist seine Mutter.«

»Er tut mir Leid.«

»Der Mutter müsste man mal richtig aufs Maul hauen«, sagte der Vater, »dann hört die auch auf zu saufen.«

»Der kleine Zacher ist jedenfalls gut für unseren Friedrich. Und er geht ja nicht zu Thomas nach Hause.«

Das stimmt, dachte Friedrich. Wenn sie zusammen spielten, taten sie das bei Pokornys, nie bei Zachers. Thomas schlug es nicht vor, und Friedrich war nicht scharf darauf, der Mutter zu begegnen. Ein paarmal hatte sie vor der Tür auf der Straße gestanden, wenn er die Straße hinuntergekommen war, und dann war sie so zutraulich gewesen. Sie hatte ihn im Gesicht berührt und ihm einen Kuss auf die Stirn gegeben, sodass er ihren Schnapsatem hatte riechen können. Er hatte sich gefragt, wie Thomas das aushielt. Ein wenig bewunderte er ihn dafür, dass er nicht einfach abhaute. Aber wo sollte er auch hin?

»Übrigens«, sagte der Vater und stellte das Brettchen mit dem fertigen Leberwurstbrot vor Friedrich hin, »vermisst du nicht deinen Fußball?«

Stimmt, dachte Friedrich, er hatte den Ball schon seit Tagen nicht gesehen.

»Ich habe ihn gefunden«, sagte der Vater. »Im Zwinger.«

Friedrich wurde es sehr warm. Wieder sah er seinen Vater mit der Eisenstange hinter den Kindern herlaufen. Aber der Vater sagte nichts, öffnete nur eine Flasche Bier und biss von seinem Brot ab.

Später beobachtete er wieder seine Mutter durch die offen stehende Schlafzimmertür.

Am nächsten Morgen wurde er davon wach, dass der Regen gegen das Fenster schlug. Es war ein heftiger Regen, und es wehte ein schwerer Wind. Er blickte auf die Uhr, wunderte sich, dass seine Mutter ihn nicht geweckt hatte, und ging ins Badezimmer. Als er in die Küche kam, saß sein Vater allein am Frühstückstisch.

»Wo ist denn die Mama?«

»Die ist weg. Aber die kommt bald wieder.«

Friedrich schmierte sich seine Brote selbst. Der Vater saß hinter seiner Zeitung, hielt sie ganz still und blätterte nicht um.

Nach dem Frühstück verließ Friedrich das Haus, um zur Schule zu gehen. Thomas wartete schon. Trotz ihrer Anoraks wurden sie nass bis auf die Haut.

Rechnen, Sachkunde, Diktat. Null Fehler Thomas, zwei Friedrich. Es goss den ganzen Vormittag, zwischendurch ließ es etwas nach, ohne ganz aufzuhören, dann fiel das Wasser wieder genauso heftig vom Himmel wie am Morgen. Mittags zurück nach Hause, zusammen mit Thomas, der mittlerweile ziemlich oft bei Pokornys zu Mittag aß. Der scharfe Wind fegte den Regen in Fahnen durch die Straßen, wieder wurden sie klatschnass. Zu Hause war niemand. Kein Vater, keine Mutter, der Schrottplatz geschlossen. Sie zogen die nassen Sachen aus, Friedrich gab Thomas

Unterwäsche, ein Hemd und eine Hose. Thomas durchsuchte die Schränke, fand eine Dose Linsensuppe und wärmte sie auf. Sie aßen allein, ohne viel zu sagen, und hörten zu, wie die fetten Tropfen gegen die Fenster schlugen und einen Höllenlärm machten. Dann die Hausaufgaben.

Später am Nachmittag, als sie vor dem Fernseher saßen, weil es draußen immer noch wie aus Eimern schüttete, hörten sie plötzlich den Mercedes des Vaters vor dem Haus vorfahren, der einzige Mercedes in der ganzen Straße, den sein Vater samstags von einem jungen Mann, der öfter auf dem Schrottplatz aushalf, waschen ließ, damit die Nachbarn neidisch wurden. Friedrich ging zum Fenster. Der Wagen hielt an, aber der Motor lief noch weiter, der Scheibenwischer fegte über die Windschutzscheibe und kam kaum gegen die Wassermassen an. Der Vater umklammerte das Steuer, als könnte es wegfliegen. Dann sah er Friedrich am Fenster, stellte den Motor ab und kam ins Haus. Er trug einen dunklen Anzug. Die paar Meter vom Auto zur Haustür hatten ausgereicht, um auch seinen Vater komplett zu durchnässen. Im Wohnzimmer angekommen, sagte er: »Thomas, geh bitte nach Hause. Bitte.« Zuerst wollte Friedrich etwas sagen, aber dann hielt er den Mund. Der Vater hatte »Bitte« gesagt und das gleich zweimal. Auch Thomas hatte das bemerkt. Er stand auf, verabschiedete sich und ging.

Karl Pokorny ließ sich auf das Sofa fallen und atmete hörbar aus. Er beugte sich nach vorn und stützte die Ellenbogen auf die Knie. Regentropfen fielen von seinem Kopf, der dunkle Anzug glänzte nass. »Setz dich«, sagte der Vater, aber er sah Friedrich nicht an, sondern blickte auf den Teppich. Friedrich setzte sich dem Vater gegenüber.

»Die Mama«, sagte Karl Pokorny und atmete noch einmal aus. »Die Mama ist weg«, sagte er zum Teppich. »Und sie kommt auch nicht mehr wieder. Die Mama ist im Himmel.«

Friedrich dachte, wieso sagt er nicht, sie ist tot, ich bin kein kleines Kind mehr, ich weiß, was das heißt, im Sommer komme ich aufs Gymnasium und mache Abitur.

»Da war etwas in ihrem Kopf. Und heute Nacht ...«

: 35 :

Friedrich musste daran denken, wie sich seine Mutter immer an die Stirn gegriffen hatte. Da war also etwas in ihrem Kopf gewesen. Wieso hatte man es nicht herausgeholt? Was sollte er jetzt tun? Er stand auf und ging zu seinem Vater, blieb ein paar Sekunden vor ihm stehen, setzte sich neben ihn und legte den Arm um ihn. Sein Vater, viel zu breit, als dass er ganz um ihn herumkam, war blass, ganz weiß. Plötzlich umarmte er Friedrich und drückte ihn so fest an sich, dass es wehtat. Friedrich bekam keine Luft mehr, aber er hielt durch. Dann ließ ihn sein Vater los, ging zum Telefon und rief eine entfernte Tante an, die Friedrich flüchtig von irgendwelchen Familienfeiern kannte. Sie kam etwa eine Stunde später. Es wurde langsam dunkel. Die Tante war klein und grau. Sie trug dunkelbraune Strümpfe und einen Faltenrock.

Sie verbrachten den Abend in der Küche. Der Vater trank Bier und zerdrückte die Pommersche auf den Brotscheiben. Die Tante räumte ab, spülte und putzte die Küche. Zwischendurch lächelte sie Friedrich immer wieder an, aber wenn er sie etwas länger ansah, sah sie weg und machte etwas an ihrem Rock oder an ihren Haaren.

Später brachten ihn die Tante und der Vater ins Bett. Der Vater deckte ihn zu, wünschte ihm eine gute Nacht und ging hinaus.

Im Morgengrauen wachte Friedrich auf. In seinem Zimmer waren schon die Umrisse der Möbel zu erkennen, es würde bald hell werden. Da war Lärm auf dem Schrottplatz. Er zog seinen Bademantel an, verließ das Haus, ging durch die Gassen der Autowracks auf den Lärm zu und musste dabei immer wieder tiefen Pfützen ausweichen, die sich in den vielen Schlaglöchern gebildet hatten. Er bog um einen alten, grauen VW-Käfer und sah seinen Vater, der mit der schweren Eisenstange, die sonst neben dem Schreibtisch in der Bretterbude stand, auf die Autos einschlug. Er zertrümmerte Scheiben und Scheinwerfer, drosch tiefe Beulen in Motorhauben und Kotflügel. Die Windschutzscheiben splitterten nicht, sie zeigten nur ein komisches Muster und bogen sich nach innen. Friedrichs

Vater atmete schwer und schrie manchmal vor Anstrengung, wenn er ausholte und die Stange niederrauschen ließ. Plötzlich drehte er sich um die eigene Achse wie ein Hammerwerfer und schleuderte die Eisenstange in den heraufziehenden Morgen. Sie fiel dumpf irgendwo zu Boden. Der Vater beugte sich nach vorne und keuchte, die Hände auf die Knie gestützt, den Kopf gesenkt. Als er Friedrich sah, richtete er sich auf, kam auf ihn zu, hob ihn hoch und trug ihn zu dem Zwinger. Mit einer Hand holte der Vater den Schlüssel aus der Tasche und schloss das Vorhängeschloss auf. Er öffnete die Fahrertür des Käddis, setzte Friedrich hinters Steuer und sich selbst auf den Beifahrersitz. Ein paar Minuten saßen sie schweigend da. Dann beugte sich der Vater vor und drehte das Autoradio an. Es funktionierte noch. Es lief gerade »Immer wieder sonntags« von Cindy und Bert.

Über den Autowracks ging irgendwo die Sonne auf, der Himmel wurde langsam heller.

Sie fuhren los.

Um zwanzig vor acht machte sich Friedrich auf den Weg und traf Thomas vor dessen Haus. Friedrich wollte erzählen, was mit seiner Mutter passiert war, aber er wusste es ja nicht genau, also sagte er: »Tot. Meine Mutter ist tot.« Thomas meinte, heute sei kein Tag für die Schule. Sie gingen zum Bahnhof, setzten sich in einen Bus und fuhren durch die Gegend. In einem Vorort stiegen sie aus und gingen in einen Wald. Gegen Mittag saß Friedrich auf einem Baumstumpf und weinte. Thomas saß neben ihm und hielt seine Hand.

2

»Tja«, sagte Gerstenberger, »ich schätze, beide Mannschaften sind voll, Schrott-Fritz!« Die anderen lachten. Es war immer ungünstig, wenn eine gerade Zahl von Jungs zu-

sammenstanden und die Mannschaften für das Pausen-
spiel auswählten. Friedrich hatte sich eigentlich ange-
wöhnt, vorher schnell nachzuzählen, aber heute hatte er
wohl nicht genau genug hingeschaut. Er ging über den
Schulhof bis zu den Treppen, die zum Fahrradkeller hinab-
führten. Da unten hockte Zacher. Friedrich setzte sich neben ihn.

»Willst du mal beißen?« Zacher hielt ihm sein Pausenbrot hin.

»Danke«, sagte Friedrich, biss einmal hinein und gab es
zurück. »Auch dafür, dass du mich heute Morgen noch mal
schnell Mathe hast abschreiben lassen.«

»Ist schon okay. Aber ich finde, du solltest das auch mal
selbst auf die Reihe kriegen.«

»Mathe? Keine Chance. Dafür bin ich nicht gemacht.«

»Hast du denn die Übersetzung für Latein noch fertig
gekriegt?«

»Ja, sicher.« Das war gelogen, aber da er gestern schon
die Mathe-Aufgaben ohne Zachers Hilfe nicht geschafft
hätte, konnte er ihn heute nicht auch noch um Latein angehen. Sie machten noch immer zusammen Hausaufgaben. So bekam Friedrich sehr viel mehr vom Gymnasium
mit, als wenn er auf sich allein gestellt gewesen wäre. Zacher brachte die nötige Geduld auf, ihm immer wieder alles Mögliche zu erklären. Manchmal kam Friedrich sich etwas blöd vor, und es war ihm peinlich, sich alles dreimal
erklären zu lassen. Zacher jedoch gab nicht auf. Oft ärgerte
sich Friedrich darüber, dass Zacher es genoss, schlauer zu
sein, aber unter dem Strich war Friedrich ihm dankbar.
Auf dem Gymnasium war es nicht anders als auf der
Grundschule, auch hier wurde er Schrott-Fritz genannt, obwohl ihn hier keiner von früher kannte. Die meisten anderen Kinder kamen aus »besseren Familien«. Diesen Begriff
hatte die kleine graue Tante gebraucht, die den Pokornys
jetzt den Haushalt führte. Morgens, wenn Friedrich zur
Schule ging, rückte sie an zum Dienst und blieb bis vier
Uhr nachmittags. Und einmal hörte Friedrich ein Gespräch
mit an, das sein Vater und die kleine graue Tante in der
Küche führten. Die Tante sagte, das Gymnasium, die

»Oberschule«, sei nichts für Friedrich, schließlich gingen da vor allem die Kinder aus den »besseren Familien« hin. Karl Pokorny grunzte nur und meinte: »Der Friedrich macht das schon.«

Die anderen hatten sich alle schon vor dem Gymnasium gekannt. Sie zementierten ihre Freundschaften jeden Morgen, wenn sie mit dem Bus oder der Bahn zur Schule kamen. Friedrich und Zacher waren die Einzigen, die zu Fuß kamen. Sie wohnten nicht weit genug entfernt, um in den Genuss der gratis ausgegebenen Fahrkarten zu kommen.

Zacher machte sich nichts aus den anderen. Als alle am ersten Schultag aufstehen und sagen mussten, wie sie hießen und was ihre Väter von Beruf waren, lachten alle, als Friedrich angab, sein Vater habe einen Schrottplatz. Das konnte sich keiner vorstellen. Väter waren Ärzte oder Anwälte, zur Not hatten sie einen Laden oder eine Firma für Badezimmereinrichtungen, aber doch keinen Schrottplatz. In der Pause nannten sie ihn dann zum ersten Mal Schrott-Fritz. Als Zacher sagte, er habe keinen Vater und seine Mutter keine Arbeit, lachte niemand. Von da an wurde er von allen nur Zacher genannt, wenn sie ihn überhaupt ansprachen. Friedrich wäre gern ein wenig gewesen wie Zacher. Auch er hätte gern den Eindruck verbreitet, es mache ihm nichts aus, was die anderen dachten. Aber das gelang ihm nicht. Manchmal hatte er den Eindruck, es stehe ihm »Ich will mitspielen« auf der Stirn geschrieben. Aber er wusste, er konnte immer noch mit Zacher auf der Treppe zum Fahrradkeller hocken, das würde immer gehen. Zacher und er waren zusammen verprügelt worden. Zacher hatte seine Hand gehalten, als seine Mutter gestorben war. Es hatte ihm nichts ausgemacht, neben Zacher zu sitzen und zu weinen. Das bedeutete etwas.

Friedrich sah auf die Uhr. Zehn Minuten waren noch Pause. »Ich dreh noch mal 'ne Runde«, sagte er.

»Klar.« Zacher blieb sitzen.

Friedrich sah Annabel aus dem Gebäude kommen. Sie war allein, das war eine gute Gelegenheit.

»Annabel!«, rief er. »Könnte ich vielleicht Latein bei dir abschreiben?«

Sie lachte. Friedrich mochte das, weil man dann ihre Grübchen in den Mundwinkeln sah. »Klar.« Sie griff in ihre Schultasche und gab ihm ihr Heft.

»Danke.«

»Keine Ursache.«

»Ach, übrigens ...«

»Ja?«

»Na ja, das ist ja nicht das erste Mal, dass ich bei dir abschreibe ...«

»Und?«

»Ich würde mich gern bei dir revanchieren.«

»Ist schon okay.«

»Wie wär's mal mit einem Kaffee?«

»Im Schülercafé?«

»Nein, ich dachte, vielleicht heute Nachmittag im *Grünspan*.« Friedrich hatte sich schon lange vorgenommen, sie zu fragen.

Sie dachte nach. »Okay«, sagte sie schließlich. »Um vier?«

»Vier wäre toll.«

»Bis dann.«

Die nachfolgende Deutschstunde nutzte er, um die Lateinübersetzung aus Annabels Heft abzuschreiben. Zu Beginn der Fünf-Minuten-Pause gab er es ihr zurück. Dann saßen sie alle da und warteten. Normalerweise war ein großes Geschrei und Gerenne in den kurzen Pausen, aber vor den Lateinstunden verhielten sich alle ganz still. Friedrich betrachtete die einundvierzig Jungs und Mädchen um ihn herum. Einigen war anzusehen, dass sie Angst hatten. Seit ein paar Monaten, seit Beginn des zehnten Schuljahres, hatten sie jetzt Latein bei Dr. Bergmann. Heute ließ auf sich warten. Aber er würde kommen, er hatte noch nie gefehlt, war nie krank gewesen, sogar Bakterien und Viren hatten Angst vor ihm. Friedrichs Blick traf den von Matthias Polke, und Polke grinste und zuckte mit den Schultern, als wollte er sagen, er wisse auch nicht, wo Bergmann stecke. Polke war der Klassenidiot, der, auf dem alle herumhackten, der aber immer noch versuchte, sich bei allen beliebt zu machen. Ständig saß er nervös auf seinem Stuhl, die Hand immer bereit, in die Höhe zu schießen, um auf Fragen des Lehrers zu antworten, am besten, bevor dieser sie gestellt hatte. Dabei war Polke gar nicht mal besonders klug, seine Antworten waren oft falsch.

Für seinen Geschmack wurde auch Friedrich im Unterricht viel zu oft nach Dingen gefragt, von denen er keine Ahnung hatte. Mittlerweile hatte er aber einen Weg gefunden, damit umzugehen. Einmal hatte ihn Lücke, der bärtige Mathelehrer, nach irgendetwas gefragt, wovon Friedrich keine Ahnung hatte, was in Mathe allerdings auch keine Kunst war. Anstatt zuzugeben, dass er die Antwort nicht wusste, sagte er: »Gute Frage!« Die Klasse lachte. »Die Frage ist so gut, die habe ich gar nicht verdient, ich möchte jemand anderem die Gelegenheit geben, sich auszuzeichnen!« Wieder hatte er die Lacher auf seiner Seite, sogar Lücke grinste. Er fing an, sich zu Hause originelle Antworten zurechtzulegen, schoss sie im Unterricht ab, als seien sie ihm gerade erst eingefallen.

Jetzt endlich hallten Bergmanns Schritte über den Gang. Niemand ging wie Dr. Bergmann. Er hatte riesige Füße in gigantischen Schuhen mit genagelten Absätzen, die er beim Gehen auf den Boden rammte wie Dampfhämmer. Herr Dr. Bergmann hatte noch am Zweiten Weltkrieg teilgenommen und betonte, der sei nicht durch sein Verschulden verloren gegangen. Dabei hatte Bergmann ein Auge »in der Ukraine gelassen«. Ein milchiges Brillenglas verbarg die leere Höhle beziehungsweise das zugenähte Lid. Manchmal lief ein durchsichtiges Sekret seine Wange hinab. Das passierte vor allem, wenn er sich aufregte. Und er musste sich oft aufregen. Die Schüler waren nicht, wie er sich das wünschte. Sie waren faul, dumm und trugen zu lange Haare und zu kurze Röcke. Einmal hatte in der Pausenhalle ein Pärchen auf einem der Heizkörper gesessen, als Herr Dr. Bergmann, der gerade Aufsicht hatte, auf die beiden zuschoss, seinen Zeigefinger in ihre Richtung stach und schrie: »DAS ist der Anfang der Anarchie!« Er meinte wohl ebenso das öffentliche Rumknutschen wie das Sitzen auf der Heizung.

Vor ein paar Wochen war er im Unterricht auf die Schlacht bei den Thermopylen zu sprechen gekommen, obwohl gerade *De Bello Gallico* übersetzt wurde. Plötzlich stapfte Bergmann wie eine ganze Hundertschaft schwerstgepanzerter Hopliten breitbeinig und mit hängenden Armen durch das Klassenzimmer. Von seinen Schritten schien das Gebäude zu erzittern. Nachdem er die Klasse zweimal durchmessen hatte, warf er sich auf den Boden und fing an zu robben. Die Tür ging auf und der Direktor stand da, um eine Ansage zu machen, verstummte aber gleich, als er Herrn Dr. Bergmann am Boden herumkriechen sah. Der blickte nur kurz auf und rief: »Zuerst wird der Angriff zu Ende geführt! Wenn er etwas will, reihe er sich ein ins Glied!« Herr Dr. Bergmann redete gern mit anderen in der dritten Person.

Die donnernden Schritte kamen immer näher, und dann wurde die Tür mit solcher Gewalt aufgerissen, dass sie fast aus den Angeln flog. Im selben Moment sprangen alle Schüler von ihren Stühlen auf. Herr Dr. Bergmann legte Wert darauf, dass das zügig ging, er hatte das Klassenzimmer auch schon mal wieder verlassen, die Tür zugeschmettert und das Manöver wiederholen lassen, weil es ihm nicht zackig genug gewesen war. Bergmann, zwei Meter groß, mit einem harten, spitzen Bauch unter der Weste seines alten, braunen Anzuges, schleuderte seine tonnenschwere Aktentasche auf das Pult und schrie mit einer Stimme, die beinahe den Putz von den Wänden rieseln ließ: »SALVE DISCIPULI!«

Die Klasse antwortete im Chor: »SALVE MAGISTER!«

»Setzen!«, rief Bergmann. »Was hatten wir letzte Stunde?«

Polkes Arm schoss nach oben. Bergmann ignorierte ihn. »GERSTENBERGER! Stehe er auf und berichte!« Frank Gerstenberger erhob sich, als hätte er Zementbrocken auf den Schultern. Mit vielen Pausen und noch mehr »Ähs« im Vortrag versuchte er, sich da hindurchzulavieren. Bergmanns Auge rollte hin und her. Er wurde sauer, fertigte Gerstenberger schnell ab und ignorierte den immer noch hektisch sich meldenden Polke. Heute aber war er milde gestimmt und rief als Nächstes Zacher auf, was er immer machte, wenn er wollte, dass es zügig voranging. Zacher fasste kurz und knapp den Stoff der letzten Stunde zusammen. Bergmann nickte beifällig und donnerte dann: »VOKABELTEST! POKORNY! AUFSTEHEN!«

»Oh, Gott!«, stieß Friedrich hervor.

»Er darf mich ruhig weiter Herr Dr. Bergmann nennen!«

Die Klasse kicherte. Das stachelte Friedrich an. Er sagte: »Ich wusste gar nicht, dass Gott eine so große Nase hat.«

Totenstille. Die Worte zogen in die Köpfe der Klasse ein wie Tinte in ein Löschblatt. Dann tosendes Gelächter.

Bergmann trat ganz dicht an Friedrich heran und beugte sich zu ihm herunter. Friedrich stellte fest, dass sein Lateinlehrer das gleiche Rasierwasser benutzte wie sein Vater. »Weiß er, was man früher im alten Rom mit ihm gemacht hätte?«, donnerte Bergmann.

Friedrich konnte seinen Atem riechen. »Keine Ahnung«, sagte er, »irgendwas mit Sand und Löwen, nehme ich an. So eine Art antikes Grillfest.«

Bergmann zitterte. Unter seiner Brille kam ein dünnes, milchiges Bächlein hervor. Friedrich hatte den Mann zum Weinen gebracht. Der Tag war sein Freund. Zwar erläuterte Bergmann noch die Praxis des Zu-Tode-Stürzens vom Tarpeischen Felsen und dass er nicht übel Lust hätte, ihn, Friedrich Pokorny, hier und jetzt durchs geschlossene Fenster zu werfen, aber da hörte Friedrich schon das Glucksen und Kichern der anderen und hatte Mühe, selbst nicht loszuprusten.

»Mann, Pokorny« rief Frank Gerstenberger quer durch die Umkleidekabine, als sie sich für den Sportunterricht fertig machten, »das war ein Knaller, was du heute mit Bergmann gemacht hast!« Aus allen Ecken der Kabine kamen Beifallsbekundungen, am heftigsten von Matthias Polke. Als sie nach oben in die Halle gingen, klopften ihm alle auf die Schulter und sagten: »Wahnsinn!« oder »Geile Nummer!« oder »Ich dachte, er schmeißt dich wirklich aus dem Fenster.«

Im Sportunterricht hetzte Klemenz sie durch ein beinhartes Konditionstraining. Nach dieser mörderischen Doppelstunde schleppten sich alle wieder in die Kabinen, süßlicher Schweißgeruch breitete sich aus und vermischte sich mit dem der Linoleumböden. Nackt, schwitzend und mit ihren Duschgel-Flaschen in der Hand stapften sie in die Dusche. Friedrich fing an, sich einzuseifen. In der Umkleidekabine wurde schon gegrölt und gepfiffen. Das galt Polke, der die Angewohnheit hatte, sich beim Aus- und Anziehen immer auf seine Schuhe zu stellen, um seine Socken oder seine Füße nicht am Boden schmutzig zu machen.

Polke kam in seinen Badelatschen hereingeschlappt, wandte sich gleich der ersten Dusche neben dem Eingang zu, drehte das Wasser auf und sprang hastig zur Seite, weil ihm das Wasser zu heiß war. Er drehte an den beiden Hähnen herum, bis es für ihn in Ordnung war, und seifte sich ein. Er hatte den mit Abstand kleinsten Schwanz in der Klasse, und unter der Dusche schrumpelte das Ding noch weiter zusammen.

»Ey, Polke! Polke!«, rief Friedrich.

»Ja?«

»Was ist *das* denn?«

»Was meinst du?«, fragte Matthias Polke zurück.

»Na, das da!« Friedrich zeigte auf Polkes Intimbereich. »Der ist ja eingelaufen! Hast du zu heiß gebadet? Oder hast du beim Arschabwischen zu weit reingefasst und das Ding nach innen gezogen?«

Das Gelächter lockte die an, die noch in der Umkleidekabine waren. Friedrich trat auf Polke zu, legte ihm eine Hand auf die Schulter und sagte: »Mann, Polke, ich fühle mit dir. Gab's das Ding nicht auch als Penis?« Die anderen grölten. »Polke hat drei Haare, eins davon kann pissen!« Einige mussten sich vor Lachen an den gekachelten Wänden abstützen, andere klatschten in die Hände, sogar Polke lachte.

»Pokorny!«, rief Gerstenberger, »wie wär's, wir treffen uns heute Nachmittag bei *Captain Fantastic*, bisschen Platten gucken, bisschen flippern und dann mal sehen. Hast du Bock?«

Captain Fantastic war ein Plattenladen in der Innenstadt, benannt nach einem Album von Elton John, und da gab es ein paar Flipperautomaten im Keller. Außerdem konnte man da auf Sofas hocken und die neusten Platten hören und Kaffee trinken. Friedrich war noch nie gefragt worden, ob er dorthin mitkommen wolle. Heute aber hatte er tatsächlich etwas noch Besseres vor. Schon den ganzen Morgen hatte er sich gefragt, wie er es den anderen unter die Nase reiben könnte. Es schien Tage zu geben, an denen einfach alles klappte.

»Tolle Idee, Frank«, sagte er, »aber ich glaube, Annabel richtet sich eher auf eine etwas intimere Verabredung ein.«

»Du bist mit Annabel verabredet?«

»Heute Nachmittag.«

»Wie hast du das denn hingekriegt?« Alle wussten, dass Gerstenberger bei Annabel schon ein paarmal abgeblitzt war.

»Na ja, ich schreibe doch immer Latein bei ihr ab«, sagte Friedrich, »und gestern habe ich gesagt, ich würde mich gern mal bei ihr revanchieren, und habe sie zum Kaffee eingeladen.«

Gerstenberger sah ihn ernst dann. Dann grinste er. »Da würde ich auch nicht flippern gehen, kann ich da nur sagen.« Er legte Friedrich den Arm um die Schultern. »Wo trefft ihr euch?«

»Frank, ich denke, du hast Verständnis dafür, dass ich das nicht sagen kann.«

»Natürlich nicht. Dumm von mir. Aber pass auf ...«, Gerstenbergers Stimme wurde leiser, kaum noch hörbar durch das Rauschen der Duschen, »... dafür musst du uns morgen alles ganz genau erzählen, verstanden? Und ich erwarte mindestens, dass du ihr unter den Pullover gehst, alles klar?«

»Alles klar«, sagte Friedrich.

Wenn die Klasse in der fünften und sechsten Stunde Sport hatte, dann ging Friedrich allein nach Hause, weil Zacher nicht mit den anderen duschte. Heute aber wartete er an einer Ecke, die Haare noch vom Schweiß verklebt. Sie gingen eine Weile schweigend nebeneinanderher, dann sagte Zacher: »War nicht schlecht, was du heute mit Bergmann gemacht hast.«

Friedrich zuckte mit den Schultern.

Als sie in ihre Straße einbogen, meinte Zacher: »Ich gehe nur kurz nach oben und mache mich frisch. Dann komme ich rüber wegen der Hausaufgaben.«

»Ich habe heute nicht so viel Zeit«, sagte Friedrich. »Ich muss um halb vier weg.«

»Du bist mit Annabel verabredet, nicht wahr?«

Friedrich legte die Stirn in Falten. »Woher weißt du das?«

»Annabel hat es mir erzählt«, sagte Zacher und verschwand im Hausflur.

Friedrich wartete vor dem Café auf sie, sah sie aus der Straßenbahn aussteigen und auf sich zukommen, sie lächelte und zeigte ihm die Grübchen in ihren Mundwinkeln. Sie entschuldigte sich, dass sie etwas spät dran sei – ganze zwei Minuten, dachte Friedrich, das war schon in Ordnung, und er ließ ihr den Vortritt, als sie hineingingen. Friedrich hatte sich zu Hause ein paar Sätze zurechtgelegt, vor ein paar Tagen schon, hatte ein paar Witze auswendig gelernt, mit denen er Annabel beeindrucken wollte, sie musste eine Ader dafür haben, denn auch sie hatte heute in der Lateinstunde mitgelacht.

Das *Grünspan* wurde vor allem von Schülern der oberen Jahrgänge besucht, von Jungs mit Bärten und Mädchen, die rauchten und sich die Tabakkrümel der Selbstgedrehten mit Pinzettengriff von der Zunge fingerten.

Er bestellte Kaffee, Annabel Tee. Sie rührte Kandis in ihre Tasse und sagte: »Das war ziemlich mutig heute in Latein.«

»Ach, der Alte hat's mal gebraucht.«

»Hast du das geplant, oder fällt dir so was spontan ein?«

»Ich habe einfach gesagt, was mir gerade durch den Kopf ging.«

»Nicht schlecht.«

Friedrich führte die riesige Tasse mit dem Milchkaffee

an seinen Mund und trank. Etwas Milch tropfte auf sein Hemd.

»Ups«, sagte Annabel.

Friedrich wischte mit einer Papierserviette an dem Fleck herum. »Na. Milch gibt wenigstens keine Rotweinflecken.«

Annabel zeigte ihm wieder ihre Grübchen. »Ich musste neulich schon so lachen, als du Lücke ausgekontert hast.«

»Na ja, ich habe halt weder von Mathe noch von Latein besonders viel Ahnung. Aber man will ja nicht dasitzen wie ein Fisch oder Blödsinn erzählen wie Polke.«

»Stimmt. Wenn du noch so ein paar Sachen wie heute Morgen auf Lager hast, kannst du jedenfalls immer Latein bei mir abschreiben.«

»Ich bin noch lange nicht am Ende.«

»Ich finde es toll, wenn ein Junge Humor hat«, sagte sie, sah ihn an und rührte noch mal ein wenig Kandis in den Tee, der jetzt völlig überzuckert sein musste.

»Und ich finde es toll, wenn Mädchen über mich lachen.«

»Immer?«

Friedrich spürte, wie sein Gesicht heiß wurde. »Nein, äh, aber manchmal. Oft. Also in den richtigen Momenten.«

»Was wären denn die falschen Momente?« Sie lächelte nicht mehr, sie grinste. Sie leckte den Löffel ab und legte ihn auf die Untertasse.

»Oh, ich denke, bei Polke hätte eine Frau in einigen Momenten richtig was zu lachen.«

»Wie meinst du das?«

»Nun ja, ich meine ... Hast du schon mit Polke geduscht?«

Ganz kurz fror ihre Miene ein. Dann lächelte sie wieder. »Ich hatte noch nicht das Vergnügen. Du etwa?«

»Klar, nach dem Sportunterricht.«

»Natürlich«, sagte Annabel. »Wie dumm von mir. Und du meinst, wenn ich mit Polke duschen würde, hätte ich richtig was zu lachen?«

»Dir würden die Tränen nur so runterlaufen.«

»Und wenn ich mit dir duschen würde?«

Friedrichs Gesicht wurde noch heißer. Wahrscheinlich

: 47 :

war er gerade so rot wie ein Feuerlöscher. Sie wollte mit ihm duschen? Meinte sie das ernst? Jetzt musste er witzig sein. Von seiner nächsten Antwort hing eine Menge ab. »Du würdest weinen«, sagte er. »Vor Glück.«

Grübchen. Es schien ihr zu gefallen, was er sagte. Und sie war es gewesen, die das Gespräch in diese verfängliche Richtung gelenkt hatte. Offenbar funkten sie beide auf der gleichen Wellenlänge. Sie wollte, dass er sie zum Lachen brachte. Das konnte sie haben. Friedrich sah sich um. »Mann, ein richtiges Hippie-Schaulaufen hier, was?«

»Wie meinst du das?«, fragte sie lächelnd.

»Ein arbeitsloser Friseur muss hier doch feuchte Augen kriegen.« Grübchen. Heute konnte er gar nichts falsch machen. Sie bestellte noch einen Tee, wollte also länger bleiben.

»Hast du eigentlich eine Freundin?«

»Wer? Ich? Du weißt doch, ich dusche immer nur mit Polke.«

Ihre Grübchen wurden tiefer. Friedrich sah ihre weißen, absolut gleichmäßigen Zähne.

»Aber ich muss sagen, ich hatte schon sehr früh Kontakt zu Mädchen.«

»Ach, wirklich?«, sagte sie und bewegte das Tee-Ei in der zweiten Tasse Tropenfeuer, die der Kellner gerade gebracht hatte.

»Hört sich komisch an, was?«, sagte Friedrich und schüttelte den Kopf, als sei er über sich selbst verwundert. »Ich hör mich ja an wie ein alter Afrikaforscher nach dem Motto: *Ich hatte ja schon früh Kontakt zu den Bantu*. Aber manchmal seid ihr auch wirklich so merkwürdig wie ein Negerstamm, oder?«

»Aus euch Jungs werden wir auch nicht immer schlau. Und wir sagen nicht Neger.«

»Klar, ihr seid keine Bantu. Ich meine, eure Brüste hängen euch auch nicht runter bis zu den Knien, oder? Na, man weiß es erst, wenn man es gesehen hat.«

Annabel fing an, sich im Café umzusehen. Offenbar wollte sie alle Details dieses wunderbaren Nachmittags in sich aufnehmen.

»Manchmal denkt man als Junge ja, Mädchen seien für Jungs so was wie Montezumas Rache für die spanischen Eroberer in Südamerika.«

»Du kriegst also Durchfall von Mädchen?«

»War nur ein Scherz. Ich kann nur sagen, die späteren Probleme gehen ja meist auf die frühen Prägungen zurück ...«

»Ach, wirklich?« Sie rührte wieder Kandis in ihren Tee.

»Davon bin ich fest überzeugt. Und sieh mal, ich hatte früher zum Spielen immer so eine alte Puppe, die war noch aus den Kindertagen meiner Mutter übrig geblieben, und dieser Puppe fehlte der linke Arm und das rechte Bein, und ein Auge hing immer so auf halb acht, also das eine Lid kam nicht mehr richtig hoch, richtig schwachsinnig sah das Ding aus, und aus dem Hinterkopf quoll auch noch schmutziges Stroh. Das hat natürlich mein Frauenbild etwas ungut beeinflusst. Bis vor kurzem habe ich noch gedacht, eine wirklich schöne Frau müsste Haare haben wie Christiane F. und Augen wie Karl Dall.«

Annabel stand auf und sagte, sie müsse mal eben dringend telefonieren. Sie ging zu dem Apparat, der gleich bei den Toiletten hing, warf Geld hinein und wählte. Als sie zurückkam, sagte sie: »Tja, weißt du, ich habe gerade mit meiner Mutter telefoniert. Meine Oma ist schwer krank, und es geht ihr nicht gut. Meine Mutter will sie ins Krankenhaus bringen, deshalb muss ich zu Hause auf meinen kleinen Bruder aufpassen. Ich hoffe, du verstehst das.«

»Klar«, sagte Friedrich, »kein Problem, die liebe Familie. Hab ich dir eigentlich schon erzählt, was mein Vater sagte, als ich ihn fragte, wieso die Bananen krumm sind?«

»Sei mir nicht böse, aber da kommt gerade eine Bahn«, sagte Annabel, obwohl sie gar nicht nach draußen geschaut hatte. Und Friedrich fragte sich, ob ihr die Grübchen wohl unter den Tisch gefallen waren.

Am nächsten Morgen sahen ihn Gerstenberger und die anderen in den ersten beiden Stunden an und grinsten. Andy Pilz bildete mit Daumen und Zeigefinger der linken Hand einen Kreis und stieß mit seinem rechten Zeigefinger ein paarmal hinein. In der ersten großen Pause versammelten sich Gerstenberger und ein paar andere um Friedrich und wollten alles ganz genau wissen. »Und?«, fragte Gerstenberger. »Was hat sie für Titten? Die trägt immer so weite Pullover, da sieht man ja gar nichts. Sind das so richtig dicke Dinger? Hast du ihre Brustwarzen nach oben gebracht? Hast du sie hart gemacht? Und sie dich, hä? Erzähl schon!«

»Tja, wisst ihr, das ist alles nicht so einfach.«

»Er hat versagt«, stöhnte Andy Pilz.

»He, ich war mit ihr Kaffee trinken, so viel ist sicher. Obwohl sie Tee getrunken hat.«

»Und danach?«, fragte Gerstenberger, »Bist du noch irgendwo mit ihr hingegangen?«

»Sie musste nach Hause! Ihre Mutter hat die Oma ins Krankenhaus gebracht, und Annabel musste auf ihren kleinen Bruder aufpassen.«

»Er hat es vermasselt!«, sagte Andy Pilz.

»Mann, du lässt dir echt eine Scheiße erzählen!« Gerstenberger schüttelte den Kopf. »Die hat überhaupt keinen kleinen Bruder. Du hast dich abservieren lassen. Und ich dachte, du wärst cool.«

»Es waren ungewöhnliche Umstände, da war nichts zu machen!«

»Okay«, sagte Frank Gerstenberger, »wenn du wirklich cool bist, dann gehst du jetzt zu Elke und versuchst es bei der.«

»Die steht doch mit Annabel zusammen, da kann ich doch nicht ...«

»Ach nein?«

Friedrich sah ein, dass er keine Wahl hatte. Er ging quer über den Schulhof zu der kleinen Gruppe von Mädchen, zu der auch Elke gehörte. Elke war Klassensprecherin, interessierte sich für Politik und hatte immer eine große Klappe. Er atmete auf, denn Annabel setzte sich gerade ab, das machte die Sache ein wenig einfacher.

»Elke?«

»Ja, Friedrich?« Sie sah ihn sehr freundlich an.

»Kann ich vielleicht Latein von dir abschreiben?«

»Wieso nicht«, sagte sie, nahm ihr Heft aus der Batik-Umhängetasche und reichte es ihm. Friedrich blickte kurz über seine Schulter. Gerstenberger, Pilz und die anderen sahen herüber, kriegten alles mit. »Danke«, sagte Friedrich. »Das ist sehr nett von dir.«

»Da hast du Recht«, sagte Elke.

»Ich dachte, ich könnte mich vielleicht bei dir revanchieren.«

»Sicher. Woran hast du gedacht?«

»Na ja, ich dachte, wir könnten vielleicht ...«

»Heute Nachmittag einen Kaffee trinken gehen? Vielleicht im *Grünspan*?«

»Zum Beispiel.« Friedrich war erleichtert. Das war ja einfacher als befürchtet.

»Lass mich nachdenken«, sagte Elke und fasste sich ans Kinn. »Du hast als Kind mit Puppen gespielt, aus denen das Stroh herauskam, du duscht am liebsten mit Matthias Polke und kriegst von Mädchen Durchfall, weil ihnen die Brüste bis zu den Knien hängen. Nein, ich denke nicht, dass ich mit dir Kaffee trinken möchte.« Sie nahm ihm das Heft aus der Hand und steckte es wieder in ihre Tasche. Sie sah ihn an und lächelte wie eine Verkäuferin im Supermarkt. »Sonst noch was?«

»Nee, danke. Schon okay.« Friedrich drehte sich um und ging. Da hinten standen noch immer Gerstenberger, Pilz und die anderen. Er reckte einen Daumen in die Höhe, um anzuzeigen, dass alles glatt gegangen war. Dann bog er ab Richtung Fahrradkeller. Als er am oberen Ende der Treppe ankam, blieb er stehen. Da unten saß Zacher und unterhielt sich mit Annabel.

Am Nachmittag machte er wieder Hausaufgaben mit Zacher, konnte sich aber nicht richtig konzentrieren. Er fragte sich, ob Annabel Zacher erzählt hatte, wie der Nachmittag im *Grünspan* verlaufen war. Was hatte Zacher überhaupt mit ihr zu tun? Er hatte sich doch bisher noch nie für Mädchen interessiert. Und die hatten sich einen Dreck um ihn geschert, genau wie die Jungs. Er wusste, Zacher machte das nur, um ihm, Friedrich, eins reinzuwürgen.

»Und?«, fragte Gerstenberger am nächsten Morgen wieder
in der ersten großen Pause, und Friedrich sagte erst mal
gar nichts, sondern setzte ein breites Grinsen auf. Dann
hielt er seine Hände mit krallenartig eingebogenen Fingern vor seine Brust und sagte: »Solche Dinger! Und Brustwarzen, so hart wie Bleistiftspitzen.« Die Jungs grinsten
und ließen sich alles ganz genau erzählen. Friedrich erzählte gern. Noch während er dabei war, ihnen zu beschreiben, wie er mit Elke bei ihr zu Hause erst auf dem alten Sofa saß und schließlich auf dem Boden lag, beide
Hände unter ihrem Pullover, sah er am anderen Ende des
Schulhofes Zacher zusammen mit Annabel. Sie unterhielten sich, Annabel lachte, obwohl Friedrich sich nicht vorstellen konnte, dass Zacher etwas Witziges gesagt hatte,
Zacher hatte keinen Humor, der war bei ihm einfach nicht
eingebaut. Dann kam auch noch Elke dazu, und sie lachten
alle drei.

Am nächsten Morgen wachte er viel zu früh auf, eine
ganze Stunde, bevor der Wecker klingelte, und fand keinen
Schlaf mehr. Er fragte sich, was er falsch machte. Warum
war das, was er im Unterricht sagte, im Café nicht mehr
halb so witzig? Beiläufig schoss ihm der Satz »Ich sehe
doch eigentlich ganz gut aus« durch den Kopf. Seine Gedanken waren schon weitergezogen, da spulte er noch mal
zurück und sah sich den Satz genauer an. Wie kam er
dazu, so etwas zu denken?
　　Er stand auf und ging ins Bad. An der Innenseite der Badezimmertür war ein großer Spiegel, den hatte noch die
Mutter anbringen lassen, aber seitdem sie nicht mehr da
war, war er durch Bademäntel und Handtücher verdeckt.
Friedrich nahm die Sachen ab, zog sich aus und stellte sich
nackt vor den Spiegel. Nicht schlecht, oder? Er trieb keinen
Sport, seine Oberarme waren dünn, aber seine Schultern
tendierten in die Breite, seine Hüften waren einigermaßen
schmal, sein Oberkörper zeigte die Andeutung eines Vs.
Seine Haare waren schwarz, dicht und voll, manchmal kam
er mit dem Kamm kaum durch. Er hatte das Haar seiner
Mutter geerbt, nur in der genau entgegengesetzten Farbe.

Er beugte sich vor und sah sich seine Augen genau an. Verdammt, sind die dunkel, dachte er. Das ist mir bisher noch gar nicht aufgefallen. Er betrachtete seine langen Wimpern. Fast wie bei einem Mädchen. Und dann sein Schwanz. Auch in schlaffem Zustand konnte er die Faust darumlegen, und die Eichel schaute vorn noch bequem heraus. Das konnte sich sehen lassen. Viel zu schade, um nur damit zu pinkeln. Die Hände in die Seiten gestützt, beobachtete Friedrich, wie sein Schwanz sich aufrichtete.

Er hängte die Sachen an die Badezimmertür zurück, stieg in die Duschkabine und onanierte. Zum ersten Mal dachte er dabei nicht an irgendein Mädchen, sondern nur an sich selbst. Dann duschte er ausgiebiger als sonst.

Beim Abtrocknen fiel sein Blick auf das Aftershave seines Vaters, das er mitbenutzte, seitdem er sich rasierte. Es war das Rasierwasser, das auch Bergmann auflegte. Nein, das war unmöglich. Er konnte nicht riechen wie sein Vater und sein Lateinlehrer. Ein Deodorant gab es im Hause Pokorny nicht. Das musste geändert werden.

Er ging in sein Zimmer und stieg in seine Unterwäsche. Er griff nach der braunen, dünnrippigen Cordhose und dem karierten Hemd, das er gestern schon getragen hatte. So konnte es nicht weitergehen. Er nahm ein frisches, blassblaues Hemd mit Achselklappen aus dem Schrank. Hose ist Hose, Hemd ist Hemd. Die Zeiten mussten vorbei sein. Er hatte etwas Geld auf einem Sparbuch, auf das er die Geldgeschenke einzahlte, die er zu Geburtstag und Weihnachten von seinem Vater, der kleinen grauen Tante und einigen entfernten Verwandten bekam. Aber da kam er erst ran, wenn er volljährig war. So lange konnte er es nicht mehr aushalten. Wie aber sollte er seinem Vater klar machen, dass er nicht nur *neue* Sachen, sondern eine völlig neue *Art* von Sachen brauchte?

Voller Widerwillen zwängte er sich noch einmal in die alte Cordhose und ging zur Schule. Auf dem Heimweg setzte er sich kurz vor dem Einbiegen in die Sackgasse von Zacher ab und machte einen Umweg über eine in den letzten Jahren entstandene Brache. Hier hatten mehrere Häuser einem geplanten Einkaufszentrum Platz machen müssen, das dann nicht gebaut wurde, weil irgendeine Firma Pleite ging. Friedrich hockte sich auf einen Stein und zerrte am Saum seines rechten Hosenbeines herum. Die alte Hose erwies sich als erstaunlich widerstandsfähig. Er fand eine alte Zaunlatte, aus deren oberen Ende ein rostiger Nagel herausschaute, und versuchte es damit. Er kriegte einen feinen Spalt in den Saum und fetzte dann das Hosenbein bis zum Oberschenkel auf. Das Hemd war weniger schwierig. Er zog es aus und riss das Rückenteil bis zum Kragen in zwei Hälften. Dann ging er Richtung Schrottplatz und wartete an einer Ecke, bis er einen Mann, der etwas in der Hand trug, in den Bretterverschlag zum Vater gehen sah.

»Wie hast du das denn fertig gekriegt?«, rief der Vater, statt Guten Tag zu sagen, als Friedrich zu ihm ins Büro kam. Vor dem unordentlichen Schreibtisch des Vaters stand der Mann, eine Lichtmaschine in der Hand.

»Bin über 'nen Zaun geklettert und hängen geblieben.«

»Was machst du auch so 'n Scheiß?«

Friedrich zuckte mit den Schultern und sagte: »Ich brauch 'ne neue Hose.«

»Sofort?«

»Die andere ist in der Wäsche.«

Der Vater warf einen Blick auf den Kunden. Der Sohn des Schrotthändlers hatte also nur zwei Hosen. Der Vater sah aus, als wäre ihm sein Lebensmotto »Hose ist Hose« zum ersten Mal peinlich. Er holte seinen platt gesessenen Geldbeutel aus der Gesäßtasche seines Blaumannes und gab seinem Sohn hundert Mark.

»Ein neues Hemd brauche ich auch. Am besten zwei. Das andere ist an den Manschetten schon ganz durchgescheuert.«

Der Mann im Anzug hob eine Augenbraue. Der Junge hatte also auch nur zwei Hemden.

»Du hast doch mehr als zwei Hemden!«

»Ein blaues und ein grünes.« Das war gelogen. Er hatte noch drei andere, zum Beispiel das karierte, das er heute Morgen nicht hatte anziehen wollen, aber er vertraute darauf, dass sein Vater das nicht wusste.

»Was ist mit den anderen passiert?«

»Gestorben.«

»Mensch, Junge, so was musst du mir sagen.«

»Ach«, sagte Friedrich und sein Blick streifte den Mann im dunklen Anzug, »ich wollte dir nicht so auf der Tasche liegen.« Das war clever. So stand Friedrich als bescheiden da und seinen Vater traf nicht die ganze Schuld an der mangelhaften Garderobe seines Sohnes.

»Also wirklich«, murmelte der Vater, »da hat der Junge nichts anzuziehen und meldet sich nicht.« Er nahm aus der Schreibtischschublade eine grüne Geldkassette und schloss sie auf. Seine Nackenwülste glänzten vor Schweiß. Als er sich wieder zu seinem Sohn umdrehte, drückte er ihm weitere dreihundert Mark in die Hand. »Geh und kauf dir was zum Anziehen. Aber was Anständiges.«

»Danke, Papa.«

Friedrich ging ins Haus, kramte die andere Hose aus der Wäsche, zog das grüne Hemd an, ging in die Stadt, kleidete sich neu ein und vergaß auch nicht, sich eigenes Aftershave und ein Deo zuzulegen.

Abends, beim Abendbrot, sah ihn der Vater sehr lange sehr ernst an. »Ich weiß, ich kümmere mich nicht immer genug um dich«, murmelte er.

Friedrich hörte auf, den Bissen Leberwurstbrot, der in seinem Mund steckte, zu kauen, und sagte: »Ich komme zurecht, Papa.«

Friedrich spürte, wie das Brot in seinem Mund eingespeichelt wurde.

»Der Schrottplatz ist nichts für dich.«

Friedrich musste an die Bio-Stunde denken, wo sie Brotstücke im Mund gehalten hatten, bis sie süß schmeckten, weil die Stärke in dem Brot sich durch den Speichel in Zucker verwandelt hatte.

Ein halbes Jahr lief die Sache zwischen Zacher und Annabel. Jeden Morgen sah er Annabel Richtung Fahrradkeller verschwinden. Friedrich wünschte sich, er hätte auch eine Freundin vorweisen können. Vielleicht konnte ihm Zacher irgendwann erklären, wie man eine bekam, so wie er ihm auch immer die Hausaufgaben erklärte. Friedrich wurde wütend, wenn Zacher lieber mit Annabel nach der Schule ins *Grünspan* ging anstatt mit Friedrich nach Hause. Die Zeit, in der sie gemeinsam lernen konnten, wurde dadurch kürzer. Am meisten aber fühlte sich Friedrich von der Tatsache getroffen, dass Annabel seinen Platz auf der Treppe zum Fahrradkeller eingenommen hatte.

Dann, eines Morgens, bevor er sich auf den Weg zur Schule machte, sah Friedrich vom Badezimmerfenster aus Zacher vor dem Zwinger stehen. Er umklammerte die Maschen des Zaunes, der schon lange nicht mehr unter Strom stand, das war nur noch eine Drohung von Friedrichs Vater. Es nieselte ein wenig, Zacher aber war ganz nass. Friedrich zog eine Regenjacke an und ging nach draußen. Der Schlamm schmatzte unter seinen Schuhen, Zacher hörte ihn näher kommen und ließ den Maschendraht los. Ein paar Sekunden stand Friedrich stumm neben Zacher, dann sagte er: »Ist gleich halb acht.« Sie würden bald losgehen müssen, und Zacher wollte sich doch bestimmt noch etwas anderes anziehen, er war ja ganz durchnässt.

Zacher deutete auf das Vorhängeschloss. »Mach mal auf!«

Seit dem Tod seiner Mutter hatte Friedrich einen Schlüssel für den Zwinger. Er konnte sich jetzt in den Cadillac setzen, wann immer er wollte, dafür musste er seinem Vater bei der Instandhaltung helfen. Er schloss auf, ging hinein, öffnete die Fahrertür für Zacher wie ein Chauffeur und nahm selbst auf dem Beifahrersitz Platz. Vor der Windschutzscheibe erstreckte sich das Blechland der Motorhaube, dann kam der Himmel aus Maschendraht. Zacher holte Luft. Friedrich sah ihm an, dass er nach Worten suchte.

»Weißt du, für wen sie mich ... verlassen hat?«

Annabel hatte also Schluss gemacht. Als Erstes dachte Friedrich, dass er nun seinen Platz auf der Treppe wiederbekommen würde. Zachers Augen waren gerötet. So hatte Friedrich ihn noch nie gesehen.

»Gerstenberger.« Zacher schluckte hart. »Wie kann man sich mit mir abgeben und dann mit Gerstenberger?« Er sah Friedrich an. »Ich wünschte, es würde mir nichts ausmachen. Ich weiß, wie so etwas läuft, ich sehe es doch bei meiner Mutter. Aber ich kann nichts dagegen machen.«

Friedrich nickte und legte eine Hand auf Zachers Arm. Monatelang hatte er auf diesen Moment gewartet, jetzt musste er selbst beinahe heulen. Er dachte an den Tag, als seine Mutter gestorben war und Zacher seine Hand gehalten hatte. »Ich glaube, wir werden in zwanzig Jahren noch hier sitzen und den Zaun anstarren, wenn wir uns mies fühlen.«

Zacher griff mit beiden Händen nach dem Lenkrad. »Nichts dagegen.«

Friedrich überlegte, ob er noch etwas sagen sollte, aber als Zacher ihn angrinste, wusste er, dass das nicht nötig war.

3

Friedrich stand vor der Aula und wartete auf Zacher. Der war noch nie zu irgendwas zu spät gekommen. Heute wurden die Abiturzeugnisse ausgegeben, da war es besonders merkwürdig.

Friedrich strich sich mit den Händen über den Anzug, den sein Vater zum Abitur hatte springen lassen. Als der Verkäufer beim Herrenausstatter den Preis genannt hatte, war Karl Pokorny blass geworden, hatte aber gezahlt, ohne einen Ton zu sagen. Ein paarmal schon hatte Friedrich den Anzug zu Hause getragen, wenn er sicher sein konnte, dass sein Vater nicht hereinkam, und er hatte sich auch schon mit dem Anzug in den Cadillac gesetzt, den Ellenbogen endlich waagerecht im offenen Fenster.

Friedrich sah auf die Uhr. Die Zeugnisvergabe war eingebunden in eine kleine Zeremonie, eine Art Festakt, der in der alten Fünfzigerjahre-Aula der Schule stattfand. Etwa dreihundert Leute fanden dort Platz, in siebzehn, zur Bühne hin abfallenden Reihen fest montierter, unbequemer

Klappstühle. Die Wände des fensterlosen Raumes bestanden aus ehemals hellen Holzrippen, die sich mit den Jahren tiefdunkel verfärbt hatten. Den Bühnenhintergrund bildete ein verdreckter orangefarbener Vorhang. In der Mitte der Bühne stand ein klobiges Rednerpult, mit den gleichen Holzrippen verkleidet, wie sie an den Wänden zu finden waren. Zunächst sollte der Jahrgangsstufenleiter ein paar Worte sagen, dann würde die Rede eines Schülers folgen und schließlich die des Direktors, der dann auch die Zeugnisse ausgab. Danach sollte es im Foyer Sekt und Schnittchen geben.

Friedrich war der Schüler, der die Rede halten sollte. Der Direktor hatte Zacher gefragt, als den Schüler mit dem mit Abstand besten Abitur, aber der hatte abgewunken. Er mache sich nicht zum Hanswurst für hundertzwanzig Idioten, die er noch nie habe leiden können. Dann hatte sich Matthias Polke angeboten, aber da war Frank Gerstenberger, der inzwischen Stufensprecher war, eingeschritten und hatte Friedrich durchgesetzt.

Um elf sollte es losgehen. Um zehn vor elf waren alle da. Außer Zacher. Karl Pokorny hatte sich in den alten dunklen Anzug gezwängt, den er nur bei seiner Hochzeit getragen hatte und dann noch bei der Beerdigung seiner Frau. Die Schultern drohten den Stoff zu sprengen, aber er wirkte auch würdevoll und ein bisschen stolz, und das freute Friedrich.

Um drei Minuten vor elf kam der Direktor und sagte, man wolle pünktlich anfangen. Friedrich bat ihn, noch ein paar Minuten zu warten. Der Direktor sagte, spätestens um fünf nach elf würde der Jahrgangsstufenleiter auf die Bühne gehen. Als der Direktor um Punkt vier Minuten nach elf noch einmal herauskam und sagte, seine Geduld sei jetzt am Ende, bog in hohem Tempo ein roter R4 um die Ecke. Der Wagen hatte offenbar keinen Auspuff und machte einen infernalischen Lärm. Direkt vor der Aula bremste er abrupt ab. Auf dem Beifahrersitz saß Zacher, am Steuer seine Mutter. Zacher stieg aus und sagte nur: »Entschuldigung.« Er trug einen alten blauen Samtanzug, der ihm ein paar Nummern zu klein war.

Die Mutter stellte den Wagen ab und stieg ebenfalls aus. Als Erstes tauchten ihre Haare über dem Autodach auf, ein scheinbar ungeordneter Haufen schmutzig blonder Strähnen, die am Pony nikotingelb verfärbt waren. Die Mutter kam um das Auto herum und sagte: »Hallo Friedrich!« Sie trug eine knallgelbe Bluse, deren großer, spitzer Kragen auf einer kurzen Jacke aus kräftigem Grün ausgebreitet war. An den Beinen hatte sie pinkfarbene Hosen und an den Füßen offene, hochhackige Schuhe. Einige ihrer Zehennägel hatte sie lackiert, andere nicht. Sie hatte versucht, ihre Augenringe wegzuschminken, doch das war schief gegangen. Auf ihren weißen Wangen prangten zwei fast kreisrunde Flecken Rouge, und ihre Lippen hatte sie mit einem feuchtrot glänzenden Lippenstift bearbeitet, der ihr in den Mundwinkeln ein wenig ausgerutscht war. Über dem linken Unterarm trug sie eine kleine schwarze Handtasche aus Krokolederimitat. »Okay«, sagte sie, »wo geht's lang?« Ihre Stimme klang, als käme sie aus einem tiefen Brunnen, in den jahrelang Altmetall verklappt worden war. Sie hängte sich bei Friedrichs Vater ein, bevor der sich wehren konnte, und sie gingen in die Aula. Die Mutter redete die ganze Zeit. »Abitur, meine Fresse, hätten Sie das gedacht? Jetzt will er studieren, Scheiße, nee, der will Rechtsanwalt werden, wahrscheinlich muss ich ihn dann siezen, was?«

In der dritten Reihe, ganz am Rand, hatte Friedrich drei Plätze reserviert. Er hatte nicht mit der Mutter gerechnet. Sein Vater versuchte, erst die Mutter und dann Zacher in die Reihe vorzulassen, doch die Mutter zog ihn am Ärmel und sagte: »Sie sind heute mein Kavalier! An meine grüne Seite!« Friedrich setzte sich ganz an den Rand, und Zacher hockte sich auf den Boden.

Als Friedrich nach der Rede des Jahrgangsstufenleiters auf die Bühne ging, empfing ihn freundlicher Applaus. Er brauchte kein Manuskript, er hatte alles auswendig gelernt. Eigentlich war es keine Rede, sondern eine zehnminütige Nummernrevue, in der er skurrile Begebenheiten aus den letzten neun Jahren und einige Lehrerparodien zusammenmixte.

Friedrich gab sich locker, entfernte sich vom Redner-pult, lehnte sich dagegen, eine Hand in der Hosentasche, und wusste, er war unschlagbar. Aber nach ein paar Minu-ten meinte er, Unruhe im Publikum zu bemerken. Die Un-ruhe ging von Zachers Mutter aus. »Der ist gut, was?«, sag-te sie zu Friedrichs Vater. »Verdammt gut, Ihr Sohn!« Dann kramte sie in ihrer Handtasche herum. »Wo ist das Scheißding denn?« Der nächste Satz ging in einem Lacher unter, nachdem Friedrich eindrucksvoll nachgemacht hat-te, wie Lateinlehrer Bergmann, der nicht anwesend war, die Thermopylen eroberte. Die Mutter legte den Kopf in den Nacken und trank aus einer kleinen Flasche Jäger-meister.

Friedrich wurde mit donnerndem Applaus und freund-lichen Pfiffen verabschiedet. Als er die Treppe vor der Büh-ne hinunterging, sah er in der Mitte der fünften Reihe Mat-thias Polke sitzen, der nicht klatschte, sondern nur vor sich hin starrte.

Während der Zeugnisausgabe durch den Direktor ver-hielt Zachers Mutter sich still. Erst als ganz am Ende ihr Sohn auf die Bühne gerufen wurde, um das beste aller Zeugnisse in Empfang zu nehmen, stand sie auf, klatschte übertrieben Beifall und rief »Bravo«, »Mein Junge!« und »Abitur! Meine Fresse!« Alle starrten sie an, und der Direk-tor drückte Zachers Hand etwas länger als notwendig, um ihn seiner Hochachtung zu versichern. So schwierige häus-liche Bedingungen und dann so ein Abitur! Friedrich hatte es nur auf Dreikommaeins gebracht. Er hatte sich aber auch keine große Mühe gegeben. Zacher hatte ihn immer wieder angetrieben, sich mehr anzustrengen, damit sein Schnitt besser wurde, aber Friedrich hatte gesagt: »Wozu? Ich will ja nicht Medizin studieren.« Zacher war schließ-lich nicht sein Vater.

Als alle dem Ausgang entgegenstrebten, sagte sein Vater grob: »Zeig mal her das Ding!« Friedrich reichte ihm das Zeugnis, das in einer von einer Schülerin gestalteten Map-pe steckte. Der alte Schrotthändler sah es sich lange an und nickte. Dann gab er seinem Sohn einen nicht ganz sanften, aber anerkennenden Schlag auf den Hinterkopf und sagte:

»Gut so.« Zu einem Lachen reichte es nicht, aber das wäre auch zu viel verlangt gewesen.

Als sie ins Foyer kamen, stand Zacher an der Tür. Wo war seine Mutter? Friedrich folgte Zachers Blick und sah sie an einem der Stehtische, zusammen mit einigen anderen Eltern. Sie hatte ein Glas Sekt vor sich und die kleine Flasche Jägermeister, aus der sie vorhin getrunken hatte.

Friedrich ging zu Zacher und sagte: »Willst du schon gehen?«

»Ich warte nur auf meine Mutter.«

Ein paar Minuten standen sie nebeneinander und sahen zu der Mutter hinüber, die auf die anderen Leute am Tisch einredete. Sie lachte laut und kehlig über das, was sie selbst erzählte. Die anderen am Tisch wirkten, als würden sie mit einer tödlichen Waffe bedroht. Als die Mutter zu singen anfing, sprang Zacher die drei Stufen ins Foyer hinunter und drängte sich durch seine künftigen Exmitschüler und deren Eltern zu ihr hindurch. Er packte sie am Arm und flüsterte ihr etwas ins Ohr. Die Mutter fuhr herum und fegte dabei das Sektglas vom Tisch. »Was willst DU denn? Ich unterhalte mich hier! Lass mich in Ruhe!« Zachers Griff wurde fester. Die Mutter schlug ihm ins Gesicht und fing an herumzuschreien, was das solle und dass ihr Sohn jetzt Abitur habe, meine Fresse, und sie habe noch nie jemanden mit Abitur auch nur gekannt! Sie riss sich los, schlug Zacher noch einmal ins Gesicht und schrie wieder, er solle sie in Ruhe lassen, sie sei erwachsen, verdammte Kacke noch mal, und sie lasse sich von einem grünen Bengel wie ihm überhaupt nichts sagen. Die Umstehenden waren verstummt und sahen interessiert zu.

Die Mutter wollte zu dem Tisch zurück, auf dem noch ihr Jägermeister stand. Zacher zog sie Richtung Ausgang. In der Menge hatte sich jetzt eine Schneise gebildet. Die Mutter schrie jetzt unzusammenhängendes Zeug. Man verstand nur einzelne Wörter wie »Abitur«, »Scheiße«, »Schweine«, »Meine Fresse!«, »Bengel«, »Idiot« oder »Arschloch«. Zacher zerrte an seiner Mutter herum, aber sie hielt mit erstaunlicher Kraft dagegen. Es sah nach einem Patt aus. Die beiden wirkten wie das Modell für eine antike Statue in geschmacklosen modernen Kleidern. Man müsste sie jetzt nur mit Bronze übergießen, dachte Friedrich.

Als aber die Mutter ihren Sohn aufforderte, er solle sich doch bitteschön ins Knie ficken oder sonstwohin, wo es ihm Spaß mache, löste sich Friedrichs Vater von seinem Tisch, stieß Zacher beiseite und schlug der Mutter mit dem Handrücken ins Gesicht. Mit aufgerissenem Mund starrte sie Friedrichs Vater an. Der zeigte nur auf die Tür. Die Mutter gehorchte. Friedrich hielt ihr die Tür auf.

Sie ließ sich widerstandslos auf die Rückbank des R4 setzen. Zacher sagte leise zu Friedrich: »Es wäre mir lieb, wenn dein Vater nicht mitkäme.« Friedrich sah seinen Vater an. Der nickte und machte sich auf den Weg zu seinem weißen Mercedes.

Zacher setzte sich ans Steuer, obwohl er keinen Führerschein hatte. Die Mutter saß auf dem Rücksitz und weinte.

»Ich wusste gar nicht, dass ihr überhaupt einen Wagen habt«, sagte Friedrich.

»Der ist geliehen«, antwortete Zacher, während er wendete. Den Rest der Fahrt sagten sie nichts. Die Mutter machte Geräusche.

Sie parkten direkt vor dem Haus. Zacher zerrte seine Mutter aus dem Wagen, aber kaum hatte sie einen Fuß auf dem Boden, brach sie zusammen und landete auf dem Bürgersteig. Es sah nicht so aus, als würde sie von allein wieder hochkommen. Zacher und Friedrich packten sie unter den Achseln und hoben sie auf. Zacher griff noch nach ihrer Handtasche. Die Mutter machte ein paar Schritte vorwärts, aber ihre Knie gaben immer wieder nach. Die beiden Abiturienten stützten sie. Zacher schloss die Haustür auf.

Im Flur lagen mehrere Zementsäcke übereinander gestapelt. Der Fußboden war aus rötlichen Fliesen zusammengesetzt, die jedoch alle schon gesplittert waren. An der Wand hingen etwa ein Dutzend metallene Briefkästen, etwa die Hälfte davon aufgebogen. Alle quollen über vor Werbeprospekten, an keinem stand ein Name.

Als sie an der Treppe ankamen, ging rechts eine Tür auf

und eine sehr alte Frau schaute heraus. Friedrich erkannte weißes Haar, einen geblümten Haushaltskittel und einen zahnlosen, faltigen Mund. Die Frau sah ihn an, sagte aber nichts.

Die Treppenstufen waren abgeschabt und ausgelatscht. Die Wohnungen, die sie unterwegs passierten, standen allesamt leer. Bei einigen fehlten die Türen. Oben angekommen, keuchten sie alle drei, wobei sich bei der Mutter ein paar Schluchzer in den schweren, übel riechenden Atem mischten. Zacher schloss die Wohnungstür auf. »Du musst nicht mit hereinkommen.«

»Ich wohne aber hier!«, sagte die Mutter erstaunlich klar.

Friedrich musste lachen. »Ist schon okay«, sagte er.

Sie schleppten die Mutter in einen dunklen Flur mit einem grauen Teppichboden, der von Brandflecken übersät war. Auf dem Boden lagen Kleidungsstücke herum, Hosen, Blusen, Unterwäsche. Zuerst kamen sie an der Küche vorbei, die rechts vom Flur abzweigte. Auf einem Tisch in der Mitte drängten sich leere Flaschen, in der Spüle türmte sich Geschirr, und der leere Kühlschrank stand offen.

Dann kam links das Wohnzimmer. Hier stand eine rotbraune, kunstlederne Sitzgarnitur. Auf dem Boden ein Fernseher. Auch hier lagen Kleidungsstücke verstreut. Auf dem Couchtisch wieder leere Flaschen, zusätzlich noch ein paar überquellende Aschenbecher. Was die nicht hatten aufnehmen können, hatte der Tisch abbekommen. Die ganze Wohnung stank wie eine lange nicht gelüftete Kneipe.

Auch die Tür zum Bad stand offen. Das Bad war blitzsauber. Es war weiß gekachelt und hatte eine Wanne auf vier Füßen. Über dem Waschbecken stand ein roter Becher mit Zahnbürste und Zahncreme, daneben ein Rasierpinsel, Rasierschaum, ein Nassrasierer und Aftershave. Nichts in dem Badezimmer wies auf die Mutter hin.

Die Tür zum nächsten Zimmer auf der linken Seite war verschlossen. Sie schleppten die Mutter in das Schlafzimmer, das dem verschlossenen Zimmer gegenüber lag. Das Schlafzimmer war klein und voll. Rechts stand an der

Wand ein langer Kleiderschrank mit offen stehenden Spiegeltüren. Im Schrank hingen unzählige Bügel, auf denen nur vereinzelt Kleidungsstücke zu finden waren. Klar, die lagen ja in der Wohnung herum. Das Doppelbett war aus Schleiflack. Die Wäsche war dunkelblau, die Laken hatten ein vergilbtes Weiß. Auch hier Brandflecken. Sie setzten die Mutter aufs Bett, sie kippte brabbelnd nach hinten, und Zacher hob ihre Füße auf die Matratze.

»Sollen wir ...?«, begann Friedrich.

»Sie ausziehen? Nein.«

Sie gingen in den Flur hinaus. Zacher schloss die Schlafzimmertür. »Ich ziehe mich nur schnell um, dann gehen wir noch irgendwohin.« Er holte einen Schlüssel aus der Hosentasche und öffnete die verschlossene Tür gegenüber.

»Ganz schön groß, die Wohnung«, meinte Friedrich.

»Durch den Dreck sieht sie kleiner aus.«

Das Zimmer, das Zacher aufgeschlossen hatte, schien nicht zu dieser Wohnung zu gehören. Den Boden bildeten blanke, abgeschliffene Bohlen, die Wände waren schmucklos, aber ordentlich mit Raufaser tapeziert und weiß gestrichen. Unter einer Dachluke stand ein großer, beinahe leerer Schreibtisch, in der Ecke ein schmales, schwarzes Bett mit weißem Laken und strahlend weißer Bettwäsche. An der Wand ein Regal mit Büchern, in einer Ecke ein scheinbar frisch bezogener Ohrensessel. Außerdem war da noch ein einfacher Holzkleiderschrank. Zacher nahm ein paar Sachen heraus und zog sich um.

Als sie die Wohnung verließen, sagte Friedrich: »Wie lange wird sie schlafen?«

»Keine Ahnung. Ich hoffe, für immer.« Er sah Friedrich an. »Danke.«

Friedrich zuckte mit den Schultern und wollte wieder hinuntergehen. Zacher hielt ihn fest. Er schien etwas sagen zu wollen, brachte es aber nicht heraus. Seine Unterlippe zitterte ein wenig. Noch einmal sagte er: »Danke.« Friedrich nickte. Zacher hielt ihn weiter fest. »Ich hätte ...«, begann Zacher, brach ab, holte Luft und fing von neuem an. »Ich hätte niemand anders dabeihaben wollen.« Friedrich schluckte. Plötzlich zuckten Zachers Arme nach vorn und

: 64 :

legten sich um Friedrich. Ganz kurz drückte Zacher seinen Kopf an Friedrichs Brust, ließ dann wieder von ihm ab und lief die Treppe hinunter.

Im Parterre ging wieder die Tür auf, und die alte Frau starrte sie wortlos an.

Zacher wollte in die Stadt, in irgendein Café, in eine Kneipe, vielleicht ein Restaurant, aber Friedrich hatte eine bessere Idee. Sie gingen rüber zu Pokornys, in die Küche, Friedrich machte den Kühlschrank auf und nahm zwei Flaschen Champagner heraus, die er gestern Abend schon hineingelegt hatte, damit sie heute schön kalt waren. Er holte den silbernen Sektkühler aus seinem Zimmer, den er sich eigens für heute gekauft hatte, füllte ihn mit Eiswürfeln aus dem Tiefkühlschrank und rammte die beiden Flaschen Moët dort hinein. Dann nahm er noch die beiden Champagnerflöten aus dem Schrank, wo sein Vater sie gestern Abend entdeckt und mit den Worten kommentiert hatte: »Was sind das denn für schwule Dinger?«

Sie gingen über den Schrottplatz, der heute zur Feier des großen Tages geschlossen war, kurvten um die Autowracks, von denen einige schon länger hier herumstanden, als Friedrich auf der Welt war, bis sie zu dem Zwinger kamen. Friedrich schloss auf, Zacher wollte ihm den Vortritt lassen und bot ihm den Platz hinter dem Steuer an, aber Friedrich, den mittlerweile eiskalten silbernen Eimer im Arm, kippte den Fahrersitz nach vorn und bedeutete Zacher einzusteigen.

Dann saßen sie auf dem Rücksitz, tranken gekühlten Champagner und feierten ihr Abitur.

4

Die kleine graue Tante saß auf einem Stuhl in der Ecke und häkelte Topflappen. Sie hatte das Abendessen vorbereitet und wartete nun darauf, den Tisch wieder abräumen zu können.

»Ach, Papa ...«, begann Friedrich, hielt aber gleich wieder inne.

»Wenn er so anfängt, will er was«, sagte der Vater zu seinem Leberwurstbrot.

»Lass uns ein Bier zusammen trinken.«

»Das sind ja ganz neue Moden!«

Die Tante wollte schon aufstehen. »Nee, nee!« Friedrich winkte ab. »Ich mach das schon!« Er ging zum Kühlschrank, holte zwei Bier heraus, nahm das Brotmesser vom Tisch und öffnete mit dem hölzernen Griff die beiden Flaschen. Ich bin dein Sohn, ich brauche keinen Flaschenöffner.

»Also, was willst du?«

»Lass uns erst mal anstoßen, Papa.«

Sie stießen an und tranken. Der Vater machte mit seinem Leberwurstbrot weiter.

»Ich bin doch jetzt neunzehn, oder?«

»Sieht ganz so aus.«

»Ich trinke Bier und fange im Herbst mit dem Studium an, oder?«

»Was willst du?«

»Wie alt warst du, als du deine erste eigene Wohnung hattest?«

»Du willst ausziehen?«

»Wie gesagt, ich bin neunzehn, und du ...«

»ICH«, sagte der Vater, um seinen Sohn zu unterbrechen, und redete erst nach einer kleinen Pause weiter, »habe mit dreizehn angefangen, hart zu arbeiten, ICH habe meine erste eigene Wohnung von meinem eigenen Geld bezahlt, DU willst nicht arbeiten und mir stattdessen noch ein paar Jahre auf der Tasche liegen.«

»Ich kann auch arbeiten gehen.«

»Ich lach mich kaputt«, sagte der Vater ernst.

»Alle gehen neben dem Studium arbeiten.«

»Du weißt nicht, was Arbeit ist, du kommst nach deiner Mutter.«

Friedrich wurde still. Die Tante hörte auf zu häkeln. Das Einzige, was man hörte, war das Kauen des Vaters. Dann hörte auch das auf. Der Vater sah die Tante an. Dann nahm er einen Schluck Bier. Dann kaute er das Brot zu Ende und schluckte es hinunter. Der Wulst in seinem Nacken glänzte. Dann sagte er zu seinem Sohn: »Ich gebe dir tausend Mark im Monat. Davon kannst du dir meinetwegen eine Wohnung nehmen. Dafür bist du in vier Jahren mit dem Studium fertig. Wenn nicht, zahlst du mir für jedes Jahr, das du länger brauchst, später zwölfmal tausend Mark zurück. Auch wenn du abbrichst, zahlst du mir das zurück, was du bekommen hast.«

»Okay«, sagte Friedrich.

Friedrich schrieb sich ein für Germanistik und Soziologie. Zacher belegte Jura und nahm einen Job in einem Getränkehandel an, wo er Kisten durch die Gegend schleppen musste. Die Streitkräfte verzichteten auf sie. Zacher machte geltend, dass es eine soziale Härte wäre, ihn einzuziehen, weil er sich um seine kranke Mutter kümmern müsse. Bei Friedrich war es irgendetwas mit den Füßen. Untauglich.

Er fand eine günstige Wohnung in der Nähe der U-Bahn. Sie hatte ein Zimmer, ein kleines Bad, eine winzige Diele und eine geräumige Küche. Da er nicht viel Geld hatte, fiel die Einrichtung noch etwas spärlich aus, aber es ließ sich aushalten. Hier konnte man es langsam angehen lassen.

Etwas mehr als hundertzwanzig Leute saßen im »Proseminar Literaturwissenschaft I«. Einige Frauen sahen sehr gut aus, aber Friedrich starrte fasziniert auf die Füße von Anke. Vom Kopf bis zu den Knöcheln war sie eine gut aussehende, wenn auch nachlässig gekleidete Frau mit pechschwarzen Locken, die ihr bis weit auf den Rücken fielen. Sie trug meistens verwaschene, formlose T-Shirts und kurze Röcke, tauchte immer erst kurz vor Seminarbeginn auf und musste sich dann auf den Boden hocken. Vor allem aber trug sie niemals Schuhe. Ihre Fußsohlen waren schwarz vor Dreck. Es war, als gehörten ihre Füße nicht zu ihr. Mein Gott, wie ekelhaft, dachte Friedrich, aber gleichzeitig konnte er den Blick nicht von ihr wenden. Sie schien sich buchstäblich einen Dreck für das zu interessieren, was um sie herum vorging. Sie saß da und beschäftigte sich die ganze Seminarsitzung ausschließlich mit ihren Füßen.

Heute wurden Referatsthemen vergeben, aber da das Seminar so groß war, mussten Gruppen gebildet werden. Fünf bis sechs Leute bearbeiteten ein Thema. Ohne weiter nachzudenken, meldete sich Friedrich für das Thema »Die auktoriale Erzählhaltung«.

Nach dem Seminar trafen sie sich in einem der Gruppenarbeitsräume in der Institutsbibliothek. Sie waren zu fünft. Drei Frauen und außer Friedrich noch ein Mann mit dünnen blonden Haaren und einem blonden Bart, der aber nicht gleichmäßig seine Wangen bedeckte, sondern nur am Hals und an den Kieferknochen wucherte.

Eine der Frauen war Anke mit den schmutzigen Füßen. Friedrich fand, so könnte ein Kinderbuch heißen: »Anke mit den schmutzigen Füßen«. Eine Frau hieß Carola, hatte kurze blonde Haare und zog sich sehr gut an. Das war alles, was Friedrich über sie wusste, im Seminar hatte sie sich noch nicht sonderlich hervorgetan. Die dritte trug einen karierten Rock, der scheinbar nur durch eine große Sicherheitsnadel an der Seite zusammengehalten wurde. An den Beinen hatte sie schwarze Strumpfhosen, an den Füßen ausgelatschte Turnschuhe, obenrum eine weiße Bluse, durch die man ihren weißen BH sehen konnte. Ihre Haare waren ein dunkler Bubikopf und ihre Augen groß und dunkel. Bei ihr schien nichts zueinander zu passen, sie sah aus wie aus mehreren Teilen zusammengesetzt. Sie war die Einzige, die Friedrich die Hand gab und sich ordentlich vorstellte. »Hallo«, sagte sie, »ich bin die Silvia.«

Carola begann gleich das Thema zu strukturieren und in Unterthemen zu gliedern, die dann von den einzelnen Gruppenmitgliedern in Eigenarbeit bearbeitet werden konnten. Anke saß auf der Fensterbank, hatte die Beine angezogen und beschäftigte sich mit ihren versifften Füßen. In den Zehenzwischenräumen schienen sich große Geheimnisse zu verbergen. Silvia machte Notizen und hörte angestrengt zu.

Michael unterstützte Carolas Vorgehensweise und übernahm eines der Unterthemen. Carola hatte sich über die

Vergabe der restlichen ganz offensichtlich schon Gedanken gemacht und fragte nun der Reihe nach ab, ob die anderen damit einverstanden seien. Silvia und Friedrich sagten: »Klar, kein Problem.« Anke zuckte mit den Schultern und widmete sich der Hornhaut unter ihren Füßen. Wahrscheinlich hatte sie zwei Hornhäute, eine aus Dreck und eine aus Haut. Carola und Michael vereinbarten einen Termin, zu dem sie sich hier wiedertreffen sollten. Friedrich bekam es so hin, dass er zusammen mit Anke als Letzter den Raum verließ.

»Die sind ätzend, was?«

»Wer?« Anke sah ihn mit weit aufgerissenen Augen an.

»Carola und Michael.«

»Wer ist das?«

»Die beiden Witzfiguren, die uns die Themen zugeteilt haben.«

»*Wie* heißen die?«

Friedrich dachte: Was ist denn mit der? Die hat ja einen Blick wie ein Kaninchen in Todesangst. Er sagte: »Carola und Michael heißen die. Soll ich dir mal was sagen? Du hast einen Blick wie ein Kaninchen in Todesangst.«

»Sind die zusammen?«

»Wer?«

»Diese beiden Witzfiguren. Ich hab die Namen schon wieder vergessen.«

»Carola und Michael? Nein, ich glaube, die kennen sich eigentlich gar nicht.«

»Mann, ist ja grauenhaft. Zusammen sein und dann auch noch zusammen studieren.«

»Nein, die sind nicht zusammen.«

»Was war das mit dem Kaninchen?«

Sie waren bei den Aufzügen angekommen.

»Nicht so wichtig«, meinte Friedrich. »Sollen wir noch einen Kaffee trinken?«

»Was?«

»Einen Kaffee? Unten in der Cafeteria?«

»Wo denn sonst?« Sie sah ihn an, als hätte er öffentlich dazu aufgefordert, mehr Robbenbabys zu erschlagen.

Sie holten sich Kaffee und setzten sich an den letzten

freien Tisch. Friedrich ließ sich noch mal darüber aus, wie ekelhaft er Carola und Michael fand.

»Wer bist du eigentlich?«, unterbrach Anke.

»Ich? Ich bin Friedrich. Friedrich Pokorny, der Sohn vom Klüngelskerl.«

»Vom *was*? Was redest du für einen Blödsinn?«

»Ist hier noch frei?«

Friedrich sah auf, Anke starrte auf die Tischplatte und schien scharf nachzudenken, mit wem sie da am Tisch saß. Neben dem Tisch stand die Frau mit dem karierten Rock. Wie hieß sie noch gleich? Friedrich bot ihr den Platz neben sich an, und sie setzte sich. Susanne, dachte Friedrich, sie heißt Susanne.

»Interessantes Thema, was?«, sagte Susanne.

»Welches Thema?«, fragte Friedrich.

»Na, das mit dem auktorialen Roman.«

»Ist halt ein Thema.«

»Wieso hast du das gesagt?« Anke meldete sich wieder zu Wort.

»Was denn?«

»Das mit dem Klüngelskerl. Wie kommt man auf die Idee, sich so vorzustellen?«

»Na ja, ich dachte ... also es stimmt auf jeden Fall.«

»Wen interessiert es, ob es stimmt? Mann, bis du strange!«

»Klüngelskerl?«, schaltete sich Susanne ein.

»Mein Vater hat einen Schrottplatz.«

»Echt? Das ist ja interessant.«

»So hat er sich vorgestellt«, sagte Anke. »Friedrich Irgendwas. Der Sohn vom Klüngelskerl.«

»Pokorny. Nicht Irgendwas, sondern Pokorny. Irgendwas wäre schon ein komischer Nachname.«

Susanne lachte. Anke stöhnte: »Der sagt *nur* so komische Sachen.« Das schien ihr ernsthafte Probleme zu bereiten.

So ging es noch eine halbe Stunde weiter. Friedrich machte eine Bemerkung, Susanne lachte, Anke schüttelte den Kopf und wunderte sich. Dann stand Susanne auf. »Ich muss los. Ich habe noch ein Seminar.«

Friedrich gab ihr die Hand. »Auf Wiedersehen, Susanne.«

»Silvia.«

»Wie bitte?«

»Silvia. Ich heiße Silvia.«

»Oh ja, natürlich, entschuldige.«

Als Silvia weg war, sagte Anke: »Ich gehe jetzt nach Hause.«

»Ich komme mit.« Friedrich grinste.

Anke starrte ihn entgeistert an. »Wieso?«

»Weil ich Lust dazu habe.« Er wollte mehr erfahren über die Frau mit den schmutzigen Füßen.

»Ich frage mich, ob du noch ganz dicht bist«, sagte Anke.

»Gleichzeitig fragst du dich, ob ich nicht vielleicht doch interessant bin.«

»Ich frage mich vor allem, ob du Hilfe brauchst.«

»Tja, du könntest mich bei dir zu Hause mal gründlich untersuchen.«

»Du spinnst. Du hast sie nicht mehr alle. Und ich dachte, *ich* wäre krank.« Sie stand auf, ging ein paar Schritte, drehte sich um und sagte: »Also, was ist? Kommst du?«

Sie hatte ein Auto. Nein, einen Witz, der mal ein Auto werden wollte. Der Witz hieß Fiat.

»Sag mal, gab es das Ding auch als Auto?«, fragte Friedrich.

Anke zuckte mit den Schultern. »Es fährt. Das ist die Hauptsache.«

»Mann, da steigt man ja nicht ein, das zieht man sich an.«

Sie wohnte am Ende der Welt. Von einer kleinen Straße mit schicken Eigenheimen führte ein Weg bergab auf einen Wald zu. Die Wiese rechts und links war eingezäunt. Es liefen Rehe herum.

»Da sind Tiere«, sagte er.

»Die gehören meinem Vermieter.«

Sie kamen zu einem langen Haus mit zwei Stockwerken. Das Haus war mit Schiefer verkleidet, allerdings fehlten einige Platten, andere waren gebrochen oder gesprungen. Der Schornstein auf dem Dach rauchte. »Möchte wissen, was der Idiot wieder abfackelt, bei dem Wetter!«, schüttelte Anke den Kopf.

Sie wohnte im ersten Stock, in einer Art Einliegerwohnung. Im Flur im Parterre hingen Jacken und Mäntel und standen Schuhe und Stiefel auf dem Boden, und nichts davon gehörte Anke. Hoffte Friedrich jedenfalls.

Sie gingen nach oben. Anke bewohnte eine Küche mit einem großen runden Tisch, zwei Stühlen, einem alten Holzschrank und einigen schlecht erhaltenen Geräten sowie ein großes Zimmer mit einem Boden aus roten Bohlen, alles penibel aufgeräumt. Friedrich wäre nicht überrascht gewesen, wenn er mitten in ein Kakerlakenwettrennen geplatzt wäre. Das Zimmer daneben war simpel, ein altes Holzbett mit hohem Kopf- und Fußende, eine alte Kommode, ein alter Kleiderschrank, überhaupt wirkte alles so, als würde es eher zu diesem Haus als zu Anke gehören.

»Willst du was trinken?«, fragte sie.

»Klar. Wodka Martini. Geschüttelt, nicht gerührt.«

»Ich habe keinen Martini.«

»Das war ein Scherz. Es ist fünf Uhr nachmittags.«

»Also was dann? Kaffee?«

»Natürlich, da ist noch etwas Blut in meinem Koffeinkreislauf, das muss dringend raus.«

»Du machst aus allem einen Witz, was?«

»Ich bemühe mich.«

»Bin gespannt, wie du so dein Studium schaffen willst.«

Das war nicht ihr Ernst, oder? Friedrich hatte schon Schuhe gesehen, deren Sohle dünner war als die Dreckschicht unter Ankes Füßen. Im Seminar spielte sie mit ihren Zehen. Und jetzt wollte sie ihm Vorträge halten über sein Studium. Vielleicht war das ihre Art von Humor. Friedrich konnte nicht darüber lachen.

Als die Dämmerung hereinbrach, tranken sie Wein, und es wurde etwas lockerer zwischen ihnen. Friedrich hielt sich mit Witzen zurück, ohne ganz darauf zu verzichten, und schließlich lachte Anke doch ein paarmal.

Irgendwann fragte sie: »Rechnest du dir was aus?«

»Ich war immer schlecht in Mathe.«

»Du weißt, was ich meine.«

»Nein, ich bin blöd.«

»Warum bist du hier?«

»Warum hast du mich mitgenommen?«

»Mann, mit dieser Masche kannst du einem ziemlich auf die Nerven gehen.«

»Das sagen alle meine Fans.«

»Bilde dir nicht ein, dass heute hier was läuft.«

»Das habe ich schon oft gehört.«

»Das glaube ich dir sofort.«

Er sah sie an. »Mal ehrlich: Wieso hast du mich mitgenommen?«

»Keine Ahnung. Du warst so dreist. Da konnte ich nicht Nein sagen.‹

»Vielleicht klappt das ja weiter.«

»Keine Chance.«

»Mal sehen.«

Sie goss ihm noch Wein nach. »Willst du mich besoffen machen?«, fragte er.

»Wieso ziehst du dich so an?«

»Weil ich gerne geil aussehe.«

»Du siehst lächerlich aus.«

»Sagte die Barfußläuferin.«

Anke zog ein Knie an die Brust und betrachtete ihren Fuß. »Sieht komisch aus, was?«

»Ungewöhnlich.«

»Ich kann Schuhe nicht ausstehen. Kommt mir vor, als hätte ich dann Steine an den Füßen. Außerdem habe ich Schweißfüße.«

»Und was machst du im Winter?«

»Da trage ich natürlich Schuhe. Und ziehe sie nur aus, wenn ich allein bin.«

Es wurde noch dunkler, und Anke zündete eine Tropf-kerze an, die auf einer alten Weinflasche steckte.

»Hast du einen Plattenspieler?«, wollte Friedrich wissen.

»Im Nebenzimmer. Wieso?«

»Wie wäre es mit etwas romantischer Musik?«

»Hör mal, ich habe was laufen mit dem Typen, dem das

Haus gehört. Es hat also keinen Sinn, mich weiter anzugraben.«

»Du hast was laufen mit dem Idioten, der bei diesem Wetter was abfackelt?«

»Er ist eine vielschichtige Persönlichkeit.«

Friedrich ging nach nebenan. Anke nahm die Kerzenflasche vom Tisch, folgte ihm und setzte sich aufs Bett.

»Na also, im Bett habe ich dich ja schon«, sagte Friedrich.

»Oh Gott, du hast sie echt nicht alle.« Sie stellte die Flasche mit der Kerze auf den Boden.

Auf einer Kommode unter dem Fenster rechts von Friedrich stand ein uralter Plattenspieler, ein »Mister Hit« mit einem kleinen Lautsprecher, der direkt in den Deckel eingebaut war. Auf dem Deckel lag nur eine einzige Platte.

»Ich höre nicht viel Musik«, sagte Anke. »Eigentlich gar keine. Am liebsten habe ich meine Ruhe.«

Friedrich sah sich die Platte an. Ein grinsender Frank Sinatra im Smoking, daneben in geschwungenen Lettern sein Name, sonst nichts.

»Hör zu«, sagte Anke, »vielleicht ist es besser, du gehst jetzt.«

»Ich glaube nicht, dass du das ernst meinst.«

Friedrich nahm die Platte aus der Hülle und legte sie auf. Er hob den Tonarm von der Ablage und führte ihn einmal bis zur Mitte der Platte. Der Motor sprang an, die Platte drehte sich. Friedrich pustete Staub von der Nadel und setzte sie am Anfang der Rille auf das schwarze Vinyl. Es knisterte. Dann Stimme. Erst nur ein Summen. Dann Gesang. Ganz tief: *Call me irresponsible, call me unreliable, throw in undependable too.*

»Komm, lass uns tanzen!«

»Ernsthaft? *Dazu*?«

»Gerade dazu.«

»Okay«, sagte sie. »Tanzen ist okay. Aber mehr läuft nicht.« Sie stand auf, kam zu ihm, legte ihm ihre Arme um den Hals, er hielt sie an den Hüften. Sie bewegten sich zur Musik. Nach ein paar Sekunden legte Friedrich seine Wange auf ihre Haare. Er drängte sich etwas enger an sie.

»Ich kann deinen Ständer spüren«, sagte sie.

Friedrichs Gesichtshaut heizte sich auf. *Call me unpre-dictable, tell me I'm inpractical.* Die Musik. So etwas hatte er noch nie gehört. Die Stimme. Wie das vorhin angefangen hatte: *Call me irresponsible.* Da sang einer, dem es nicht schwer fiel. Für den *alles* leicht war. Die Geigen, die Harfe, die Gitarre, die den Rhythmus machte, später das mit dem Besen gespielte, nein: gestreichelte Schlagzeug. Und immer wieder diese Stimme. Am Ende: *I'm irrespon-sibly mad for you.* Das a in *mad* sang er fast wie ein deutsches a, nicht wie ein amerikanisches, und das d am Ende dieses kleinen Wortes ließ er klingen, stieß sanft daran an.

Als die Nummer vorbei war, sagte Anke: »Okay. Jetzt haben wir getanzt.«

»Nein«, sagte Friedrich. »Einen noch. Einen Tanz.«

Sie stemmte ihre Hände in die Seiten. »Es läuft nichts. Das habe ich dir doch gesagt.«

»Und ich habe gesagt, ich will nur tanzen.«

Sie seufzte. »Einen noch, dann ist Schluss.«

Wieder Streicher, an- und abschwellend, dann eine ge-presste Trompete. *I'm gonna love you like no one has loved you, come rain or come shine. High as a mountain, deep as a river, come rain or come shine.* Und beim zweiten *rain* ein Kratzen, ganz leicht nur. Der Rhythmus diesmal deutlicher, schleppender, swingender, mit Beckenanschlag. *The days may be cloudy or sunny.* Die Nummer schraubte sich immer weiter in die Höhe. Der Schlagzeuger hieb auf die Snare ein, die Streicher wurden von Bläsern unterstützt, die Nummer wurde schmutziger, obwohl da auch irgendwo wieder eine Harfe war, es war nicht so gut zu verstehen, weil der Lautsprecher von diesem beschissenen Plattenspieler nicht mehr hergab. Friedrich verschärfte das Tempo, wiegte Anke hin und her, wirbelte sie herum. Sie lachte. Mein Gott, wenn sich das auf diesem Drecksplattenspieler schon so toll anhörte, wie musste es dann auf einer richtigen Stereoanlage klingen! Und wie er die Stimme beim letzten *shine* umkippen ließ! Was war da für eine Kraft am Werk?

»Na, hast du dich beruhigt?«, fragte Anke, als die Nummer zu Ende war. »Du hast ja gar keinen Ständer mehr.«

»Ich muss diese Nummer noch mal hören.« Er machte sich los von ihr, ging zum Plattenspieler und setzte die Nadel zurück. Ganz konzentriert hörte er sich das Lied noch zweimal an. Es war ungeheuerlich. Wie konnte man so singen? Wie konnte man so viel Macht über alles haben? Friedrich hörte die ganze Platte durch. Da war Arroganz in der Stimme. Und eine wohl kalkulierte Schlampigkeit hier und da. Der Text mochte simpel sein, triefend vor Kitsch, die Stimme sagte etwas anderes. *I get a kick out of you*, aber zu meinen Bedingungen. *I've got you under my skin*, aber ich habe dich dahin getan, und ohne mich kommst du da nie wieder raus.

»Ich muss diese Platte haben!« Friedrich drehte sich zu ihr um.

»Das ist nicht meine. Die gehört …«

»Ist mir egal, ich muss sie haben.«

»Hör zu, es ist schon spät …«

»Ich weiß, ich bin gleich weg, aber ich muss diese Platte haben.«

»Die kann ich dir nicht einfach geben. Außerdem gibt es noch ein anderes Problem.«

»Welches?«

»Der letzte Bus ist vor zehn Minuten Richtung Stadt gefahren. Und ich habe zu viel getrunken, ich kann nicht mehr fahren.«

»Ich hab kein Geld für ein Taxi.«

Anke seufzte. »Du kannst hier bleiben. Wenn du deine Finger bei dir behältst.«

»Wann fährt der erste Bus?«

»Um zwanzig nach fünf.«

»Den nehme ich.«

»Du kannst auf dem Sofa in der Küche schlafen.«

»Ist gut. Was dagegen, wenn ich den Plattenspieler mit in die Küche nehme?«

»Nein, nein, mach nur. Aber pass auf, dass die Platte nicht kaputtgeht.«

Von der letzten Flasche Rotwein war noch die Hälfte da,

die tranken sie noch aus, dann sah Friedrich Anke zu, wie sie sich die Füße wusch.

»Ich hätte nie gedacht, dass du dir überhaupt die Füße wäschst«, sagte er.

»Glaubst du, ich schleppe mir den Siff auch noch ins Bett?«

Als sie ins Bett ging, nahm Friedrich den Plattenspieler und schloss ihn in der Küche an. Er löschte alle Kerzen bis auf eine. Er hörte die ganze Platte mehrmals. Er konnte nicht schlafen. Die Dramatik von *It was a very good year* raubte ihm den Atem, vor allem da, wo die Streicher ganz weit hinaufgingen, wie hatte er bisher nur leben können, ohne diese Musik zu hören?

Gegen halb fünf stand er am Fenster, über den Bäumen zeigte sich ein erster heller Streifen. Da waren wieder die Rehe. Bevor er sich auf den Weg zur Bushaltestelle machte, setzte er die Nadel noch einmal an den Anfang der einzigen Live-Aufnahme dieser Platte. *This is the part of the programm where we sing a drunk song. A drunk song* wird normalerweise in kleinen Bars und Bistros gesungen, in den *wee hours of the morning.* Dieser hier ist über einen Typen, der Probleme hat. Sie sind jetzt mal in der Position des Barkeepers. Es ist Viertel vor drei, niemand da außer uns beiden. Gib mir noch einen, ich habe da eine kleine Geschichte, die du dir anhören solltest. Wir trinken, mein Freund, auf das Ende einer kurzen Episode. Gib mir einen für mein Baby und noch einen für unterwegs.

Friedrich hatte die Musik gefunden, die zu seiner Kleidung passte.

5

»Ich weiß nicht«, sagte Zacher, »es interessiert mich irgendwie nicht, das mit den Frauen.«

Sie saßen in Friedrichs Wohnung, Zacher auf dem Bett und Friedrich in einem Ledersessel im Bauhaus-Stil, den er in erstaunlich gutem Zustand auf dem Sperrmüll gefunden hatte.

»Es bereitet mir auch keine schlaflosen Nächte mehr«, sagte Friedrich und nahm einen Schluck von diesem Chateau Wie-hieß-er-noch, egal, jedenfalls hatte die Flasche fünfzehn Mark gekostet.

»Wir hatten in Strafrecht kürzlich so einen Fall.«

»Was für einen Fall?«

»Ein Mann hatte seine Frau erschlagen, obwohl er sie schon längst verlassen hatte. Der hatte auch gesagt, Frauen würden ihn nicht mehr interessieren.«

»Meinst du, ich gehe los und bringe alle um, die nichts von mir wissen wollen?«

»Dann hättest du sicher eine Menge zu tun.«

»Ich dachte, für die Witze bin ich hier zuständig.«

»Wie läuft es in deinem Studium?«

Sie sahen sich nicht mehr so häufig wie früher. Zacher konnte Friedrich nicht mehr bei den Hausaufgaben helfen. Friedrich musste zugeben, dass er das vermisste. Zacher hatte er nie etwas erklären und sich auch nicht vor ihm schämen müssen, wenn er etwas nicht begriff. Hatte er Zacher früher ganz automatisch gesehen, musste er sich heute eigens mit ihm verabreden. Das war neu. Jeder Anruf war eine neue Versicherung ihrer Freundschaft. Sie kannten sich jetzt seit über zehn Jahren, mehr als die Hälfte ihres Lebens. In gewisser Hinsicht saßen sie immer noch auf der Treppe zum Fahrradkeller, da, wo niemand hinkam, und aßen gemeinsam ihr Pausenbrot. Zacher war noch immer der, zu dem Friedrich gehen konnte, wenn die anderen nicht mit ihm spielen wollten. Nur manchmal, da nagte es an ihm, dass Zacher in allem besser war. Dessen Referate waren natürlich immer brillant, und für seine Hausarbeiten kriegte er regelmäßig eine Eins plus mit Eichenlaub und Schwertern. Jetzt aber, bei der Sache mit den Frauen, hatte Zacher sich eine Blöße gegeben.

»Ach, weißt du«, begann Friedrich, »es läuft sehr gut, speziell Germanistik ist nicht gerade eine Herausforderung.« Das stimmte sogar. Beim Referat im Proseminar Literaturwissenschaft hatte er ein paar Sätze abgesondert und dafür seinen Schein bekommen. Studieren schien nicht allzu schwer zu sein, wenn die Seminare nur groß genug waren. »Aber in letzter Zeit habe ich ein bisschen was anderes im Kopf.«

»Ach ja?‹

»Na ja, also, wie soll ich es sagen. Von Abblitzen kann jedenfalls bei mir nicht die Rede sein.«

» Nicht?‹ Zacher hob interessiert die Augenbrauen.

»Da ergibt sich ja immer mal was, und zur Zeit ergibt es sich besonders gut.«

»Bist du mit jemandem zusammen?« Zachers Stimme klang etwas belegt. »Du hast doch gesagt ...«

»Ich habe gesagt, es macht mir keine schlaflosen Nächte mehr. Na ja, in gewisser Hinsicht natürlich schon.« Mein Gott, was erzählte er da nur? In der Richtung spielte sich nun wirklich nichts ab. Wie kam er dazu, so einen Blödsinn zu erzählen? »Mal sehen, was sich daraus entwickelt.«

»Wie heißt sie?«

Tja, wie hieß sie? Zeit gewinnen. Vorne reden, hinten nachdenken.

»Das möchtest du gerne wissen, was?« Blödes Manöver. Ein Name! Ein Name musste her!

»Du musst es mir nicht sagen«, meinte Zacher und zuckte mit den Schultern.

»Doch, doch, ich sage es dir gerne.«

»Aber?«

»Nichts aber. Ich wollte es nur ein wenig spannend machen.« Noch kam er da raus, noch konnte er sich mit einer witzigen Bemerkung davonstehlen. Dann wären sie beide einfach zwei junge Männer, die keine Frauen abkriegten.

»Ich glaube, du erzählst mir nur irgendeinen Mist«, sagte Zacher.

»Silvia«, hörte Friedrich sich sagen. »Sie heißt Silvia.«

Da war eine ganz kurze Pause, bevor Zacher weitersprach. »Sie studiert mit dir?«

»Germanistik, ja. Silvia studiert Germanistik. Ich habe sie kennen gelernt.«

»Scheint mir so.«

»In einem Proseminar. Einführung in die Literaturwissenschaft römisch eins, Dienstag vierzehn bis sechzehn Uhr. Silvia ist ein schöner Name.«

»Scheint dich ja ziemlich zu verwirren«, sagte Zacher und grinste.

Herrgott, dachte Friedrich. Ich erzähle ihm was, worum er mich beneiden muss, und er schafft es, die Sache mit einem blöden Grinsen so hinzustellen, als sei ich doch wieder nur ein dummer kleiner Junge. »Sie mag mich«, sagte er. »Na, ich hoffe mal, sie mag mich nicht zu sehr.«

»Wieso?«

»Na ja, ich weiß nicht, ob ich mich so früh schon binden will.«

Zacher lachte kurz und trocken auf.

Friedrich war Silvia in den letzten Wochen häufiger in der Cafeteria begegnet. Er hatte den Eindruck, sie mochte ihn. Sie lachte über seine Witze und fragte ihn, was er bisher so getrieben habe und was er nach dem Studium machen wolle.

»Bist du denn gar nicht in sie verliebt?«, fragte Zacher.

»Natürlich, natürlich. Aber herrje, ich bin jung, was weiß ich, wer mir noch alles über den Weg läuft. Am Samstag sieht die Sache vielleicht schon wieder ganz anders aus.«

»Wieso ausgerechnet am Samstag?«

»Ich bin am Samstag zu einer Party eingeladen«, sagte Friedrich.

»Zu einer Party? Interessant.«

»Lust mitzukommen?«

»Keine Zeit. Viel zu tun. Am Schreibtisch und im Getränkehandel.«

Innerlich atmete Friedrich auf. Er hatte Zacher gar nicht mitnehmen wollen. Er selbst wäre ja kaum eingeladen worden. Michael aus der Referatgruppe zum Thema »Die auktoriale Erzählhaltung« hatte zufällig mit Friedrich in der Schlange am Kaffeeautomaten gestanden, sie hatten ein paar Belanglosigkeiten ausgetauscht, und plötzlich kam Carola, die gut gekleidete Blonde, und lud Michael ein. Dann wurde ihr klar, dass Friedrich das mitbekommen hatte, und sie musste die Einladung auf ihn ausweiten.

»Und sind deine Kommilitonen in Ordnung?«, fragte Friedrich.

»Ich rede nicht genug mit ihnen, um das herauszubekommen.«

Friedrich wollte noch etwas sagen, aber da stand Zacher auf, das Bett ächzte.

»Scheißding«, sagte Friedrich. »Ich schmeiße das demnächst weg. So kann man nicht leben.«

»Wie meinst du das?«

»Möbel vom Sperrmüll. Alles Quatsch. Ich würde mir ein Auto auch nicht bei meinem Vater kaufen.«

»Beschwer dich nicht. Deine Wohnung ist fast doppelt so groß wie meine. Und du wohnst auch nicht an so einer Hauptverkehrsstraße wie ich. Wenn ich das Fenster aufhabe, kann ich mich selbst nicht mehr denken hören.«

»Ich fange an, es zu hassen. Ich will raus hier. Die Wohnung ist mir zu klein und zu dunkel.« Es gefiel Friedrich, Zacher ein bisschen mit seinen Luxussorgen zu demütigen.

»Du hast eine Menge neuer Platten«, sagte Zacher mit einem Blick auf Friedrichs Stereoanlage und die Platten, die daneben auf dem Boden standen.

»Ja, das war nötig«, sagte Friedrich.

Zacher ging in die Hocke und sah sich die Platten an. »Sinatra. Interessant.«

»Nicht nur. Ich habe auch Dean Martin und Sammy Davis und so. Das Rat Pack eben.«

»Das Rat Pack?«

»Das erkläre ich dir ein anderes Mal. Jetzt bin ich müde.«

»Ich muss sowieso zur U-Bahn.«

Sie verabschiedeten sich, und Zacher ging. Friedrich trank noch ein Glas Wein. Er hatte etwas zu feiern, immerhin hatte er jetzt seine erste Freundin, auch wenn die nichts davon wusste.

Die Party fand im Garten der Eltern von Carola statt, und schon nach wenigen Minuten war Friedrich klar, dass er nicht lange bleiben würde. Mit einem Glas Rotwein in der

Hand ging er herum und versuchte ein paarmal, sich irgendwo dazuzustellen und mit den Leuten ins Gespräch zu kommen, aber die schienen ihn nicht zu bemerken. Hab ich 'ne Radkappe auf dem Kopf oder was?, dachte er.

Dann aber sprach ihn jemand an, ein kleiner, drahtiger Typ mit langen dunklen Haaren, durch die sich schon einzelne graue Fäden zogen. Er hielt ein Glas Weißwein in der einen und eine Flasche Bier in der anderen Hand und sagte plötzlich: »Salute!« Friedrich war so überrascht, dass er mit ihm anstieß.

»Du bist Friedrich, nicht wahr? Friedrich Pokorny, oder? Der Sohn vom Klüngelskerl.«

»Woher weißt du das?«

»Ich habe mal gehört, dass du dich so vorgestellt hast. Nicht schlecht.«

»Was soll das heißen?«

»Hat mir gefallen. Der Sohn vom Klüngelskerl. Gutes Ding.«

»Mein Vater hat einen Schrottplatz.«

»Noch besser, noch besser.«

Eine Frau trat zu ihnen, nahm dem Typen die Bierflasche aus der Hand und stützte sich auf seine Schulter. Sie war mindestens einsfünfundachtzig, hatte lange dunkle Haare, die ihr nach vorne über die Schultern bis hinunter zum Bauchnabel reichten. Sie hatte grellrot geschminkte Lippen, trug Jeans und eine weiße Bluse, und um den Hals baumelten ihr mehrere Ketten mit silbernen und goldenen Anhängern. Sie reichte Friedrich die Hand und sagte: »Hallo! Ich bin die Karin.«

»Hallo«, sagte Friedrich.

»Konietzka, willst du uns nicht vorstellen?«

»Friedrich, das ist Karin. Karin, das ist Friedrich, der Sohn vom Klüngelskerl.«

»Ach der.«

Sie kannte ihn? Was passierte hier? Friedrich hatte weder diese Frau noch diesen Konietzka jemals gesehen.

»Wir sitzen zusammen in diesem Seminar«, sagte Konietzka zu Friedrich. »Also du und ich.«

»In welchem?«

»Proseminar Literaturwissenschaft. Ich bin schon seit ein paar Jahren dabei, aber ich habe gerade erst umgesattelt. Chemie, das ist es einfach nicht.«

»Ich habe dich da noch nie gesehen.«

»Ich arbeite gern im Verborgenen.«

»Ich hol mir noch ein Bier.« Karin ging weg.

Konietzka sah ihr nach und sagte: »Du bist mir aufgefallen.«

»Meinst du jetzt mich?«, fragte Friedrich.

»Ich bin im AStA, ich mache da was mit Kultur, aber ich habe langsam die Schnauze voll von diesem Gesülze über die gesellschaftliche Relevanz von türkischen Folkloregruppen und wie Gedichte uns zu einer besseren Welt verhelfen können.« Konietzka machte eine Pause, als erwarte er von Friedrich eine Antwort. Dann sagte er: »Du bist komisch. Im Sinne von witzig.«

»Du bist auch komisch«, sagte Friedrich. »Im Sinne von merkwürdig.«

»Im Seminar hast du manchmal ganz gute Dinger abgeschossen, und ich habe dich mal am Kaffeeautomaten gesehen, wie du Witze erzählt hast. Nicht schlecht. Noch nicht gut, aber nicht schlecht. Interesse, das auszuweiten?«

»Was meinst du damit?«

Karin kam zurück, stützte sich wieder auf Konietzkas Schulter und meinte: »Bier ist alle.«

»Wir richten da demnächst im AStA so ein Kulturcafé ein, jedenfalls ist das geplant. Bei diesem Dreckshaufen weiß man das nie, ob es auch passiert, aber ich dachte, bevor wir da an lauter Nägelkauern und Betroffenheitssülzern ersticken, machen wir vielleicht auch was Komisches.«

»Was Komisches?«

»Bier ist alle, das ist komisch«, sagte Karin.

»Ich meine jemanden, der auf einer Bühne steht und komische Sachen erzählt.«

»Du meinst Kabarett?«, sagte Friedrich.

»Ach«, atmete Konietzka aus wie unter einer schweren Last, »Kabarett ist so ein hässliches Wort. Da spür ich

: 83 :

schon, wie sich ein dicker, hochmoralischer Zeigefinger in mein Nasenloch bohrt, und mein Nasenloch gehört mir, da lass ich keine fremden Finger rein.«

»Sollen wir nicht woanders hingehen?«, sagte Karin.

»Ist das Bier alle?«, fragte Friedrich.

»Rechthaberischer Scheißdreck«, meinte Konietzka. Und zu Karin: »Guck mal, in deiner Flasche ist doch noch was drin.«

»Ach, der abgestandene Nüsel. Ist doch Scheiße.«

»Außerdem«, machte Konietzka weiter, »haben die Leute von Politik mittlerweile komplett die Nase voll. Die wollen nicht mal mehr drüber lachen. Und dieses Horrorpersonal, das uns regiert, ist die Parodie seiner selbst. Das kann man nicht mehr toppen.«

»Wieso erzählst du mir das alles?«, wollte Friedrich wissen.

»Niveauvolle, zeitlose Unterhaltung.« Konietzka grinste.

»Ich will niveauvolles, frisches Bier«, murmelte Karin.

»Nicht jeder Witz muss helfen, ein neues Auschwitz zu verhindern. Hast du Lust, mal was zu versuchen?«

»Was denn genau?«

»Schreib dir auf, was dir an komischen Sachen durch den Kopf geht. Dann stell dich irgendwohin, wo die Leute dir zuhören, und fang an zu erzählen.«

»Ich weiß nicht. Ich glaube, das kann ich nicht.«

»Denk mal drüber nach«, sagte Konietzka. »Ich muss jetzt weg. Dahin, wo es frisches Bier gibt.«

Ein paar Tage später saß Friedrich nachmittags in der Cafeteria, sah aus dem Fenster und versuchte, an witzige Dinge zu denken. Am Mittag hatte er noch einmal diesen Konietzka getroffen, und der hatte ihn gefragt, ob ihm schon etwas Komisches eingefallen sei. Friedrich hatte verneint und gesagt, er glaube nicht, dass er irgendwas in der Richtung machen würde. »Schade«, hatte Konietzka gesagt und ihm eine Visitenkarte in die Hand gedrückt. »Ruf mich an, wenn du deine Meinung änderst.«

Friedrich fragte sich, was das sollte. Einen Beruf konnte man aus dem Witzeerzählen doch nicht machen. Oder? Es war ein ungewöhnlicher Gedanke, Geld mit etwas zu verdienen, das einem so leicht fiel. Andererseits ... Vielleicht dachte er da noch viel zu sehr wie sein Vater. Für seinen Vater wäre das Blödsinn, ja fast ein Verbrechen. Ein guter Grund, sich dem Thema vielleicht doch etwas wohlwollender zuzuwenden, dachte Friedrich.

Er hatte gerade angefangen, sich auf der Rückseite eines der herumliegenden Flugblätter Notizen zu machen, als jemand »Guten Tag« sagte. Friedrich zuckte zusammen und sah auf. Neben dem Tisch stand Silvia. Sie sagte: »Habe ich dich erschreckt?«

»Nein, nein. Ich war nur in Gedanken.« Er knüllte das Blatt zusammen und warf es auf den Boden.

»Darf ich mich zu dir setzen?«

»Ja, sicher.« Friedrich wies mit einer Hand auf den Platz ihm gegenüber.

Silvia setzte sich und lächelte Friedrich an. Sie sah gar nicht schlecht aus, wenn sie lächelte. Sie trug wieder diesen karierten Rock mit der großen Sicherheitsnadel, aber heute keine Strumpfhose. Ihre Beine sahen weich aus und waren leicht gebräunt. An den Füßen hatte sie wieder die ausgelatschten Turnschuhe, obenrum ein schwarzes Herrenhemd, das sie über dem Bauchnabel zusammengeknotet hatte. Auf dem Kopf saß ihr eine Sonnenbrille. Sie versuchte, etwas aus sich zu machen. Friedrich ertappte sich selbst bei der Frage, was sie wohl unter dem Rock trug. Er musste es wissen, schließlich war er ihr Freund.

»Du siehst schick aus«, sagte Silvia und betrachtete Friedrichs hellen Leinenanzug und sein cremefarbenes Polohemd.

»Ich versuche nur, ein wenig auf meine Kleidung zu achten.«

Silvia lachte, dabei hatte Friedrich gar keinen Witz gemacht. »Das sieht gut aus«, sagte sie.

»Danke.«

»Ich habe kein Talent, mich gut anzuziehen.«

»Braucht man dafür Talent?«

»Na ja, ich weiß nicht«, sagte sie und zog die Nase kraus, »also die Sachen, die ich mir kaufe ... Ich meine, wenn ich sie im Laden sehe, finde ich sie sehr schön und denke, sie könnten mir gut stehen, aber wenn ich sie zu Hause anziehe, dann sehen sie aus, als würden sie jemand anderem gehören.«

»Dieser Rock ist doch sehr hübsch. Die Sicherheitsnadel ist witzig.«

»Echt? Findest du?«

»Und das schwarze Hemd ... Nicht schlecht. Du hast ...«

»Was?«

»Ach nichts.«

»Sag doch.«

»Später vielleicht.«

»Später?«

»Hast du heute noch was vor?«

»Nein«, sagte sie. »Bisher nicht.«

Silvias Wohnung lag unter dem Dach. Im Winter könne sie das Eis von den Fenstern kratzen, und im Sommer sei es die reinste Sauna.

Als sie sich gegenseitig auszogen, auf dem zwei mal zwei Meter großen Bett mit Messingrahmen, fuhr etwas durch sein Innerstes und kehrte das Unterste nach oben. Er kam, als sie ihn nur streichelte, und dafür schämte er sich, aber sie hätten ja noch die ganze Nacht. In dem großen Fenster der Dachgaube wurde das Licht langsam weniger, und sie redeten. Und als es dunkel war, versuchten sie es noch mal. Silvia zog ihm ein Kondom über und zeigte ihm den Weg. Sie bat ihn, langsamer zu machen, sich Zeit zu lassen, legte seine Hände auf ihre Brüste und bremste ihn wieder, als er zu grob wurde. Vorsichtig bugsierte sie ihn aus sich heraus und hielt dabei das Kondom fest. Als er schlaff wurde, zog sie es ab und warf es in den Mülleimer unter der Spüle. Erst als sie das dritte Mal miteinander schliefen, kam auch Silvia. Sie saß auf ihm und hielt sich an dem Messingrahmen fest. Friedrich sah ihr einfach zu, seine Hände auf ihren Hüften. Sie atmete leicht pfeifend aus, und als sie sich ihrem Höhepunkt näherte, sagte sie etwas, das sich anhörte wie »dit-dit-dit«. Sie erstarrte mitten in der Bewegung, warf den Kopf hin und her und brach auf ihm zusammen. Friedrich war sprachlos. Es fiel ihm nicht einmal ein Witz ein.

Jetzt lag er da und betrachtete ihren Rücken. Er fuhr mit dem Nagel seines Zeigefingers ihre Wirbelsäule hinunter, und sie erschauerte. Sie drehte sich zu ihm um und strich ihm über sein Gesicht.

»Du hast einen schönen Bauch«, sagte er.

»Ach ja?«

»Das war es, was ich in der Cafeteria hatte sagen wollen.«

Zwei Wochen lang quälten sie sich nur zu den wichtigsten Seminaren vor die Tür. Friedrich hätte nie gedacht, dass man zwei Wochen lang mit so wenig Kleidern auskommen konnte. Es kam viel Luft an seinen Körper und viel Schweiß, der nicht seiner war. Die ganze Zeit dachte er nicht ein einziges Mal an Zacher. Dann rief er ihn an. Er konnte es nicht bei sich behalten, er wollte, dass Zacher es erfuhr. Er sollte sehen, wie es war, wenn man eine Freundin hatte, eine richtige, mit der man schlief und im Bett frühstückte, keine Teenagerschwärmerei, mit der man ein paarmal auf der Treppe zum Fahrradkeller herumknutschte. Was nützten Zacher jetzt seine guten Noten, die brillante Karriere, die ganz bestimmt vor ihm lag. Das war Theorie, Papier, Fälschung. Friedrich aber stand mittendrin im prallen Leben.

Gleich nach dem ersten Klingeln nahm Zacher ab.

»Wie läuft's?«, rief Friedrich.

»Du scheinst ja sehr gut gelaunt zu sein.«

»Mir geht es auch großartig.«

»Ich habe viel zu tun.«

»Klar. Muss auch sein.«

»Kann ich was für dich tun?«

»Hör mal, Zacher, du arbeitest zu viel. Wieso treffen wir uns nicht am Samstagabend bei mir zu Hause? Ein bisschen Käse, ein bisschen Rotwein, ein paar Freunde. Und bei der Gelegenheit könntest du endlich Silvia kennen lernen.«

Am Freitag schlug das Wetter um, und am Samstag war der Himmel grau und die Temperaturen hatten sich halbiert.

Silvia half Friedrich bei den Vorbereitungen. Obwohl sie schon am Nachmittag angefangen hatten, wurden sie nur ganz knapp fertig, da sie insgesamt dreimal miteinander schlafen mussten.

Silvia sah sehr gut aus. Sie trug ein schwarzes Kleid mit einem runden Ausschnitt und schwarze, flache Schuhe. Friedrich trug ein dunkles Polohemd und eine helle Hose. Auf dem Tisch standen drei große Karaffen mit Wein, Grissini in hohen Gläsern und zwei große Platten mit verschiedenen Käsesorten, garniert mit Salatblättern und Weintrauben. Sie hatten für fünf gedeckt, denn Friedrich hatte noch Konietzka eingeladen, und der wollte noch eine Bekannte mitbringen. Friedrich vermutete, es ging um diese Einsfünfundachtzig-Karin, die immer frisches Bier brauchte, also hatte er welches eingekauft.

Zacher erschien pünktlich um neunzehn Uhr, mit einer Flasche Prosecco unter dem Arm. Als er Silvia die Hand gab und sich vorstellte, deutete er eine Verbeugung an und wurde rot. Ein Hochgefühl wogte durch Friedrich. Das würde ihm keiner mehr nehmen können. Er hatte etwas, das Zacher nicht hatte. Das musste die Liebe sein, so musste sie sich anfühlen.

Konietzka kam ein paar Minuten später, allein. Er hatte auch sonst nichts mitgebracht. Dafür trug er ein knallrotes T-Shirt zu schwarzen Lederhosen und darüber ein schwarzweißes Jackett mit Kuhflecken. »Oh«, sagte er, nachdem er sich vorgestellt und Friedrich ihn gefragt hatte, wieso er allein gekommen sei, »meine Begleitung müsste gleich da sein.«

Sie standen ein wenig herum und tranken den Prosecco.

Kurz vor halb acht klingelte es. Es war Konietzka, der zur Tür ging und den Summer betätigte. Er ließ die Wohnungstür offen stehen und kam in die Küche zurück. Sie hörten Schritte auf der Treppe. Dann wurde die Wohnungstür zugedrückt.

Eine Frau kam herein.

Sie trug einen langen, dunkelgrünen Rock, bis zu den Knöcheln, dazu eine schwarze Bluse.

Sie hatte helle Haut, eine kleine Nase, große Augen, eine flache Stirn und auberginefarbene Haare, an den Seiten bis auf die Höhe ihres Kinns hinunterreichend.

Über der linken Schulter hing ihr eine alte, mit einem verblichenen Blumenmuster bestickte Stofftasche.

Sie trug ein kurzes Jäckchen mit einem künstlichen Pelzkragen.

Friedrich hätte schwören können, dass sie leuchtete.

Alle schluckten, und alle waren still. Da war etwas mit in den Raum gekommen, das nicht zu sehen war. Aber es war da.

Konietzka sagte: »Das ist Ellen.«

6

Er sah sie vor dem Hörsaal auf dem Boden sitzen. Sie war allein. »Hallo«, sagte er, aber sie reagierte nicht, also nannte er sie beim Namen. Endlich hob sie den Kopf.

»Oh, du bist es.«

»Ach, wer ist schon ich.«

Sie war noch blasser als sonst. Sie sah müde aus. Aber sie war immer noch so schön, dass Friedrich nicht wusste, was er sagen sollte. Es war ihm unbegreiflich, was sie an Zacher fand. Vor ein paar Monaten, an diesem Samstagabend in Friedrichs Wohnung, hatte Zacher kaum ein Wort gesagt, aber ein paar Tage später waren sie zusammen in der Uni aufgetaucht, Hand in Hand. Jetzt hatte gerade das Wintersemester angefangen, und die beiden waren immer noch zusammen. Zacher hatte es Friedrich also wieder mal gezeigt.

»Was willst du von mir?«, sagte Ellen.

»Ich dachte, wir könnten vielleicht ...«

»Ach, leck mich!«, unterbrach sie ihn.

»Bei dir oder bei mir?«

Sie stand auf und ging weg.

Eine halbe Stunde später traf er sie bei den Fahrstühlen. Sie sah besser aus, hatte etwas mehr Farbe und wirkte nicht mehr so müde. Als sie ihn sah, lächelte sie sogar.

»Tut mir Leid wegen vorhin«, sagte er.

»Was meinst du?«

»Meine blöde Bemerkung vorhin vor dem Hörsaal.«

»Das war ich nicht.«

»Du hast aber ausgesehen wie du. Jedenfalls fast. Na ja, wenn du die andere siehst, richte ihr aus, dass es mir Leid tut.«

»Ich denk dran.« Sie lachte, als hätte er einen Witz gemacht.

»Kommst du heute Abend?«

»Natürlich, das lasse ich mir doch nicht entgehen.«

»Bringst du die andere mit?«

»Die kenne ich gar nicht. Die läuft mir nur manchmal über den Weg.«

»Ich freue mich.«

»Ach du!«, sagte sie, legte ihm kurz eine Hand an die Wange und stieg in den Aufzug ein. Friedrich ging in die Cafeteria. Als er von weitem Silvia sah, drehte er sich um und ging woandershin.

Vierzehn Stunden später stand er in der oberen Tür des größten Hörsaals der Geisteswissenschaften. Unkenntliches Gebrabbel war zu hören und Gelächter. Die Leute hatten sich in Gruppen zusammengerottet, etwa hundert verteilten sich in dem großen, fensterlosen Saal. Unten war die Bühne der Professoren, jetzt aber liefen nur dann und wann Studentenvertreter von hier nach da. Manche schwankten schon, denn es war kurz nach eins in der Nacht, und die Auszählung der Stimmen dauerte schon Stunden. Auf den beiden grünen Tafeln an der Stirnseite des Raumes war ein Koordinatensystem gezeichnet. Auf der senkrechten Achse ganz links waren die Namen der angetretenen Gruppierungen zu lesen – Tu was!, Tunix, Pennerpartei, Radikaldemokraten, RCDS und so weiter. Auf der waagerechten am oberen Rand der Tafeln die Abkürzungen der Gebäude, N für Natur-, G für Geistes-, I für Ingenieurswissenschaften, M für Medizin, jeweils von A bis C, bei N sogar bis D. Jedes Gebäude wurde einzeln ausgezählt. Ungefähr jede Stunde kamen zwei Leute vom Wahlkomitee herein. Der eine verlas die Ergebnisse, der andere trug die Zahlen in das Koordinatensystem ein. Die Ergebnisse wurden von den Anwesenden lautstark kommentiert. Es hatte etwas vom Schlager-Grand-Prix.

Tu was!, das war der Sozialistische Hochschulbund. Und es sah aus, als würde der seine absolute Mehrheit im Studentenparlament verlieren. Die Radikaldemokraten legten zu. Mit denen würde Tu was! koalieren müssen. Der Vorsitzende der Radikaldemokraten, ein schlaksiger Typ in Jeansanzug und langen, schmutzig blonden Haaren, der seit Jahren schon zum Mobiliar der Uni gehörte und auf den Spitznamen »Stoney« hörte, grölte immer wieder: »WAS WOLLT IHR *DENN*?« Und seine Sympathisanten antworteten im Chor: »MA-O-AM! MA-O-AM! MA-O-AM!«

Es kamen wieder zwei Leute in den Hörsaal, ein Mann und eine Frau. Der Mann hatte einen Zettel in der Hand, wollte etwas vorlesen. Aber die Frau sagte ihm was ins Ohr, und er sah sie an, gab ihr dann den Zettel und ging an die Tafel. Die Frau las die nächsten Ergebnisse vor. Tu was! verlor weiter an Boden, die Radikaldemokraten gewannen hinzu. Stoney brüllte wieder: »WAS WOLLT IHR *DENN*?« – »MA-O-AM!« Friedrich ging hinaus. Das hier würde sich noch einige Zeit hinziehen.

Im Foyer und auf den Gängen saßen rauchende, trinkende und redende Menschen auf Heizkörpern, Treppenstufen und auf dem Boden oder lungerten in kleineren und größeren Gruppen einfach in der Gegend herum.

Friedrich suchte Konietzka, konnte ihn aber nirgends entdecken. Neben ihm standen zwei Studentenvertreter. Er kannte sie vom Sehen. Der eine war etwa zwei Meter groß und sehr kräftig. Auf seinen breiten Schultern saß ein erstaunlich kleiner Kopf. Er trug einen alten, zerschlissenen, an den Revers schon glänzenden Nadelstreifenanzug, dessen Hose etwa zehn Zentimeter über den Knöcheln aufhörte, Hose zu sein, und den Blick freigab auf ein paar

weiße Tennissocken mit blauen und roten Streifen am
Bündchen. An den Füßen hatte er ausgelatschte Halbschu-
he von Camel. Der andere war höchstens einssechzig groß
und starrte dem Hünen beim Reden unentwegt auf den
Solarplexus. Er trug einen verwaschenen Jeansanzug, ein
quer gestreiftes T-Shirt und löchrige Turnschuhe. Offenbar
versuchte er seit Jahren, sich einen Bart stehen zu lassen,
aber sein Gesicht hatte etwas dagegen, nur da und dort
zeigten sich einzelne, dünne Haarinseln. Der Hauptteil dieses Bartversuches spielte sich am Hals ab. Unschön, fand
Friedrich.

Der Kleine war betrunken. »Ey, hömma!«, sagte er gerade zu dem Großen, der sich nicht rührte und dastand wie
ein Studentendenkmal.

»Ey, hömma, eins sarri dier.« Der Kleine holte tief Luft
und stieß sie mit spitzem Mund wieder aus, wie jemand,
der bei einem Spiel ein Stück Watte über den Tisch pustet.
»Einz sahre ICHCH dieää.« Der Kleine litt offenbar unter
Wiederholungszwang. »Wir haben ... Wir haben ... die
Mehrheit ... die ABSOLUTE Mehrheit ... die is weck. Weck
wie nix.« Der Kleine war Tu was! »Unnn gätz ... müssen
wieää ... äääh ... kalo ... kola ... koala ...«

»Lumpur?«, fragte der Große und stieß seine Augenbrauen über der Nasenwurzel zusammen.

»... lieähn! Kolono ... kolalieäähn!«

»Koalieren?«

»Genau! GANZ genau! Unn ssswaaah ... mit ... mit ...«

»Uns?«

»NÄÄÄ! Bissu blödt? Nich mitt unss. MiEUCH!«

»Auch gut.«

»Abba ... abba einz ... sa ... sa ...«

»Sachs du mir.«

»Sach ich dir.«

»Was denn?«

»Ich bin A-anti ... Anti ... Avanti ...«

»Was denn?«

»Scheiße! Lass mi do ausrehn! Ich bin ANTIMAMIKA-
NIST, UND ICH BLEIBE ANTIKAMINIST! Dass das ma
klaah is!«

»Bist du überhaupt im Studiparlament?«

»Nie gewesen. I happ mit dem Scheiß nix am Stiefel. Leck mich scheiß!«

Friedrich sah Konietzka und ging zu ihm. Konietzka war nicht allein. Seinen Unterarm umklammerte eine Frau, die ihren Kopf gegen Konietzkas Bizeps gelegt und die Augen geschlossen hatte.

»Wer ist das?«, fragte Friedrich.

»Sie heißt Anita.«

»Ernsthaft?«

»Wieso nicht?«

»Normalerweise kennt man keine Frauen, die Anita heißen. Was macht sie da?«

»Sie schläft.«

»Im Stehen?«

Konietzka sah sich um. »Läuft gut, was?«

»Ich weiß nicht, was du meinst.«

»Na ja, ist 'ne gute Stimmung, oder?«

»Ich weiß nicht. Die scheinen mir alle schon ziemlich hinüber zu sein. Die wirken nicht gerade, als würden sie ausgerechnet auf einen wie mich warten.«

»Ach was. Das wird schon. Ich habe ein gutes Gefühl.«

»Du musst ja auch nicht auf die Bühne.«

»Das hier ist der Beginn einer wunderbaren Karriere.«

»Von wem?«

»Du musst dem positiv gegenüberstehen.«

Anita wechselte ihr Standbein.

»Ich sehe in diesen Gesichtern nichts Positives«, sagte Friedrich.

»Dann benutze das. Nutze deinen Zorn.«

»Nutze deinen Zorn! Was ist das hier? Krieg der Sterne?«

»Genau mit dieser Haltung«, sagte Konietzka und schloss kurz die Augen, um zu zeigen, dass er seine letzten Geduldsreserven für Friedrich mobilisierte, »musst du auf die Bühne gehen. Du darfst deine Angst nicht zeigen.«

»Ich habe keine Angst.«

»Es ist mitten in der Nacht, und das Publikum ist betrunken und politisiert. Als darstellender Künstler sollte man es da schon etwas mit der Angst bekommen.«

»Ich denke, die Stimmung ist toll?«

»Ein bisschen Angst schadet nie.«

»Wie wäre es, wenn du mich etwas aufbauen würdest, mir sagen würdest, wie gut und witzig ich bin?«

»Du bist gut und witzig. Oder sagen wir mal, du kannst es sein.«

Anita öffnete kurz die Augen und blickte Friedrich an. Was sie sah, schien ihr nicht zu gefallen, und ihre Augen fielen wieder zu.

»Was soll das heißen, ich kann es sein?«, sagte Friedrich. »Bin ich nicht immer witzig?«

»Niemand ist immer witzig.«

»Komm mir nicht mit Allgemeinplätzen.«

»Ich denke nur«, sagte Konietzka und sah Anita an, als habe er sie gerade erst bemerkt, »du solltest dir nicht zu sicher sein. Es ist immer gut, wenn man sich nicht zu sicher ist.«

»Du solltest Ratgeber schreiben. Woher weißt du das alles?«

»Ich hab ein paar Ratgeber gelesen.«

»Du weißt nicht, was es heißt, da oben zu stehen.«

»Du denn?«

Ellen und Zacher kamen auf sie zu. Anita streckte ihre Rechte aus, ohne dabei aufzuwachen.

»Wann bist du dran?«, fragte Ellen und sah Friedrich dabei in die Augen. Sofort stellten sich seine Nackenhaare auf. Sie weiß, dass ich an sie denke, wenn ich mit Silvia schlafe, dachte er.

»Es zieht sich hin.«

Silvia kam um die Ecke, mit zwei Kaffeebechern in jeder Hand. Ihr Gesicht war schmerzverzerrt. Heißer Kaffee war ihr über die Finger gelaufen. »Kannst du mir mal was abnehmen?«

Friedrich nahm ihr zwei Becher ab, Konietzka nahm die anderen beiden. Etwas Kaffee war auch auf ihre weiße Rüschenbluse getropft, die sie zu ihrem alten Karorock trug.

Ein kleiner, dicker, schwitzender Mann mit großen Augen und ungesund roter Gesichtsfarbe trat zu ihnen und wischte sich mit einem Papiertaschentuch den Schweiß von der Stirn. »Paar Minuten noch, dann haben sie das letzte Gebäude ausgezählt. Ich würde sagen, dann legen wir gleich los.« Er warf Friedrich einen kurzen Blick zu. »Will er so auftreten? In diesen Klamotten?«

»Was ist mit meinen Klamotten?«, fragte Friedrich.

»Er ist ziemlich aufgemotzt«, meinte der Dicke. »Er sieht ja aus wie einer vom RCDS.«

»Er sieht perfekt aus«, sagte Konietzka. »Bühne ist immer bigger than life.«

»Na gut, er muss da raus, nicht ich«, seufzte der Dicke und ging zurück in den Hörsaal.

Konietzka schüttelte den Kopf. »Der Kulturreferent des AStA. Mein Nachfolger. Der Mann, der Friedrichs erste echte Gage ausbezahlen wird.«

»Fünfzig Mark.« Friedrich lachte kurz auf. »Ich habe Bettlern auf der Straße schon mehr gegeben.«

»Ich finde auch, dass du toll aussiehst.« Silvia küsste Friedrich auf den Mund.

»Natürlich sehe ich gut aus. Ich bin der Dean Martin des Campus.«

»Ich hoffe, du singst nicht«, sagte Zacher ernst.

»Heute nicht.«

Friedrich hatte Programm für etwa eine halbe Stunde vorbereitet. Komische Geschichten über Professoren und Studenten, die Papierflut in der Cafeteria, das miese Essen in der Mensa und eine Hasstirade gegen defekte Münzkopierer, die zwar Geld schluckten, aber nicht kopierten.

Ellen, Zacher, Anita und Silvia gingen in den Hörsaal und suchten sich gute Plätze. Konietzka und Friedrich gingen außen um den am Hang liegenden Komplex herum und zum hinteren Eingang wieder hinein. Hier wartete der dicke, schwitzende Kulturreferent. »Es dauert noch ein bisschen«, sagte er und wischte sich wieder den Schweiß von der Stirn. Diesmal blieb ein Fetzen von dem Papiertaschentuch an seiner Stirn kleben. Er sah aus, als hätte er sich da oben beim Rasieren geschnitten.

»Was machen die so lange?«, fragte Friedrich.

»Demokratie braucht Zeit«, meinte der Dicke ernst.

Konietzka warf einen Blick in den Raum. »Die Leute sind gut drauf!«

»Die Leute sind besoffen.« Friedrich ging dieser ganze Zweckoptimismus langsam auf die Nerven.

»Ich würde sagen, nicht länger als zwanzig Minuten«, sagte der Dicke.

»Ich habe eine halbe Stunde vorbereitet.«

»Ich glaube, das ist zu lang. Ich denke, fünfzehn Minuten reichen auch.«

Die beiden, die vorhin schon die Ergebnisse verlesen hatten, kamen um die Ecke, wieder mit einem Blatt Papier in der Hand. Da hinten irgendwo, in einem der Seminarräume, wurde ausgezählt.

»Ach, Susanne«, sagte der Dicke zu der Frau, »sag doch noch an, dass es noch etwas Programm gibt.«

»Wie, Programm?«

»Das Kulturreferat dachte, nach der Auszählung sollte es noch etwas Programm geben.«

»Was für ein Programm?«

»Ich habe da einen Kabarettisten.«

»Ach du Scheiße, die sind doch schon alle viel zu blau.«

»Nicht lange, nur zehn Minuten.«

»Also meinetwegen.«

Susanne und der andere gingen in den Hörsaal.

»Hör mal«, sagte Konietzka zu dem Dicken, »es bleibt aber bei fünfzig Mark.«

»Klar, Mann.«

Drinnen wurde jedes einzelne Ergebnis begrölt. Friedrich hörte wieder: »MA-O-AM!« und wusste, dass es jetzt ernst wurde. Konietzka öffnete die Tür einen Spalt, um die Ansage von dieser Susanne mitzubekommen. Zuerst erklärte sie die Auszählung für beendet, verlas noch einmal so etwas wie das »vorläufige amtliche Endergebnis«, was wieder einiges Gejohle nach sich zog, und dann sagte sie: »So, und jetzt noch etwas Programm. Viel Spaß.«

Konietzka schob Friedrich durch den Spalt in der Tür. Friedrich ging, eine Hand in der Hosentasche, ein mokantes Lächeln auf den Lippen, gleich bis vorne durch und wartete auf den Auftrittsapplaus. Nichts. Der Raum war hell erleuchtet. Alle waren gut zu erkennen. Friedrich hätte viel darum gegeben, wenn es im Publikum dunkel gewesen wäre. Er ließ seinen Blick über die ansteigenden Reihen wandern, bis er Ellen fand. Und Silvia und Zacher und Anita. Aber vor allem Ellen.

Für ein paar Sekunden waren alle still geworden, waren alle toten, blutunterlaufenen, versoffen schwimmenden Augen auf ihn gerichtet. Friedrich fing an mit der Hasstirade gegen defekte Kopierer, das Beste vornweg, damit er sie gleich im Sack hatte.

Und dann ging es wieder los. Ein unklares Summen und Brummen wie auf einem LKW-Parkplatz, wenn alle Laster im Standgas laufen. Ein paar Leute lachten, aber es war nicht klar, ob sie über das lachten, was Friedrich sagte. Friedrich räsonierte über das metaphysische Wesen des Papierstaus, der kein technischer Defekt sein konnte, sondern eine Prüfung der psychischen Verfassung des Kopierenden, ausgeheckt von einer verborgenen Macht, die es sich zur Aufgabe gemacht hatte, ihnen allen den Nerv zu rauben. Es war, als würde er gegen einen Eimer Wasser anreden. Stumpfe Blödheit brach sich an kalkweißen Wänden. Und dann fingen sie an zu singen, falsch und taktlos, aber voller Inbrunst: *Und weil der Mensch ein Mensch ist, drum hat er Stiefel im Gesicht nicht gern ...*

Friedrich ging nach vorn, ganz nah an die Stolperkante heran, welche die Professorenbühne vom Auditorium trennte. Ein paar Sekunden lang konnten sich die unterschiedlichen Fraktionen nicht auf ein Lied einigen. Als Ersatz grölten einige wieder »MA-O-AM!« Dann aber formte sich da was. *Wacht auf, Verdammte dieser Erde ...* Das war mehr ein gesungenes Wispern, mehr zu ahnen, als zu erkennen. *Die stets man noch zum Hungern zwingt!* Das hob sich schon etwas ab, nur dann und wann gestört von Biergerülpse und Schnapsgelächter. *Das Recht wie Glut im Kraterherde nun mit Macht zum Durchbruch dringt.* Einige wurden still, spürten, dass etwas geschah, etwas Großes, Erhabenes, kannten aber nicht den Text. *Reinen Tisch macht mit dem Bedränger! Heer der Sklaven, wache auf!* He, das kenne ich doch, das habe ich doch schon mal gehört! *Ein Nichts zu sein, tragt es nicht länger, alles zu werden, strömt zuhauf!* Ja, richtig, das ist doch ... Verdammt mir wird ganz warm ums Herz! Jetzt geht es los, es packt mich, reißt mich empor, zum Licht, zur Sonne, zur Freiheit! *Völker, hört die Signale! Auf, zum letzten Gefecht! Die Internationale erkämpft das Menschenrecht!*

Friedrich stand wie festgenagelt. Er konnte das nicht so stehen lassen. Sein Mund ging auf. *And now the end is near, and so I face the final curtain.* Und die Meute sang zurück. *Es rettet uns kein höh'res Wesen, kein Gott, kein Kaiser, noch Tribun.* Die anderen wurden lauter, Friedrich konnte sich selbst nicht mehr hören. *Uns aus dem Elend zu erlösen, können wir nur selber tun! – Regrets I've had a few, but then again, too few to mention.* Ich habe Mitleid mit euch, ihr seid arm und werdet nicht mehr reich. *Leeres Wort: des Armen Rechte! Leeres Wort: des Reichen Pflicht!* Ihr habt es nicht begriffen. *For what is a man, what has he got / Unmündig nennt man uns und Knechte / and not the words of one who kneels! / duldet die Schmach nun länger nicht! / The record shows / Völker, hört die Signale! / I topped the blows / Auf, zum letzten Gefecht! / I did it / Die Internationale erkämpft das Menschenrecht! / My Way!*

Friedrich dehnte den letzten Ton, bis ihm die Lungen schmerzten. Alle sahen ihn an.

Er konnte sich hier nie wieder blicken lassen.

7

Es klingelte. Friedrich sah auf die Uhr. Kurz nach zwölf am Mittag. Wahrscheinlich die Post. War denn sonst keiner im Haus? Er wohnte ja nicht mal wirklich hier. Er fluchte, wälzte sich aus den Decken und drückte auf den Türöffner. Kurz darauf sah er Ellen die Treppe heraufkommen.

»Oh«, sagte er.

»Habe ich dich geweckt?«

»Nein. Bin schon lange auf.«

»Du lügst. Darf ich reinkommen?«

Sie trug ein schwarzes Kleid, einen langen Mantel und schwarze Lederhandschuhe. Friedrich musste an die Handschuhe seiner Mutter denken. Ellen hatte ihr Haar zurückgekämmt und mit Gel an den Kopf angelegt. Wieder sah sie völlig anders aus, aber wieder völlig unglaublich. Friedrich schloss die Tür hinter ihr.

»Wie geht es dir?«, fragte sie.

»Geht so.«

»Du bist lange nicht mehr an der Uni gewesen.«

»Ich gehe da auch nicht mehr hin.«

»Nie wieder?«

»Nie wieder.«

Sie holte die blau-gelbe Metallbox hervor, in der sie ihre Zigarillos aufbewahrte, nahm einen heraus und zündete ihn an. »Darf ich?« Als Friedrich nichts antwortete, sagte sie: »Thomas geht es auch nicht gut.«

»Endlich eine gute Nachricht.«

»Hör doch auf mit dem Scheiß. Der zornige junge Mann steht dir nicht!«

Friedrich fühlte sich ertappt.

»Zacher hat mir viel von dir erzählt«, sagte sie.

»Ach ja?«

»Ihr seid zusammen aufgewachsen. Beneidenswert. Ich kenne niemanden mehr aus meiner Kindheit. Dein Vater hat einen Schrottplatz, nicht wahr?«

»Eine Autoverwertung.«

»Muss toll gewesen sein, als Kind.«

»Ging so. Die Welt war halt voller kaputter Autos. Kaputte Autos sind sehr hässlich.«

»Aber dieser Cadillac war nicht hässlich, oder?«

Er hatte ihr vom Cadillac erzählt? »Der Caddy war toll, das stimmt.«

»Gibt es ihn noch?«

»Klar. Steht noch in seinem Zwinger.«

»Ich würde den gerne mal sehen.«

Natürlich, dachte er, wieso nicht. Zacher konnte ihr vom Caddy erzählen, aber Friedrich konnte sich mit ihr hineinsetzen und das alte Autoradio einschalten. Außerdem hatte der Caddy eine Rückbank, die breit genug war, um ... »Lässt sich einrichten«, sagte er.

»Könntest du dir vorstellen, dich mit Thomas wieder zu versöhnen?«

Thomas. So war Zacher seit Jahren nicht genannt worden.

»Hat er dich geschickt?«

»Nein.«

»Sag ihm, wenn er was will, soll er kommen.«

Ellen schüttelte den Kopf und zog an ihrem Zigarillo. »Wieso müsst ihr eigentlich alle diese John-Wayne-Scheiße abziehen? ›Wenn er was will, soll er kommen!‹ Zacher redet auch so einen Müll. Dabei wünscht er sich nichts sehnlicher, als dass du anrufst.«

»Immerhin hat er gesagt, ich hätte mich lächerlich gemacht.«

»Du warst wunderbar bei dieser Sache.«

»Ich war ein Idiot.«

»Ich habe dich bewundert dafür. Es war dumm und mutig und durchgeknallt und unvernünftig und schädlich und albern und peinlich und toll. Aber Thomas hat dafür keine Ader. Er hätte das nie so durchziehen können wie du. Ihr wisst doch beide, wie der andere ist, wieso regt ihr euch so übereinander auf?«

»Wir sind zu unterschiedlich.«

»Ihr kennt euch zu gut, darum geht es.« Sie hatte sich ein paarmal in die Hand geascht, jetzt ging sie zur Spüle und warf die Asche hinein. »Und ihr seid euch absolut ähnlich. Redet euch nicht was anderes ein. Wieso seid ihr sonst so lange befreundet?«

»Manchmal frage ich mich das auch.«

»Ihr werdet nie voneinander loskommen. Was hältst du davon, wenn wir uns morgen alle im *Sumpf* treffen?«

Der *Sumpf* war eine Kneipe in der Innenstadt. »War das seine Idee?«

»Nein, stell dir vor, da bin ich ganz alleine drauf gekommen.«

»Wird er denn kommen?«

»Ich werde ihm sagen, dass es deine Idee war, dann kann er nicht anders.«

»Sag ihm das nicht. Aber meinetwegen, ich komme.«

»Bring Silvia mit.« Sie sah sich um. »Hier lebt ihr?«

»Es ist Silvias Wohnung.«

»Silvia. Sie ist nett, nicht wahr?«

»Findest *du* sie nett?«, fragte Friedrich.

»Was ich denke, ist wohl kaum wichtig, jedenfalls in dieser Hinsicht.« Sie ging zur Spüle und drückte den Zigarillo aus. »Ich muss jetzt gehen.«

An der Tür blieb sie stehen und drehte sich noch mal um. Sie schenkte ihm einen Blick, der ihn auf die Dielen nagelte, streckte eine behandschuhte Hand aus, spreizte den Zeigefinger ab und fuhr ihm damit zärtlich durchs Gesicht, über die Nase, das Kinn, den Hals und das Brustbein hinunter über den Bauch. Sie stoppte erst knapp oberhalb seines Schambereiches. Nichts hatte ihn jemals so erregt.

»Bis morgen Abend«, sagte sie.

Als es dunkel wurde, kam Silvia nach Hause, mit zwei Plastiktüten und ihren Unisachen an der Hand. »Du hast ja aufgeräumt«, sagte sie.

»Ich musste was tun, ich war so kribbelig.«

»Ich hoffe, davon ist noch etwas übrig. Für später.«

Sie machten Essen. Setzten Nudeln auf, schnitten Pilze, zerdrückten Tomaten und hackten Zwiebeln. Silvia erzählte von ihrem Tag an der Uni. »Und was hast du so gemacht?«, fragte sie.

Das sind Gespräche, die man führt, kurz bevor man gar keine mehr führt, dachte Friedrich.

»Na ja, ich habe lange geschlafen, dann bin ich wach geworden und habe mir einen runtergeholt. Dann kam Ellen vorbei und hat mir gesagt, dass es Zacher nicht gut geht, und wir haben ein wenig herumgeknutscht. Als sie weg war, habe ich mir wieder einen runtergeholt und auf dich gewartet.«

»Ellen war hier? Was wollte sie?«

»Mit mir rumknutschen, mich anfassen.«

Silvia lachte. »Toll, wie ernst du aussehen kannst, wenn du so etwas sagst.«

»Du glaubst mir nicht?«

»Natürlich nicht. Schau mal, ich war in der Stadt und habe mir was gekauft.« Sie nahm ein Kleid aus einer der Plastiktüten und hielt es sich an. »Gefällt es dir?«

»Toll. Niemandem stehen Altkleider so gut wie dir. Hast du ein paar Säcke von der Caritas geplündert?«

»Ach, sei doch nicht immer so. Deckst du bitte den Tisch?« Sie legte das Kleid aufs Bett. Friedrich gehorchte.

Beim Essen sagte Silvia: »Ich finde Ellen komisch. Ich werde nicht schlau aus ihr.«

Friedrich zuckte mit den Schultern.

»Findest du sie nett?«, fragte Silvia.

»Ich finde sie geil«, sagte Friedrich. »Ich denke von morgens bis abends an sie.«

»Zum Glück weiß ich, dass ich dich da nicht ernst nehmen kann.«

»Nicht?«

»Also erstens kenne ich dich mittlerweile sehr gut ...«

»Glaubst du.«

»Und zweitens weiß ich genau, dass Ellen nicht dein Typ ist.«

»Wieso nicht?«

»Weil du mit mir zusammen bist. Ellen und ich, wir sind so verschieden. Du kannst uns nicht beide gleichzeitig gut finden.«

»Wer sagt, dass ich dich gut finde?«

»Ach, red doch keinen Unsinn. Mach den Teller leer, dann können wir noch schnell aufräumen.«

Manchmal wollte er sie Mutter nennen.

Nach dem Essen saßen sie auf dem Sofa und sahen fern. Dann fing Silvia an, Friedrich zu verführen. Später, im Bett, als er in ihr war, rief Friedrich plötzlich: »Oh! OH! EL-LEN!«, und dann lachte er. Silvia runzelte erst die Stirn, dann lachte sie auch.

»Was sollte das?«, fragte sie, als sie noch keuchend nebeneinander lagen. »Das mit Ellen?«

»Ein Scherz«, sagte Friedrich.

»Ich fand das nicht gut.«

»Ja, aber dich hat auch keiner gefragt.«

»Warum bist du so?«

»Nur so.«

»Nur so?«

»Meine Güte, ich habe einen Witz gemacht.«

»Auf meine Kosten?«

»Ist ja sonst niemand da.«

Silvia schüttelte den Kopf und stand auf. Aus der zweiten Plastiktüte holte sie einen engen, langen Rock und stellte sich damit vor den Spiegel an der Seite des Kleiderschrankes. »Ich habe ein wenig zugenommen. Den Rock musste ich glatt eine Nummer größer nehmen als sonst.«

»Jetzt siehst du wenigstens nicht mehr aus wie frisch aus Bergen-Belsen befreit.«

»Hör doch mal auf, ich finde das nicht witzig.«

»Ich könnte mich totlachen.«

Silvia hängte den Rock in den Schrank und legte sich zu ihm ins Bett. »Ich liebe deinen Humor, aber bisweilen übertreibst du ein wenig.«

Er zuckte nur mit den Schultern. Er war manchmal nicht sehr nett zu ihr, aber er wusste nicht, was er dagegen tun konnte.

»Ich glaube, du bist schlecht gelaunt, weil du nichts zu tun hast«, sagte sie.

»Wie meinst du das?«

»Wenn du nicht bald wieder zur Uni gehst, kannst du dieses Semester vergessen.«

»Ich vergesse nicht nur dieses Semester, sondern auch alle anderen. Ich gehe da nie wieder hin.«

»Was willst du denn stattdessen machen?«

»Ich weiß nicht. Vielleicht werde ich wirklich Komiker.«

»Nach diesem Abend an der Uni hast du doch gesagt, du würdest das nie wieder machen.«

»Da war ich geschockt. Aber wer bin ich denn, mir von ein paar besoffenen Idioten den Schneid abkaufen zu lassen!«

»Was sagt Konietzka denn dazu?«

»Ich habe noch nicht wieder mit ihm geredet. Aber morgen gehe ich zum Frühstück zu ihm.«

»Bist du sicher, dass es das Richtige für dich ist?«

»Mit Konietzka frühstücken? Was soll daran falsch sein?«

»Komiker, meine ich. Das ist doch kein richtiger Job.«

»Du hörst dich ja an wie mein Vater.«

Silvia strich ihm über die Brust. »Ich mache mir nur Sorgen um dich.«

Ihm lag etwas auf der Zunge, aber er schluckte es herunter. »Das ist lieb von dir«, sagte er stattdessen. »Ich hör mir morgen erst mal an, was Konietzka zu sagen hat, und dann sehen wir weiter.«

Am nächsten Morgen stand er pünktlich um elf bei Konietzka vor der Tür. Konietzka kam gerade aus dem Bett. Er trug einen seidenen Pyjama mit kurzen Ärmeln. Friedrich sah gerade noch, wie ein nacktes blondes Mädchen ins Bad ging.

»Was ist mit Anita?«, fragte er.

»Hat sich anders orientiert«, gähnte Konietzka.

»Scheint dich nicht sonderlich zu treffen.«

»Kaffee?«

»Deshalb bin ich hier.«

Sie gingen ins Esszimmer, wo schon der Tisch gedeckt war. Friedrich fragte sich, wann Konietzka das gemacht hatte. Es gab einen Teller mit Wurst, einen mit Käse, es gab frische Brötchen, Hörnchen, eine Kanne mit Kaffee und eine mit Tee, einfaches weißes Kaffeegeschirr und Sektgläser. Der Sekt stand in einem metallenen Eimer mit Eiswürfeln.

»Wie schaffst du das immer wieder?«, wollte Friedrich wissen. »Du bist gerade erst aufgestanden.«

Konietzka zuckte mit den Schultern. »Talent.«

Sie setzten sich an den Tisch, Friedrich trank Kaffee, Konietzka Tee. Sie frühstückten.

»Okay«, sagte Konietzka. »Womit kann ich dienen?«

»Ich hänge das Studium an den Nagel«, meinte Friedrich.

»Meinen Segen hast du.«

»Keine mahnenden Worte?«

»Du bist kein Wissenschaftler.«

»Nicht?«

»Nein.«

»Die akademische Welt verliert mit mir nicht eines ihrer größten Talente?«

»Nein.«

»Das trifft mich tief.«

»Du wirst drüber wegkommen.«

Das blonde Mädchen kam herein, war aber nicht mehr nackt. Sie trug Blue Jeans und ein blaues Herrenhemd. Konietzka stellte sie vor. »Das ist Franka.«

»Ich bin Friedrich.« Er stand auf und gab ihr die Hand. Sie brummte: »Kaffee. Jetzt. Vor dem ersten Kaffee bin ich ein Zombie.«

Friedrich grinste. »Gute Selbsteinschätzung.«

»Komiker, was?«

»Demnächst.«

Konietzka köpfte ein Frühstücksei. »Friedrich hängt sein Studium an den Nagel.«

»Herzlichen Glückwunsch.« Franka nahm einen Schluck Kaffee, stellte die Tasse vor sich auf den Tisch, legte ihre Unterarme daneben, senkte den Kopf und starrte in den schwarzen Kreis in der weißen Tasse.

»Wieso sagst du mir das?«, fragte Konietzka.

»Ich dachte, du könntest mir bei meiner neuen Laufbahn helfen.«

»Was willst du machen?«

»Ich will Komiker werden.«

»Ach ja?«

»Ich denke, ich kann Geschichten erzählen und die Leute zum Lachen bringen.«

»Da bist du bestimmt besser denn als Wissenschaftler.«

»›Denn‹ als?«

»Zweimal ›als‹ hintereinander hört sich blöd an.«

»Warum macht es dir so viel Spaß, mir zu sagen, was ich nicht kann?«

»Wir müssen unsere Grenzen erkennen, wenn wir unsere Stärken erfahren wollen.«

Friedrich sah sich um. »Wo ist der Abreißkalender, von dem du deine Sprüche hast?«

»Die Wahrheit steht nicht in Kalendern.«

»Wow, noch einer.«

»Brötchen. Bitte«, sagte Franka.

Konietzka gab ihr eins. »Du willst also Komiker werden. Was soll ich dabei?«

»Du sollst mir den Agenten machen.«

Konietzka nickte. »Hab ich mir gedacht.«

»Und?«

»Kommt drauf an.«

»Worauf?«

»In welche Richtung du gehen willst.«

»Nach vorne. Nur nach vorn.«

»Wäre vielleicht ein guter Titel für ein Programm.«

»Man müsste ›Nur‹ heißen, dann wäre es besonders witzig.«

»Im Ernst jetzt«, sagte Konietzka und griff nach dem Quittengelee.

»Ich will Geschichten erzählen. Ich will mich gut kleiden, und vielleicht will ich auch ein bisschen was singen.«

»Gut kleiden?«

»Guck dir die ganzen Typen an, die Betroffenheitskomiker. Die stehen da wie alte Säcke. So will ich nicht aussehen. Mir schwebt so etwas Amerikanisches vor. Gehobenes Entertainment.«

»Würde mir einer vielleicht mal den Teller mit dem Käse reichen?« Franka kam langsam an im Hier und Jetzt.

»Ein ganzer Satz. Nicht übel«, sagte Friedrich.

»Gehobenes Entertainment, was?« Franka schenkte Friedrich etwas zwischen einem Lächeln und einem Grinsen.

»Ich habe mich da schon ein bisschen schlau gemacht.« Konietzka streute Salz in das geöffnete Ei. »Ich bin zu ein paar Auftritten gegangen und habe mich an die Agenten und Manager rangemacht, sie abgefüllt und genau zugehört.«

»Er ist gut«, sagte Franka.

»Ich bin gerade dabei, eine Adressenkartei anzulegen.

Theater und Kulturämter und Ähnliches. Von dir brauche ich Werbematerialien, die ich verschicken kann. Einen Flyer, in dem das Wichtigste drinsteht. Und Fotos. Drei unterschiedliche Motive. Ich habe da einen Grafiker an der Hand, mit dem kannst du dich mal treffen. Aber denk dran, dass das hochwertiges Material sein muss. Da darf man nicht am falschen Ende sparen.«

»Wer zahlt das?«

»Du. Ich kriege fünfzehn Prozent von den Gagen.«

»Ist das viel?«

»Nein. Manche nehmen zwanzig. Mache ich vielleicht später.«

»Mal sehen.«

»Und noch etwas.« Konietzka legte seine angebissene Brötchenhälfte auf den Teller, wischte sich die Hände an einer Serviette ab, stützte die Ellenbogen auf der Tischplatte ab und verschränkte seine Finger wie zum Gebet. »Ich verspreche nichts«, sagte er. »Ich kann nichts garantieren. Ich bin selbst ein Anfänger in diesem Job. Wir werden Fehler machen. Du kannst nicht erwarten, dass du gleich vor vollen Häusern spielst. Erst kommt die Ochsentour. Provinz und Kneipen, schlechte Hotels und miese Gagen. Das muss dir klar sein.«

»Ist mir klar. Glaube ich.«

»Und du willst es trotzdem machen?«

»Ich kann nichts anderes. Und ich kann nichts anderes lernen.«

»Wieso nicht?«, wollte Franka wissen.

»Ich kann mir einen normalen Job für mich nicht vorstellen.«

»Also hast du keine Fantasie, was?«, sagte Franka.

Friedrich sah Konietzka an. »Die ist aber auch eine Komikerin, was?«

»Fast. Sie ist Sängerin.«

»Was singt sie denn?«

»Lieder.« Bei geschlossenem Mund wischte Franka mit der Zunge Brötchenreste aus ihren Zahnzwischenräumen.

»Franka spielt mehrere Instrumente und schreibt auch

: 107 :

Texte«, sagte Konietzka. »Ihr solltet euch mal zusammensetzen.«

»Wo trittst du auf?«, fragte Friedrich.

»Ich mache viele Firmengalas, Betriebsfeste und Messen. Ich habe noch kein abendfüllendes Programm. Aber ich arbeite dran. Und Konietzka macht mir den Agenten.«

»Unter anderem.« Friedrich grinste.

»Herrenwitz.« Franka versuchte, gelangweilt auszusehen.

»Muss es auch geben«, sagte Konietzka. »Bringt das meiste Geld.«

»Aber wir wollen uns doch nicht prostituieren, oder?«, sagte Friedrich.

»Nur ein bisschen.« Franka schnitt sich ein Brötchen auf.

»Wie habt ihr euch kennen gelernt?«

»Auf der Weihnachtsfeier der Stadt Recklinghausen«, sagte Konietzka. »Ich habe da gekellnert und sie hat gesungen.«

»Du hast gekellnert?« Friedrich wunderte sich.

»Ich werde erst ein großer, reicher Agent, ich bin noch keiner.«

»Er hat gut gekellnert«, meinte Franka.

»Und sie hat toll gesungen. Und das bei den Umständen.«

»Bist du schwanger?«, fragte Friedrich.

»Er meint die Typen vor der Bühne. Die typische Situation bei solchen Auftritten: Ein Haufen besoffener Beamter, die ihre Frauen zu Hause gelassen haben. Musik kennen die nur aus Fahrstühlen. Also ziehe ich ein Kleid an, das ein bisschen meine Titten betont, und sie engagieren mich nächstes Mal wieder.«

»Aber das ist doch ekelhaft.«

»Ich kriege zweitausend am Abend. Plus Mehrwertsteuer und Fahrtkosten. Für zweimal zwanzig Minuten singen und Saxophon spielen.«

»Saxophon?«

»Sie lieben es, wenn ich mir etwas in den Mund stecke, das ich mit beiden Händen festhalten muss.«

»Zweitausend. Nicht schlecht. Da will ich auch hin.«

»Du hast keine Titten«, sagte Konietzka. »Bei dir wird es etwas dauern.«

»Ich könnte Saxophon lernen.«

»Dann trittst du auf Schwulenpartys auf.«

»Zahlen die auch zweitausend?«

Konietzka nahm den Sekt aus dem Eimer, wischte die feuchte Flasche mit einer Serviette ab und öffnete sie, ohne dass sie überlief. Er goss allen ein und hob sein Glas. »Auf große Zeiten!«, sagte er. »Aber ...«

»Du willst nichts versprechen«, sagte Friedrich.

»Niemals.«

Sie stießen an und tranken.

Der *Sumpf* war ein langer Schlauch, dessen Wände aussahen, als hätte man sie mit Erde beworfen. Da und dort hingen gusseiserne Kerzenleuchter mit weißen Kerzen. Friedrich, Ellen, Silvia und Zacher sprachen über »diese Sache«. Zwei Pizzen und zwei Portionen Pasta hatten ihr Leben lassen müssen.

»Ich fand es peinlich, das ist alles.« Zacher tippte die Asche von seinem Zigarillo. Er hatte jetzt auch damit angefangen.

»Ich wollte denen was entgegensetzen.« Friedrich trank von seinem Kaffee.

»Du hast dich lächerlich gemacht.«

»Meinst *du*.«

»Man kann untergehen, aber man darf sich nicht lächerlich machen.«

Friedrich hob die Augenbrauen. Das hörte sich an wie Jerry Cotton. Der Kellner ging vorbei. Friedrich bestellte noch zwei Grappa. Dass er für Silvia und Ellen nichts bestellt hatte, fiel ihm erst auf, als der Kellner schon wieder weg war. »Hättet ihr auch noch was gewollt?«

»Schon okay.« Silvia winkte ab.

»Noch ein Wein wäre nicht schlecht gewesen.« Ellen zog an ihrem Zigarillo.

Silvia sagte: »Ihr müsst das mal so sehen: Ihr wart euch einig, dass diese Leute alle sehr peinlich waren.«

»Was meinst du denn, was wir jetzt tun sollen, Friedrich und ich?«

»Ihr könntet euch die Hand geben.«

Zacher streckte Friedrich die Hand hin. Friedrich ergriff sie. Sie ließen wieder los. »Und jetzt?«, fragte Zacher.

»Das war doch gut, oder?« Silvia machte ein zufriedenes Gesicht.

Friedrich grinste. »Na ja, mir ist nicht gerade einer abgegangen.«

Auch Zachers Mundwinkel zuckten. »Wir ziehen aber nicht zusammen.«

Ellen lehnte sich zurück, legte den Kopf in den Nacken und stieß Rauch aus. Friedrich konnte sich tatsächlich keine zwei Frauen vorstellen, die so verschieden waren wie Ellen und Silvia. Er stand auf. »Ich geh mal nach den Pferden schauen.«

Die Pissoirs auf der Herrentoilette waren mit modernen Sensoren ausgestattet und spülten automatisch. Das sollte hygienisch sein, man musste keinen Spülknopf mehr anfassen. Es hatte aber den Nachteil, dass offenbar schon eine leichte Luftbewegung ausreichte, um die Spülung auszulösen. Während Friedrich an einem der Becken stand, wurde in allen fünfen dreimal gespült. Auch der Sensor am Waschbecken funktionierte nicht richtig. Sekundenlang musste Friedrich vor dem gläsernen Auge unter dem Wasserhahn herumfuchteln, bis endlich Wasser kam. Der Handtrockner blieb stumm. Friedrich nahm sich vor, darüber mal eine Nummer zu schreiben.

Als er aus der Toilette herauskam, stand Ellen da. »Ich habe auf dich gewartet«, sagte sie.

»Ich hatte Probleme mit dem Wasserhahn und dem Handtrockner.«

»Man sieht es.«

Friedrichs Hände waren noch feucht. »Warum hast du auf mich gewartet?«

Sie fasste nach seinem linken Ohr und streichelte es. Wieder sah sie ihm auf diese obszöne Art in die Augen. Wieder hatte Friedrich das Gefühl, sie greife direkt nach seinen Eingeweiden. Er hatte nicht gewusst, dass sein Ohr eine erogene Zone war. Er seufzte.

»Deshalb«, sagte Ellen und verschwand in der Damentoilette.

8

»Nun sei doch nicht gleich sauer!«

»Ich bin nicht sauer.«

»Du hörst dich aber so an.«

»Ich hatte mich nur so auf den Abend gefreut.«

»Wir hatten doch schon so viele Abende zusammen!«

Silvia sagte nichts, aber er hörte sie atmen.

»So war das nicht gemeint«, sagte er, »wir werden auch noch viele Abende zusammen haben, aber heute hätte ich gerne etwas Zeit für mich.«

»Ja, sicher«, sagte sie, »ist schon gut. Ich habe wohl etwas überreagiert.«

»Ich ruf dich an, bevor ich ins Bett gehe. Außer es ist zu spät.«

»Nein, ruf auf jeden Fall an. Ich möchte dir Gute Nacht sagen!«

»Ist gut. Bis später.«

Er ging ins *Stahlwerk*. Der Laden hatte vor einem halben Jahr neu aufgemacht. Hier gab es chromeingefasste Ledersofas, der Tresen war aus Stahl, und an den weißen Wänden hingen Bilder von Industrieruinen. Friedrich setzte sich in eine Nische und breitete die Notizen, die er sich in den letzten Tagen gemacht hatte, vor sich aus.

»Friedrich?«

Er blickte auf. Neben seinem Tisch stand die Kellnerin und lächelte ihn an, zeigte ihm ihre wunderschönen Grübchen. »Annabel!«, sagte er.

»Was für ein Zufall!« Sie schüttelte den Kopf, als könne sie es nicht glauben. Sie sah toll aus. Sie hatte Gewicht ver-

: 111 :

loren, ihre Konturen waren etwas kantiger geworden, sie wirkte reifer.

»Du arbeitest hier?«

»Mir gehört der Laden. Darf ich mich setzen?«

»Natürlich.«

Sie schob sich mit einer flüssigen Bewegung in die Bank gegenüber, holte eine Packung Marlboro heraus und bot ihm eine an.

»Danke nein. Ich rauche immer noch nicht.«

»Ich habe auch erst angefangen«, sagte sie mit der Zigarette zwischen den Lippen, das Feuerzeug im Anschlag, »nachdem ich den Laden hier aufgemacht hatte. Erzähl mal, was treibst du so?« Sie blies den Rauch zur Seite.

»Ich habe ein bisschen studiert, aber das war irgendwie nicht das Richtige.«

»Was hast du da?« Sie zeigte auf die Zettel.

»Notizen. Beruflich.«

»Was machst du?«

»Ich trete auf. Als Komiker.«

Annabels Gesichtszüge entglitten ihr ganz kurz, dann lächelte sie wieder, aber ihr Lächeln wirkte geschäftsmäßiger. »Interessant.«

»Mein Agent ist ziemlich umtriebig.«

»Einen Agenten hast du also.«

»Ziemlich cleverer Typ.«

»Hast du mal wieder was von Zacher gehört?« Sie zog etwas zu hastig an ihrer Zigarette.

»Ich habe ständig mit ihm zu tun.«

»Und wie geht es ihm?« Sie zog schon wieder.

»Er studiert Jura. Ist natürlich der Beste an der ganzen Uni, aber das ist ja klar.«

»Ist er schon verheiratet? Hat er Kinder?«

»Nein, wieso sollte er?«

»Ach«, sagte Annabel und sah sich um, aber es waren nur wenige Besucher da, »er hat früher immer davon geredet, dass er gerne heiraten und mindestens vier Kinder haben wollte.«

»Hast du deshalb mit ihm Schluss gemacht?«

»Ich war sechzehn.« Sie drückte die halb gerauchte

Zigarette im Aschenbecher aus und steckte sich eine neue an.

»Was ist mit Gerstenberger?«

»Reden wir nicht darüber.«

»Ihr wart doch mindestens bis zum Abitur zusammen.«

»Die Sache lief bis vor einem halben Jahr. Dann habe ich ihn rausgeschmissen.«

Friedrich hätte am liebsten gefragt, wieso. Es würde gut tun, schlechte Dinge über Gerstenberger zu hören. Annabel schien seine Gedanken zu erraten.

»Frank hielt sich für einen tollen Fußballer, das weißt du ja. Aber es lief nicht so, wie er dachte, und das hat er an mir ausgelassen. Er konnte ein ziemliches Arsch sein.«

»Wem sagst du das.«

»Ich war schwanger.«

»Oh.«

»Er war ein solches ... Na ja, jetzt habe ich das hier.« Sie machte eine Kopfbewegung in das Lokal hinein. »Keine Zeit für Kinder!«

»Es gefällt mir hier.«

»Nett, dass du das sagst. Erzähl es weiter. Und komm wieder.« Noch eine Halbgerauchte musste dran glauben.

»Werde ich bestimmt tun.«

»Wie geht es dir sonst? Bist du mit jemandem zusammen?«

»Es gibt da jemanden.« Wieso konnte er nicht einfach ›Ja‹ sagen?

»Ich muss wieder.« Annabel stand auf. »Die Getränke gehen aufs Haus.« Sie gab ihm die Hand. »Du kannst ziemlich nett sein, wenn du nicht so einen Blödsinn erzählst.«

»Danke, du auch.«

»Du hast mich zum Lachen gebracht.« Sie zeigte ihm wieder ihre Grübchen. »Na ja, nicht immer. Ich glaube, Komiker, das ist das Richtige für dich.« Sie ging zum Tresen zurück, Friedrich blickte ihr nach. Von vorn hatte er nur ihre lange Kellnerinnenschürze gesehen. Darunter trug sie einen kurzen Rock. Sie hatte schöne Beine. Sie gab eine Bestellung auf und zeigte auf Friedrich. Dann verschwand sie durch eine Tür hinter dem Tresen.

Friedrich nahm sich seine Notizen vor.

»Ich glaube, ich habe zugenommen.« – »Jetzt siehst du wenigstens nicht mehr aus wie frisch aus Bergen-Belsen befreit.« Ja, das war gut, überraschend und fies. Jeder hatte schon solche Gespräche führen müssen und war davon genervt gewesen, das musste er nutzen.

Er trank Wein bis Mitternacht. Annabel ließ sich nicht mehr blicken. Als er ging, hatte er fünf Nummern komplett fertig und für weitere sechs das Material zusammengetragen. Es schien einfach zu sein, er hatte ein Händchen dafür, echtes Talent. Ein Talent, das Zacher nicht hatte.

Was jetzt? Dieser Abend durfte nicht einfach so aufhören, er brauchte ein größeres Finale, als es ihm allein zu Hause oder auch zusammen mit Silvia möglich gewesen wäre. Er war nicht mehr ganz nüchtern, und das war wohl der Grund, wieso er plötzlich ganz genau wusste, was er zu tun hatte.

Er lief durch die Stadt bis zum Bahnhof und erwischte dort noch die letzte U-Bahn Richtung Universität. Die Fahrt dauerte eine Viertelstunde. Er studierte die Tunnelwand. Zacher wollte also Familie haben. Friedrich konnte sich ihn beim besten Willen nicht als Vater vorstellen.

An der Uni stieg er aus, ging die Treppe nach oben und betrachtete ein paar Minuten die Gebäude. Die Büros lagen im Dunkeln, aber die Gänge waren noch erleuchtet, da blieb das Licht die ganze Nacht an. Er ging rüber zu den Studentenwohnheimen. Es war fast ein Uhr. Beinahe alle Fenster waren dunkel. Friedrich zählte fünf, hinter denen noch Licht war. Er ging zur Tür und klingelte. Beinahe sofort hörte er Ellens Stimme über die Sprechanlage.

»Wer ist da?«

»Ich.«

»Wer ist ich?«

»Gute Frage. Keine Ahnung.«

»Was soll das werden?«

»Ein philosophischer Witz.«

»Friedrich?«

»Das ist mein Name. Aber bin ich das auch?«

»Ich bin. Aber ich habe mich nicht. Darum werden wir erst.« Sie kicherte.

»Wie bitte?«

»Ernst Bloch. Tübinger Einleitung in die Philosophie Teil I.«

»Darf ich reinkommen?«

Statt einer Antwort hörte er den Summer. Er drückte die Tür auf und nahm den Fahrstuhl in den dritten Stock. Sie stand in der Tür und aß einen Apfel. Sie trug Boxershorts und ein T-Shirt.

»Bist du allein?«, fragte er.

»Sind wir das nicht alle?«

»Ich habe ein bisschen was getrunken.«

»Trinken ist gesund.«

Sie ging in die Wohnung. Er folgte ihr. Man konnte es nicht wirklich »Wohnung« nennen. Da war ein winziger Flur mit einem Einbauschrank, rechts eine winzige Kochnische, links ein Zwölf-Quadratmeter-Zimmer, von dem auf der rechten Seite noch eine Nasszelle abgeteilt war. Die Nische, die von der Wand der Nasszelle bis zum Fenster reichte, war ausgefüllt durch ein schmales Bett. Unter dem Fenster ein Schreibtisch, davor ein Stuhl. In die linke Wand war ein Regal eingelassen.

»Ziemlich eng hier«, sagte er. »Lehrjahre sind keine Damenjahre, was?«

Sie nagte noch ein wenig an der Apfelkippe herum. »Was zu trinken? Rotwein?«

»Gern.«

Sie ging in die Küche und goss ihm ein. Friedrich setzte sich auf den Stuhl am Schreibtisch. Ellen beugte sich von hinten über seine Schulter und stellte das Glas ab. Dann griff sie nach seinem Ohr.

»Deswegen«, sagte sie.

»Deswegen?«

»Deswegen bist du doch hier, oder?«

»Mag sein.« Friedrich nahm einen Schluck. Der Wein war nicht besonders gut, schmeckte nach höchstens fünf Mark.

»Ich wusste, dass du irgendwann kommen würdest.«

»Tatsächlich? Oft weiß ich selbst nicht, ob ich komme, und schwupp ist es vorbei.«

Sie griff wieder nach seinem Ohr. »Magst du das?«

Er schluckte. »Das mag ich.«

»Du hast schöne Ohren«, sagte sie. »Ich finde es schön, dass deine Ohrläppchen nicht angewachsen sind. Ich mag das nicht.«

Zachers Ohrläppchen waren angewachsen. Friedrich trank. Ellen nahm ihm das Glas ab und streichelte sein Gesicht. Sie streifte das Jackett von seinen Schultern und knöpfte sein Hemd auf. Sie zog ihn aus und legte seine Sachen ordentlich zusammen. Sie strich leicht über sein erigiertes Glied. Sie zog sich ebenfalls aus. Ihre Haut war überall so weiß. Er sah sie an, sie hatte nichts dagegen. »Leg dich hin!«, sagte sie. »Auf den Bauch!« Friedrich legte sich aufs Bett. Sein Glied schmerzte etwas. Sie machte das Licht aus. Dann spürte er ihren Mund an seinem Fuß, ihre Zunge zwischen seinen Zehen, ihren Atem an seiner Ferse. Ihre Finger wanderten über seine Waden durch seine Kniekehle und den Oberschenkel hinauf bis zu seinen Hinterbacken. Er entspannte sich, seine Erektion ließ nach. Er spürte ihre Brüste an seinem Rücken, ihren Atem jetzt in seinem Nacken, ihre Füße an seinen. Dann hielt sie inne. Und begann von vorn.

Später hörte er ihr beim Schlafen zu. Irgendwann ging er in die Nasszelle, schloss die Tür, machte Licht und betrachtete sich im Spiegel. »Kein Witz«, murmelte er seinem Spiegelbild zu. Ellen war die Maßeinheit für die größtmögliche Entfernung von allen Schrottplätzen, allen Stiernacken und allen kleinen grauen Tanten dieser Welt. »Kein Witz.«

Er ging zurück ins Zimmer, zog sich leise an, verließ die Wohnung und fuhr zu sich nach Hause.

Er hörte *In the wee small hours of the morning*, dann schlief er ein und träumte nichts. Gegen Mittag weckte ihn das Telefon. Es war Zacher. Friedrich war sofort hellwach, sein Herz raste.

»Silvia sagte, du bist zu Hause.«

»Stimmt.«

»Habt ihr Probleme?«

»Nein, ich wollte nur mal wieder ein wenig allein sein.«

»Hast du heute Abend schon was vor?«

»Bisher nicht.«

»Können wir uns treffen?«

Was wollte er? War er bei Ellen gewesen? Wusste er alles?

»Sicher«, sagte Friedrich.

»Um acht im *Sumpf*«, sagte Zacher.

»Bis dann!«

Kurz darauf rief Silvia an.

»Wo bist du gewesen?«, fragte sie.

»Woanders.«

»Ich habe gestern Abend bei dir angerufen.«

»Ich war im *Stahlwerk* und habe an ein paar Nummern gearbeitet.« Er erzählte ihr besser nicht, wem der Laden gehörte, sonst kam sie noch auf falsche Gedanken.

»Ich habe mir Sorgen gemacht. Ich bin sogar zu dir hingefahren, um halb zwei in der Nacht, aber du warst nicht da. Du wolltest mich doch anrufen.«

»Ist spät geworden.«

»Sehen wir uns heute?«

»Ich denke, ich kann dich irgendwie dazwischenschieben.«

Sie seufzte. »War nur ein Spaß«, sagte er. »Ich bin um drei bei dir. Mach schon mal Kaffee. Aber um acht treffe ich mich mit Zacher.«

»Ich weiß. Als er hier anrief, meinte er, er bräuchte dich heute Abend.«

»Zacher braucht niemanden«, sagte Friedrich.

Er duschte und suchte sich frische Sachen heraus. Dann setzte er sich an den Schreibtisch und tippte ab, was er am vorigen Abend notiert hatte. Die alte Triumph-Schreibmaschine hatte früher in Karl Pokornys Büro gestanden.

Plötzlich klingelte es. Ellen stand vor der Tür. Sie weinte.

»Warum bist du weggegangen?«

»Komm erst mal rein.«

»Du bist zu mir gekommen«, sagte sie, »nicht umgekehrt.«

»Komm doch erst mal rein!«

Sie kam herein. Die Tränen spülten Mascara und Eyeliner in schmalen Bächen ihre Wangen hinunter. Der Lippenstift hatte Spuren auf ihren Zähnen hinterlassen und war in den Mundwinkeln ein wenig verschmiert. Friedrich wusste nicht, was er sagen sollte, also bot er ihr ein Taschentuch an.

»Ich hab selber welche«, blaffte sie ihn an, holte aber keins hervor. Er wollte nicht, dass sie weinte. Er wollte, dass sie das, was sie gestern mit ihm gemacht hatte, noch mal machte, und nicht nur einmal, sondern immer wieder.

»Zacher darf nichts von gestern erfahren«, sagte sie.

»Natürlich nicht. Obwohl doch gar nichts passiert ist.« Friedrich versuchte ein Grinsen.

Er sah den Schlag nicht kommen, plötzlich brannte aber seine Wange. »Das war gar nichts für dich?«, schrie sie.

»Nein, nein, so war das nicht gemeint. Ich meine, es ist nicht zum Äußersten gekommen, also ... irgendwie schon, aber ...«

»Du warst nicht in mir drin, aber das ist auch schon alles. Bist du gegangen, weil du enttäuscht warst, du Arsch?«

»Ich war nicht enttäuscht. Überhaupt nicht.« Er wusste selbst nicht so genau, weshalb er gegangen war. Vielleicht hatte er Angst gehabt, dass ihm auch am Morgen danach kein Witz einfallen würde. »Ich hatte Angst, du würdest am Morgen sagen, dass das alles ein Fehler war.«

»Natürlich war es ein Fehler«, sagte Ellen. »Aber das hätte ich dir nie gesagt. Wo ist das Bad?«

Friedrich zeigte ihr den Weg. Während sie im Bad war, schob er die Zettel zusammen, die er gerade abgetippt hatte, und legte etwas darüber. Als Ellen zurückkam, hatte sie ihr Make-up erneuert und sich die Lippenstiftspuren von den Zähnen und aus den Mundwinkeln gewischt. Nur ihre Augen waren noch gerötet.

»Darf ich rauchen?«

»Selbstverständlich.« Friedrich holte ihr den Aschenbecher, den er eigens für Gäste angeschafft hatte. Er war froh, dass er hier besser ausgerüstet war als in Silvias Wohnung.

Ellen lächelte und griff nach seinen Ohren. »Es ist falsch«, sagte sie, »aber wir werden es weitermachen. Du kommst zu mir oder ich zu dir oder wir gehen ganz woandershin, und dann ziehen wir uns aus.«

Am Nachmittag trank er Kaffee mit Silvia. Sie wollte mit ihm schlafen, aber Friedrich sagte, er habe noch Kopfschmerzen vom Trinken am Abend zuvor.

Zacher saß ganz hinten, an der großen Schiebetür aus Glas, die in den Hof führte, der im Sommer ein Biergarten war. In etwa einem Meter Höhe hing ein schwerer Wollstoff am Fenster, um die Kälte auszusperren, die durch die Ritzen kroch.

»Tut mir Leid«, entschuldigte sich Friedrich. »Ich bin zu spät.«

»Schon gut.« Zacher stand auf, um Friedrich die Hand zu geben.

Friedrich lächelte. »Bist du öfter hier?«

»Nein. Das ist nur das einzige Lokal, das ich kenne.«

Lokal. Natürlich sagte Zacher Lokal, nicht Kneipe.

Der Kellner, der an ihren Tisch trat, war höchstens einen Meter fünfzig groß. Was ihm nach oben fehlte, hatte er in der Breite. Auf seinem straff sitzenden T-Shirt stand *Iron Maiden*, darunter war eine hässliche Fratze zu sehen. Friedrich bestellte ein Bier, Zacher einen Whiskey.

»Was zu essen?«, fragte der Kellner.

Zacher sah Friedrich an, der schüttelte den Kopf. »Nein, danke.«

Der Kellner zuckte mit den Schultern. »Ist auch besser so. Der Koch ist scheiße.«

»Wie geht es mit Silvia?«, fragte Zacher, als sie wieder allein waren.

»Großartig. Wunderbar. Und mit Ellen?«

»Es ist interessant.«

»Schwierig?«

»Herausfordernd.«

»Wie sagt man in Hollywoodfilmen?« Friedrich gab vor,
nach einer bestimmten Formulierung zu suchen. »Ach ja:
Ist es was Ernstes?«

»Ernst genug.«

Iron Maiden brachte Bier und Whiskey.

»Meine Mutter ist tot.« Zacher stürzte den Whiskey hinunter und bestellte per Handzeichen einen neuen.

»Das tut mir Leid.«

»Mir nicht. Ich dachte nur, ich teile es dir mit. Schließlich hast du sie gekannt. Na ja, wie man sie kennen konnte.
Sie hatte ja von sich selbst keine Ahnung.«

Friedrich suchte nach etwas, das er sagen konnte. Er
fand nichts. Seine Mutter war auch tot, aber das war wohl
nicht dasselbe. Er fühlte dieses alte Gefühl kommen, dass
Zacher ihm wieder eine Nasenlänge voraus war, aber dann
dachte er an Ellens Zunge in seiner Kniekehle und wusste,
dass er uneinholbar vorn lag.

Konietzka besorgte ihm erste Auftritte bei Familienfeiern,
Betriebsfesten und Studentenfeten. Speziell die Betriebsfeste fand Friedrich zum Kotzen, aber die brachten das
meiste Geld. Konietzka hatte sich Gedanken darüber gemacht, wie man solche Sachen anging. »Du musst über
Dinge reden, die sie kennen. Über das Fernsehen, über
Fußball und vor allem über Frauen. Mach dich darüber lustig, was zwischen ihnen und ihren Frauen nicht stimmt.
Irgendeine Scheiße von wegen, dass sie nicht rückwärts
einparken können und keine Ahnung vom Abseits haben.«

»Das sind doch Klischees.«

»Wenn du Kunst machen willst, schreib Gedichte, oder
mach Skulpturen mit sechs Brüsten und drei Schwänzen.
Wenn du die amüsieren willst, gib ihnen, was sie wollen.«

Friedrich versuchte es, und es funktionierte.

Konietzka kam mit zu den Auftritten und machte sich
Notizen. »Du benutzt zu viele Füllwörter, zu viel ›Na ja, so
ist das!‹ oder ›Also wirklich‹ und so was, das muss raus.«

»Das sind die Stellen, wo ich nachdenken muss, was ich
als Nächstes sage.«

»Du musst deinen Text besser lernen.«

»Aber ich denke immer, vielleicht fällt mir noch was Besseres ein als das, was ich vorbereitet habe.«

»Du darfst nicht nachdenken auf der Bühne. Das muss gehen wie's Karnickelficken. Dran, drauf, drüber, Hurra! So wie Männer Sex machen. Keine Gefangenen.«

»Warte, das ist gut, das muss ich mir aufschreiben.«

»Du darfst es nicht absacken lassen, du musst die Spannung halten. Aber lass ihnen Zeit zu lachen.«

»Wie meinst du das?«

»Manchmal, wenn du eine Pointe abgeschossen hast, hetzt du schon in die nächste.«

»Das ist doch blöd, wenn ich extra eine Lachpause lasse. Als wollte ich sie zum Lachen zwingen.«

»Dafür kriegst du mit der Zeit ein Gespür. Du musst ihnen klar machen, dass du der Chef bist. Du machst die Witze und sie lachen, das ist der Deal. Sie müssen an *deiner* Leine gehen, nicht umgekehrt.«

In der Innenstadt hatte eine neue Kneipe aufgemacht, die etwas abseits in einer Seitenstraße lag, und der Wirt erhoffte sich durch kulturelle Veranstaltungen mehr Zulauf an umsatzschwachen Tagen. Einmal in der Woche, jeweils am Donnerstag, sollte Friedrich viermal fünfzehn Minuten Programm machen.

Der Wirt hieß Martin Dressler, und die Kneipe hatte er nach seinem Vornamen benannt: »Marty's«. Dressler hatte ein paar Monate in New York gelebt und dort einige Comedy-Clubs besucht. »So geht das«, sagte er, als er sich mit Friedrich und Konietzka traf. »Hart, gemein, unfair, meinetwegen auch versaut, aber nie langweilig und vor allem: schnell muss es sein. Tempo ist das Wichtigste!« Dressler war zwei Meter groß und trug maßgeschneiderte Anzüge, darunter schwarze Designer-T-Shirts mit Rundhalsausschnitt. »Traust du dir das zu?«

Konietzka antwortete: »Deshalb sind wir hier.«

Die Bühne war etwa drei Meter tief und vier Meter breit. Den Hintergrund bildete eine Mauer aus Ziegelsteinen, an der »Marty's« als Neonschriftzug hing. Auf einem Stativ klemmte ein Mikrofon.

Friedrichs erster Auftritt bei »Marty's« war zäh. Nicht wirklich schlecht. Aber das Publikum ging nicht an seiner Leine.

»Das hier sind andere Leute«, sagte Konietzka, als sie hinterher zusammen mit Zacher, Ellen und Silvia um einen großen Tisch herumsaßen. »Die reagieren etwas empfindlich darauf, wenn du sie behandelst, als wären sie solche Wichser wie die auf den Betriebsfeiern.«

»Soll ich jetzt weich werden, oder was?«

»Nein, aber schlag dich auf ihre Seite. Zeig ein bisschen Selbstironie. Rede mehr über dich.«

Friedrich blickte in die Runde. Silvia trank von ihrem Gingerale, ohne ihn anzusehen, Zacher beschäftigte sich mit seinem Bierdeckel, nur Ellen sah ihn an, wenn auch ernst und durch den Rauch ihres Zigarillos hindurch.

»Es hat euch nicht gefallen, oder?«

Pause. Silvia lächelte ihn an. »Es war nicht schlecht.«

»Ich fand es zum Kotzen«, sagte Zacher.

»Wieso?«

»Du machst dich zum Affen.«

Ellen schüttelte den Kopf. »Das hatten wir doch schon.«

»Ich dachte, ich wäre zu hart zu ihnen gewesen.«

»Du hast geschwitzt«, nahm Konietzka Friedrich in Schutz. »Das meinte Thomas nur.«

»Was soll ich machen!«, stöhnte Friedrich. »Es ist verdammt heiß hier drin, vor allem unter den Scheinwerfern. Außerdem qualmen alle.«

Konietzka legte ihm einen Arm um die Schultern. »Schwitzen kannst du, wenn du sie im Griff hast, wenn du mit ihnen spielen kannst. Dann heißt Schwitzen, dass du alles gibst. Bisher sieht es nur aus wie Angst. Also werden wir dich vor dem nächsten Auftritt ein wenig abpudern. Außerdem wirst du ein schwarzes Hemd tragen, da sieht man die Flecken unter den Armen nicht so deutlich.«

Dressler setzte sich zu ihnen und schlug Friedrich auf den Rücken. »Das wird noch besser, oder?«

»Gib uns ein paar Tage Zeit«, sagte Konietzka.

»Na ja, es war ja nicht besonders voll, also können es nicht viele weitererzählen. Nächste Woche kommt Presse.

Außerdem habe ich ein paar Leute eingeladen. Da will ich ein bisschen mehr sehen.«

Eine Woche später drängelten sich etwa achtzig Zuschauer vor der Bühne. Friedrich hatte sich einen Barhocker auf die Bühne stellen lassen, um der Szenerie so einen Hauch von Sinatra zu geben. Er trug einen dunklen Anzug mit einem weißen Einstecktuch. Er setzte sich auf die vordere Kante des Barhockers, stellte einen Fuß auf die Sprosse und den anderen auf den Boden. Er blickte zu den beiden Scheinwerfern hoch, holte das weiße Einstecktuch aus der Brusttasche und tupfte sich die Stirn ab. Er steckte das Tuch zurück, holte eine rote Plastiknase aus der Jackentasche, setzte sie auf und sagte ernst: »Ich bin Komiker.« Erste Lacher. Friedrich griff nach dem Mikrofon und nahm es aus dem Stativ. Er fing an, von seiner Kindheit zu erzählen. Oder was die da unten heute Abend dafür halten sollten. Irgendwann nahm er die rote Nase ab und ließ sie kommentarlos in der Tasche verschwinden. Dann steigerte er das Tempo, meckerte über alte Leute im öffentlichen Personennahverkehr.

Mit fünfzehn Minuten kam er im ersten Block nicht aus. Sie lachten so viel, dass er sieben Minuten zu lang war. Der zweite lief genauso gut, der dritte nur zur Hälfte, und der vierte hing etwas durch.

Später kam Dressler zu ihm und drückte ihm die Hand. »So habe ich mir das vorgestellt. Am vierten Teil musst du noch was arbeiten, aber das wird, da bin ich sicher.«

»Du hast es«, sagte Konietzka. »Du bist auf dem richtigen Weg. Ich dachte, du würdest länger brauchen.«

Beide Lokalzeitungen schrieben über ihn. Die Kritiken waren sehr gut. Am nächsten Donnerstag war die Kneipe gerammelt voll. Silvia war zu Hause geblieben, weil sie am nächsten Tag ein Referat halten musste. Zu Beginn des vierten Blocks sah er Ellen hereinkommen. Allein, ohne Zacher.

Als er fertig war und von Dressler seine Gage bekommen hatte, setzte er sich zu ihr.

»Schön, dass du da bist«, sagte er.

»Läuft toll für dich, oder?«

»Einsame Spitze. Wo ist Zacher?«

»Muss Kisten schleppen.«

Na klar, dachte Friedrich, der wird sich keinen Auftritt mehr von mir ansehen. Er will mich so mies wie möglich in Erinnerung behalten. »Wo sollen wir hingehen?«

»Ich hätte da eine Idee.«

Das Schild »Autoverwertung Karl Pokorny« hatte in den letzten Jahren ein wenig gelitten, aber es war noch gut zu lesen.

»Hier kommst du also her«, sagte Ellen.

»Das Haus da drüben steht jetzt komplett leer. Früher wohnte ganz unten eine alte Frau und unter dem Dach Zacher mit seiner Mutter. Dazwischen die Wohnungen waren leer, manche hatten nicht mal Türen.«

»Mein Gott, wie deprimierend.«

Über der Haustür von Karl Pokorny ging ein Licht an. Kurz darauf öffnete Friedrichs Vater die Tür. »Was machst du denn hier?«

»Hallo Papa.«

Ellen ging auf Friedrichs Vater zu und streckte die Hand aus. »Guten Abend, Herr Pokorny. So spät noch auf?«

Ellens Zauber wirkte sogar bei seinem Vater, dessen Miene sich schlagartig aufhellte. »Ich hab was gehört, da dachte ich, ich sehe mal nach.« Der Vater trug dunkle Hosen, die an den Knien schon glänzten. Das Hemd, das er nur unvollständig in den Bund gestopft hatte, kannte Friedrich noch von früher.

»Das ist Ellen«, sagte Friedrich.

»Sehr erfreut.« Der Vater hielt ihr noch einmal die Hand hin.

»Ich wollte unbedingt wissen, wo Ihr Sohn herkommt. Die späte Störung ist also meine Schuld.«

»Kein Problem.«

»Wir studieren zusammen«, sagte Friedrich.

»Dürfen wir uns ein wenig umsehen?«

»Jetzt?« Der Vater hob die Augenbrauen.

»Och bitte!«, machte Ellen.

Friedrich traute seinen Augen kaum: Der Vater lächelte.

»Na, meinetwegen.« Der Vater schloss das Tor auf und drückte Friedrich den Schlüsselbund in die Hand. »Wirf ihn hinterher einfach in den Briefkasten. Ich geh wieder rein.«

Es hatte sich nichts verändert. Ellen staunte, als hätte sie noch nie alte, kaputte Autos gesehen, aber so ging es wohl allen, die nicht hier aufgewachsen waren. Ein einzelnes Wrack war nichts Bemerkenswertes, eintausend waren Poesie.

»Okay«, sagte sie. »Wo ist er?«

»Da hinten links.«

Sie nahm ihn an der Hand und bog um einen alten Lieferwagen. Da stand der Caddy in seinem Zwinger. Der Vollmond warf den Schatten des Maschendrahtzaunes auf die Karosserie. An dem Bund, den sein Vater ihm gegeben hatte, war auch der kleine Schlüssel für das Vorhängeschloss. Sie öffneten die Tür, und Ellen ging um den Wagen herum und strich mit den Händen darüber. »Ein pinkfarbener Cadillac!«

Friedrich öffnete ihr die Fahrertür.

»Auf die Rückbank!«, sagte sie. »Bei Vollmond muss man in einem pinkfarbenen Cadillac auf der Rückbank sitzen und sich an den Händen halten. Das bringt Glück!«

»Wer sagt das?«

»Ich.« Sie kletterte nach hinten, er folgte ihr. Sie strich über die Sitze und den Himmel. »Tadellos. Dein Vater steckt sicher viel Arbeit hier hinein, oder?«

»Warte mal!« Friedrich beugte sich nach vorn und schaltete das Radio ein.

»Das funktioniert noch?« Ellen war begeistert.

»Mein Vater lädt die Batterie ständig neu auf.« Friedrich suchte den richtigen Sender. »Ist es schon zwei?«

Ellen sah auf die Uhr. »Erst halb.«

Der *Jazz Doctor* musste noch auf Sendung sein. Da! Er hatte ihn gefunden. Der *Jazz Doctor* spielte nicht nur Jazz, auch Soul, Blues und Swing, lauter Zeug, das man heute kaum noch im Radio hörte. Gerade verklangen die letzten Takte von *Save the last dance for me* von den *Drifters*.

Nach dem Tod seiner Mutter war diesem verdammten Radio nur Cindy und Bert eingefallen.

»Komm her!«, sagte Ellen. Sie küsste Friedrichs Ohren. Billy Paul sang *Me and Mrs Jones.*

Ellen zog ihn aus. Ich und Mrs Jones, wir haben da etwas laufen. Ihre Zunge an seinem Hals. Wir wissen beide, dass es falsch ist, aber es ist zu stark, um damit aufzuhören. Friedrich zog Ellen aus. Wir treffen uns jeden Tag in dem gleichen Café, halb sieben, holding hands. Er küsste ihre Finger. Wir dürfen uns nicht zu viele Hoffnungen machen, denn sie hat Verpflichtungen. Sie war jetzt nackt, schmiegte sich an ihn, die Rückbank war breit. We gotta be extra careful, ich und Mrs Jones.

Er konnte sie nicht aufhalten. Als der *Jazz Doctor* Lou Rawls und *You'll never find another love like mine* ansagte, sprang Ellen aus dem Wagen und lief lachend über den Schrottplatz. Friedrich hinterher.

»Ist das nicht herrlich?«, rief sie. »Vollmond!«

»Es wäre nicht gut, wenn mein Vater wach würde.«

»Wieso nicht?« Ellen sprang in eine Pfütze wie ein Kind.

»Wir sind nackt!«

Ellen kletterte auf einen grauen Ford Transit. »Komm her, sieh dir das an!« Sie reichte ihm die Hand und half ihm rauf. Von da oben konnte er das Haus seines Vaters sehen, die Straße, die vom Schrottplatz wegführte, das Haus, in dem Zacher gewohnt hatte, und einen Teil der riesigen Brache.

Ellen stemmte einen Arm in die Seite, machte mit dem anderen eine ausholende Bewegung und sagte: »Gehört alles mir!«

Friedrich glaubte ihr.

Im Morgengrauen schleppten sie sich in Ellens Wohnheimzimmer. Sie waren müde, aber sie konnten nicht schlafen. »Hier!«, sagte Ellen und drückte ihm eine Kleinbildkamera in die Hand. »Mach ein paar Fotos von mir. Ich möchte später wissen, wie ich in dieser Nacht ausgesehen habe.«

9

Es war ein Mittwoch Ende Juli. Nachts war es so heiß, dass man kaum schlafen konnte. Das Semester war zu Ende, aber Silvia hatte noch zwei Seminararbeiten zu schreiben, also fuhr sie morgens in die Uni und verbrachte den Tag in der Institutsbibliothek. Zacher war bei seinem Job im Getränkegroßhandel, und Friedrich traf sich mit Ellen. Er mochte die Vorstellung, dass Zacher Kisten schleppte, während er selbst sich von Ellen die Ohrläppchen reiben und die Kniekehlen lecken ließ.

Sie lagen nackt nebeneinander auf Ellens schmalen Bett. Die Luft stand zwischen den Wänden wie ein Quader.

»Hast du dich nie gefragt, wieso ich das hier mache?« Ellen griff nach seinem Hintern.

»Was meinst du?«

»Du weißt gar nichts von mir. Du fragst mich nichts.«

»Du mich auch nicht.«

»Zacher kennt dich besser als du dich selbst.«

Es versetzte Friedrich einen Stich, dass sie mit Zacher über ihn redete.

Sie kniff ihn in die Seite. »Du willst nicht mal wissen, warum ich das hier mit dir mache.«

»Ich dachte, es gefällt dir.«

»Das tut es auch. Du und Zacher, ihr seid die Einzigen, die ich an mich ranlasse.«

»An meine Haut lass ich nur Zacher und Pokorny.«

»Lass das. Ihr seid euch so ähnlich und doch so unterschiedlich. Das, was der eine hat, fehlt dem anderen. Man müsste euch verschmelzen und alles, was doppelt ist, wegschneiden, dann könnte man mit dem, was dabei herauskommt, vielleicht sogar glücklich werden.«

»Bist du nicht glücklich?«

»Sei mal ernst! Glaubst du, das hier ist was für ewig?«

»Wieso nicht?«

»In den letzten Wochen hatte ich den Eindruck, Zacher

ist nicht mehr ganz bei mir. Er entfernt sich von mir, das spüre ich. Vielleicht ahnt er etwas.«

Friedrich drehte sich auf den Rücken und legte einen Arm unter seinen Kopf. »Ach was, der ahnt gar nichts. Der kommt nie auf die Idee, ausgerechnet ich könnte auf sein Territorium vordringen.«

Ellen runzelte die Stirn. »Was für eine merkwürdige Formulierung.«

»Der ahnt gar nichts.«

»Das scheint dir zu gefallen.«

»Ich möchte nur nicht, dass du dir deswegen Sorgen machst.«

»Weißt du, er liebt dich.«

»Blödsinn.«

»Er würde das nie zugeben. Aber er hat doch nur dich auf der Welt, jetzt wo seine Mutter tot ist.«

Friedrich schluckte. »Was findest du denn an Zacher?«

Sie legte ihren Kopf auf Friedrichs Bauch. »Er ist schlau. Und ich bin gern mit schlauen Leuten zusammen. Wenn man aussieht wie ich, zieht man einen Haufen Idioten an, aber ich umgebe mich lieber mit Leuten, die mir gewachsen sind.«

»Also findest du, dass ich auch schlau bin?«

»Du bringst mich zum Lachen.«

»Aber ich bin nicht schlau?«

»Du bist nicht blöd. Aber du tust manchmal so.«

»Ich kann mich gut verstellen.«

»Außerdem hat dein Vater einen Schrottplatz.«

»Ich hätte nie gedacht, dass ich damit Frauen beeindrucken könnte.«

»Dein Vater ist sehr nett.«

»Du hast ihn doch nur einmal gesehen.«

Sie legte ihre Hand auf seinen Penis. »Willst du nichts über meine Eltern wissen? Wo ich herkomme und so?«

»Möchtest du es mir erzählen?«

Sie seufzte und setzte sich auf. »Es ist keine große Geschichte. Ich dachte nur, du würdest gern was über mich wissen.« Sie ging in die Nasszelle. Kurz darauf hörte Friedrich die Klospülung. Ellen kam zurück.

»Was willst du nach dem Studium machen?«, fragte er.

»Weißt du überhaupt, was ich genau studiere?«

»Germanistik und Philosophie.«

»Früher wollte ich mal zum Theater, aber ich habe mich nicht getraut.«

Friedrich versuchte sich vorzustellen, wie ihre weiße Haut auf der Bühne wirkte, beleuchtet von starken Scheinwerfern. »Ich würde jeden Abend in der ersten Reihe sitzen.«

Sie hockte sich zwischen seine Beine. »Deshalb bewundere ich dich. Da oben stehen und den Leuten was über sich erzählen, das finde ich toll.«

»Ich rede nicht wirklich über mich.«

»Doch, das tust du, ob du willst oder nicht.« Sie nahm seinen rechten Fuß in ihre Hände. »Du hast schöne Zehen. Und einen hohen Spann. Du hättest zum Ballett gehen sollen.«

»Dafür war ich nie schwul genug.«

Sie küsste seinen großen Zeh. »Ich bin schwanger.«

Friedrich lachte.

»Ist mein Ernst.«

»Glaube ich nicht. Wieso solltest du schwanger sein?«

Sie drückte seinen Fuß gegen ihr Brustbein und lächelte. »Schwanger ist die Krankheit, die man vom Ficken kriegt, weißt du? Ist so eine Art Strafe.«

Sie meinte es ernst. Unwillkürlich sah Friedrich auf ihren Bauch.

Sie bemerkte seinen Blick. »Willst du nachsehen?«

»Wofür sollte das eine Strafe sein?«

»Ich denke mal, ich bin ein böses Mädchen gewesen. Ich habe mich mit Sterblichen eingelassen. Das habe ich nun davon.«

»Weiß Zacher schon davon?«

»Wer sagt denn, dass es von Zacher ist?«

»Ist es nicht?«

»Ich habe das jahrelang nicht gemacht, weißt du? Das war besser.«

»Und für Zacher bist du rückfällig geworden?«

»Und für dich.«

»Na ja, von ein bisschen Ellenbogenlecken wird man nicht schwanger.«

»Es ist dasselbe.«

»Also ist das Kind jetzt von Zacher oder nicht?«

Sie ging zum Schreibtisch, nahm aus der obersten Schublade die Metallbox mit ihren Zigarillos, und zündete sich einen an, blickte dem Rauch nach. »Erst blieb meine Periode aus. Es ist schon öfter passiert, dass sie später kam. Aber diesmal kriegte ich sie gar nicht mehr, also habe ich einen Test gemacht und bin zur Ärztin gegangen. ›Herzlichen Glückwunsch‹ hat die gesagt. Natürlich ist es von Zacher. Glaubst du, ich ficke durch die Gegend wie eine Irre?«

»Nein, das hätte ich gemerkt.«

»Gib mir mal den Aschenbecher. Hinter dir. Im Regal.«

Friedrich drehte sich um und gab ihr einen grünen Aschenbecher aus Murano-Glas, der aussah wie eine geplatzte Blüte. Er stand auf und ging ins Bad, betrachtete sich eine Weile im Spiegel, betätigte die Klospülung und ging wieder zurück.

Ellen lag auf dem Bett und hatte den Aschenbecher auf ihrem Bauch abgestellt. »Meinst du, du würdest damit zurechtkommen, wenn es deins wäre?«

»Meine Meinung interessiert mich nicht«, sagte Friedrich. »Schon gar nicht über mich selbst. Hast du mal was zu schreiben?« Er musste sich das notieren. Er zog die Schreibtischschublade auf, um nach einem Stift zu suchen. »Weiß es Zacher schon?«

»Ich habe ihm gesagt, es ist von dir«, sagte Ellen.

In der Schublade lagen nur ein paar Stifte. Friedrich bückte sich, um zu sehen, ob weiter hinten noch etwas lag, aber da war nichts. Er drehte sich wieder zu ihr um. »Du hast es ernst gemeint, was?«

Sie nickte.

»Warum?«

»Na, warum wohl?«

»Bin ich Jesus? Sag's mir.«

»Du glaubst doch nicht im Ernst, dass ich das Kind behalten werde? So was wie mich als Mutter kann man ei-

: 130 :

nem Kind nicht zumuten. Und wenn er denkt, es ist von dir, macht es ihm nichts aus, wenn ich es abtreibe.«

»Jetzt denkt er, wir wären zusammen im Bett gewesen.«

»Waren wir doch auch.«

»Aber nicht so.«

»Ist doch dasselbe.«

»Finde ich nicht.«

»Findest du wohl. Für dich ist das, was wir machen, doch noch viel geiler, als wenn du mit dem Schwanz bei mir reindürftest.«

Friedrich setzte sich zu ihr aufs Bett. »Ist er sauer auf mich?«

»Was meinst *du* denn?«

»Ich an seiner Stelle wäre wohl sauer.«

»Ich denke mal, er würde dich am liebsten umbringen.« Sie zerdrückte den Stummel des Zigarillos und stellte den Aschenbecher wieder ins Regal.

Friedrich seufzte. »Versteh mich nicht falsch, aber wenn du es sowieso ... wegmachen lassen willst, hättest du ja auch einfach den Mund halten können.«

»Und die ganze Sache allein durchstehen? Nein danke.«

»Ich hätte dir geholfen.«

»Aber es ist nicht von dir.«

Sie möchte nicht, dass Zacher denkt, das Kind sei von ihm, will aber, dass er dabei ist, wenn sie es abtreiben lässt. Friedrich schüttelte den Kopf. »Ich könnte ihm die Wahrheit sagen.«

»Er würde dir nicht glauben.«

»Könnte man nicht einen Test machen lassen?«

»Dazu lasse ich es nicht kommen. Außerdem ...«

»Was denn?«

»Im Grunde passt es dir doch ganz gut in den Kram, dass er glaubt, es wäre von dir. So eine Gelegenheit, ihn zu demütigen, hast du doch immer gesucht. Er ist in allem, was er anfängt, besser als du. Zacher würde genauso denken. Ihr seid beide fast so blöd wie ich.«

Friedrich zog sich an. »Ich muss jetzt gehen.«

»Klar.« Sie drehte sich zur Wand.

Es dauerte zwei Wochen, bis Zacher sich meldete. Friedrich traf sich nicht mit Ellen und ließ auch die ahnungslose Silvia nicht an sich heran. Die Hitze lag über der Stadt wie eine zähe Masse. Wenn er allein war, betrachtete er immer wieder die drei Fotos, die er von Ellen gemacht hatte, in jener Nacht, als sie nackt auf dem Schrottplatz herumgelaufen waren. Auf dem einen hatte er sie erwischt, als sie sich in der Tür auf dem Weg zum Bad auf seinen Zuruf hin umgedreht hatte, lachend. Das zweite zeigte sie auf dem Bett liegend. Das dritte war das, welches er am liebsten mochte. Da saß sie im Bett, mit dem Rücken zur Wand, ein Weinglas in ihren langen Fingern, die dünne Decke gerade so hochgezogen, dass man von der Seite eben noch den Ansatz ihrer linken Brust sah. Sie sah genauso aus, wie er sie am liebsten beschrieben hätte, wenn ihm dafür die richtigen Worte eingefallen wären.

Dann klingelte das Telefon. »Du kommst um vier Uhr zu mir!«

Die Straße, an der Zacher wohnte, war gerade erst vierspurig ausgebaut worden. Er wohnte im ersten Stock. Minutenlang stand Friedrich da und wartete auf eine Lücke im Verkehr. Dann lief er einfach los, ein paar Autos hupten, und beinahe wurde er von einem Bus angefahren. Als er an der Haustür ankam, ertönte der Summer, noch bevor er klingeln konnte. Oben war die Tür offen. Zacher stand in der Küche am Fenster, trug trotz der Hitze ein Hemd mit langen Ärmeln, die Manschetten ordentlich geschlossen, und starrte nach draußen. Die Autos donnerten vorbei. Die Scheiben zitterten.

»Du fühlst dich wahrscheinlich großartig«, sagte Zacher. »Willst du einen Kaffee?«

»Klar, Kaffee ist genau das Richtige bei diesem Wetter.«

»Dann mach dir einen.«

Es ist ein Spiel, dachte Friedrich. Schon immer gewesen. Er will der Chef sein. Ich tue ihm den Gefallen, und er merkt gar nicht, wie er verliert.

Das Kaffeepulver und die Filtertüten standen neben der alten Kaffeemaschine auf dem alten summenden Kühlschrank neben dem alten Herd, von dem die Abdeckung fehlte. Alles in dieser Wohnung war alt. In dem Küchenschrank, von dem die Türen fehlten, standen Zachers wenige Teller und Tassen sowie ein Besteckkasten mit ein paar Löffeln, Messern und Gabeln, die nicht zueinander passten.

Als der Kaffee fertig war, tippte Zacher ein paarmal mit dem Finger gegen die Scheibe. »Was willst du?«

Friedrich nahm eine Tasse aus dem Schrank. »Du hast *mich* angerufen.«

»Was soll ich tun?«

»Ich verstehe die Frage nicht.« Friedrich schenkte sich Kaffee ein.

»Ich hätte das Kind angenommen wie mein eigenes.«

Friedrich blies in den Kaffee, um ihn abzukühlen. Er fand, Zacher hörte sich an wie ein alternder Graf, dessen junge Frau ihn mit dem Wildhüter betrogen hatte.

»Sie will es nicht haben.« Zacher presste alle fünf Fingerkuppen seiner rechten Hand gegen die Scheibe und betrachtete dann die Abdrücke. »Sie lässt nicht mit sich reden. Was sagst du dazu?«

»Es ist ihre Entscheidung.«

Kaum hörbar lachte Zacher kurz auf und schüttelte den Kopf. »Dich lässt das alles kalt, was?«

»Ich kann es nicht ändern.« Der Kaffee war Friedrich etwas zu stark geraten.

Zacher hauchte gegen die Scheibe und wischte sie mit dem Ärmel sauber. »Nun gut, die eigentlich Schuldige ist sie.«

Friedrich trank Kaffee.

»Sie ist ein Miststück.« Zacher blieb ganz ruhig. »Ein kompliziertes, egozentrisches, verzogenes Miststück.«

Friedrich ging an den Kühlschrank und nahm eine Dose Kondensmilch heraus. Eigentlich bevorzugte er Frischmilch im Kaffee, wenn er ihn schon nicht schwarz trank, aber es war keine da. »Warum bist du dann mit ihr zusammen?«

»Ich bin natürlich nicht mehr mit ihr zusammen.« Zacher hörte sich leicht angewidert an. »Für dich ist es natürlich eine tolle Situation.«

Friedrich suchte in dem Besteckkasten nach etwas, mit dem er ein Loch in den Deckel der Kondensmilchdose stechen konnte. »Wieso?«

»Du hast es nie ertragen können, dass ich ich war. Weil mich alle immer respektiert haben, selbst wenn sie mich nicht mochten. Vor dir hat niemand Respekt. So geht es Menschen, die sich unbedingt anbiedern wollen. Du hast dir immer gewünscht, so über den Dingen zu stehen, wie ich es tue.«

Da war ja so ein Zachel, so ein spitzes Teil mit einem Holzgriff. Damit konnte man sicher den Dosendeckel durchstoßen. Friedrich ging zum Kühlschrank zurück, auf dem die Milch stand.

»Jetzt hast du es mir mal richtig gezeigt. Du warst mit meiner Frau im Bett, hast ihr ein Kind gemacht und musst nicht mal die Konsequenzen tragen.«

Friedrich stach ein Loch in den Deckel.

»Und ich muss zugeben, ich habe nichts gemerkt. Nicht schlecht, mein Lieber, nicht schlecht.«

Wie kann man so lange so unbeweglich am Fenster stehen? Ich steche besser noch ein zweites Loch in den Deckel, eines für die Milch und eines, damit die Luft entweichen kann.

»Du konntest mich nie wirklich leiden, aber ich war nun mal der Einzige, der sich mit dir abgegeben hat. So wie du der einzige Freund für *mich* warst. Der Sohn von der versoffenen Nutte und der Sohn vom Klüngelskerl.«

Durch die Kondensmilch kriegt der Kaffee so eine kranke, goldene Farbe. Mit Frischmilch sieht so etwas einfach besser aus. Schmeckt nicht wirklich. Aber immer noch besser als vorher.

»Vielleicht hast du irgendwann die Größe, dich zu fragen, wieso dich niemand wirklich leiden kann. Außer Silvia vielleicht. Sie ist ohnehin mehr, als du verdienst. Und du weißt es nicht mal.«

Friedrich stellte die Milch wieder in den Kühlschrank, nahm noch einen Schluck Kaffee und hustete kurz und ohne Grund.

»Ich bin nicht einmal wütend auf dich. Du verhältst

dich so, wie es dir entspricht, wie man es von dir erwarten
kann. Du bist ein Schmarotzer. Du schaffst nichts aus dir
selbst heraus. Du bist nur ein Verwerter.« Kurze Pause.
»Ah, da ist sie. Natürlich zu spät.«

»Wer?«

»Ich hatte sie gebeten zu kommen. Würdest du die Tür
öffnen, wenn sie klingelt.«

»Nein.«

»Gut, dann mache ich das.«

Endlich löste sich Zacher von der Scheibe und ging in
die kleine Diele. Diesmal wartete er, bis er die Klingel hörte. Dann drückte er auf und nahm wieder seinen Platz am
Fenster ein, drehte sich aber diesmal mit dem Gesicht zum
Raum, verschränkte die Arme vor der Brust und lehnte
sich an die Fensterbank.

Friedrich setzte sich auf den Kühlschrank. »Wieso?«,
wollte er wissen.

»Ich will sehen, was passiert.«

Die Wohnungstür fiel ins Schloss. Ellen trug ein dünnes,
helles Kleid mit schmalen Trägern. Ihre Haare klebten an
der Stirn, schweißfeucht. Sie war barfuß, hatte in jeder
Hand einen weißen Turnschuh. Sie hatte offenbar nicht
damit gerechnet, Friedrich hier zu treffen. Ein paar Minuten nichts.

»Und jetzt?«, sagte Ellen dann.

Zacher zuckte mit den Schultern.

Friedrich rutschte vom Kühlschrank, kippte den Kaffee
in den Ausguss, stellte die Tasse hinein, ging an Ellen vorbei, ohne sie anzusehen und verließ die Wohnung.

Draußen stand er wieder endlos lang am Straßenrand
und wartete darauf, dass er hinüber konnte. Dann schaffte
er es bis zur Mitte, wo zwischen den Fahrspuren ein
schmaler Streifen war. Er drehte sich um und sah zu Zachers Fenster hoch. Zacher war nicht zu sehen. Redeten
sie? Sagte sie Zacher jetzt die Wahrheit?

Er schaffte es auf die andere Straßenseite. Er hatte Sod-
brennen, spürte den Geschmack der Kondensmilch im Ra-
chen. Er ging ein paar Schritte und drehte sich noch einmal um. Ellen kam aus dem Haus und blieb am Bordstein

stehen. Sie will zu mir, dachte Friedrich. Zacher stand wieder am Fenster und tippte mit den Fingern gegen die Scheibe. Ellen lief bis zur Mitte der Straße, immer noch barfuß, die Schuhe in den Händen. Sie drehte sich um und blickte zu Zacher hoch. Ein vorbeifahrender Lastwagen nahm Friedrich kurz die Sicht. Als er sie wieder sehen konnte, stand sie mit dem Rücken zu ihm. Sie will zurück, Zacher doch noch die Wahrheit sagen. Sie wandte sich wieder um und sah Friedrich an. Sie blickte zwischen Zacher und ihm hin und her. Zacher legte seine Handflächen gegen die Scheibe. Sein Mund bewegte sich. Ellen rief Friedrich etwas zu, aber er konnte sie nicht verstehen. Zacher öffnete das Fenster. Friedrich hob den Arm und gab ihr ein Zeichen.

Zweiter Teil

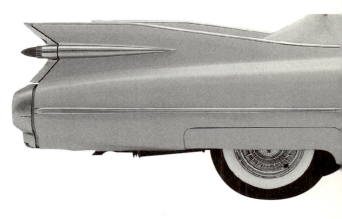

10

Friedrich saß in der Garderobe und betrachtete sein Spiegelbild. Eine schlechte Vorstellung lag hinter ihm. Er hatte routiniert sein Programm abgespult, aber mehr auch nicht. Er war nicht spritzig gewesen, nicht galant, hatte nicht auf Zwischenrufe reagiert und nicht improvisiert. So ging das jetzt seit einer Woche. Er kannte das. Immerhin machte er den Job jetzt seit mehr als fünfzehn Jahren, und er hatte gelernt, dass es immer wieder Phasen gab, wo alles genauso nervtötend eintönig war wie in anderen Jobs auch.

Das Saallicht war heute zu hell, dachte er. Er mochte es nicht, wenn er das Publikum so deutlich erkennen konnte.

Als er ins Foyer kam, erwartete ihn Kamperhoff, der Chef des Kulturamtes. Um ihn herum sechs oder acht Leute. Als Friedrich dazukam, legte ihm Kamperhoff eine Hand auf den Rücken, als wären sie Freunde. Tatsächlich hatten sie sich vor ein paar Stunden zum ersten Mal gesehen. Alle waren sich einig, dass der Abend »ganz köstlich« gewesen sei. Friedrich wurde vorgestellt. Es schien sich um die obere Gesellschaft des Kaffs zu handeln, die übliche Mischung aus frustrierten Apothekergattinnen, Lehrerehepaaren und mittelständischen Unternehmern. Friedrich konnte sich die Namen nicht merken und wollte das auch gar nicht.

Kamperhoff sagte: »Wir gehen jetzt noch ins *Waldhaus*, und Sie gehen mit.«

»Jawohl, mein Führer«, entgegnete Friedrich, und alle lachten.

»Köstlich, wirklich köstlich. Einer wie Sie hat wohl nie Feierabend, was?«

Eine blondierte Mittvierzigerin mit einem tiefen, faltigen Dekolletee beugte sich zu ihm. »Bei Ihnen zu Hause ist es sicher ziemlich lustig.«

»Wir lachen uns zu Hause meistens schon vor dem Aufwachen halbtot!«

Es dauerte ein paar Sekunden, bis sie den Witz begriffen. Dann grölten alle wieder los, als bekämen sie Geld dafür.

»Vor dem Aufwachen! Köstlich!«, schrie ein großer Dicker.

»Also kommen Sie einem sogar im Bett komisch?« Das kam von der Frau des Dicken, einer aparten Erscheinung in einem dunklen Hosenanzug.

»Jedenfalls haben sich da schon einige kaputtgelacht.« Das hielten jetzt wieder alle für einen ganz köstlichen Spaß. Selbstironie sei ja so wichtig, sagte eine kleine Frau in einem grünen Lodenmantel.

»Was sagt denn Ihre Frau dazu?«, wollte ein grauhaariger Schlanker wissen. Er trug ein pinkfarbenes Lacoste-Polohemd und hatte sich einen dunkelblauen Pullover lässig über die Schultern geworfen.

»Oh, wissen Sie, ich lebe allein. Ich denke, ich werde irgendwann in einer kleinen, stillen Zeremonie meine rechte Hand heiraten.«

Gelächter. Friedrich wusste, was er seinem Publikum schuldig war.

»Wissen Sie«, stieß der Dicke in die Stille nach dem Lachen, »wieso Johann Sebastian Bach so viele Kinder hatte und Immanuel Kant gar keine?« Der Dicke wartete nicht auf eine Antwort. »Bach kannte die Fuge, Kant nur das Ding an sich!« Das Gelächter wollte nicht abreißen.

Dann wurde ausgehandelt, bei wem Friedrich mitfahren sollte. »Ich nehme Sie mit«, sagte die Frau des Dicken. Sie gingen alle auf den Parkplatz hinaus, und die Paare stiegen in ihre BMW- und Benz-Kombis. Der Dicke war mit einem Jaguar gekommen. Friedrich folgte seiner Frau über den ganzen Parkplatz zu einem Jeep Cherokee, der unter einer Laterne stand.

»Es ist ein bisschen weit zu laufen«, entschuldigte sie sich.

»Kein Problem.«

»Ich stelle ihn immer unter einer Laterne ab, wenn es irgendwie geht. Ich habe Angst im Dunkeln.«

Ist auch besser, wenn der Triebtäter sein Opfer deutlich

: 139 :

sehen kann, dachte Friedrich. Er verstaute seinen Kleidersack auf dem Rücksitz und stieg vorne ein.

»Es war wirklich ein ganz toller Abend.« Die Frau steckte den Schlüssel ins Zündschloss und startete. »Sie waren
wirklich sehr gut.«

»Sie aber auch.«

»Danke.«

Nach etwa hundert Metern auf der Ausfallstraße bogen
sie rechts ab und fuhren durch ein Wohngebiet. Die Frau
zeigte auf ein großes Haus mit einem von Säulen gestütz-
ten Vordach über der Haustür. »Dort wohnen wir.«

»Hübsch.«

»Sie sind sehr höflich.«

Sie ließen das Wohngebiet hinter sich. »Hier passiert ja
nicht viel, kulturell meine ich.«

Friedrich grinste. »Da bin sogar ich eine Bereicherung,
was?«

»Nein, nein, für mich war dieser Abend wirklich etwas
ganz Besonderes.«

»Danke, das ist sehr freundlich von Ihnen.«

»Nennen Sie mich Astrid.«

»Soll ich Sie nur so nennen oder heißen Sie auch
so?«

Sie blickte ernst auf die Straße. »Ich heiße so, tut mir
Leid.«

»Nein, nein, ist doch ein schöner Name.«

»Ich hasse ihn. Es ist ein Name, mit dem man nicht älter
werden kann.«

»Muss man mit fünfzig den Löffel abgeben, wenn man
Astrid heißt? Das Gesetz war mir bisher entgangen.«

»Nein, aber ich finde, es ist ein Name, den man gut haben kann, wenn man zwanzig ist. Aber können Sie sich
eine siebzigjährige Astrid vorstellen?«

»Nun, Sie brauchen sich da keine Sorgen machen.«

»Ach, und wieso?«

»Sie werden nie wie siebzig aussehen.«

»Das haben Sie sehr schön gesagt.«

»Manchmal fällt die Wahrheit leicht.«

Sie hatten den Ort hinter sich gelassen. Offenbar ging es

in ein etwas abseits gelegenes Lokal. Von den anderen Autos war nichts zu sehen.

»Wissen Sie, was mich bei Ihrem Auftritt besonders fasziniert hat?« Ihre Hände massierten das Lenkrad.

»Keine Ahnung. Mein Witz? Mein Charme? Die dampfende Erotik, die ich über die Rampe bringe?«

»Ihre Traurigkeit.«

»Meine was?«

»Sie sehen immer ein bisschen traurig aus, wenn Sie Ihre Geschichten erzählen. Obwohl ich zugeben muss, dass Sie sich zu kleiden verstehen.«

»Ich fühle mich nicht traurig.«

»Das glaube ich Ihnen nicht.«

»Ach nein?« Friedrich stand der Sinn nicht nach esoterischem Gefasel.

»Sie verachten Ihr Publikum, nicht wahr?«

»Aber nein, ich liebe es. Es zahlt meine Miete.«

»Sie müssen es hassen.«

»Wieder ein Gesetz, das ich verpasst habe?«

»Die Leute können nicht würdigen, was Sie da tun.«

»Na ja, ich erzähle Witze, was gibt es da schon zu würdigen.«

»Sie tun viel mehr. Sie berühren etwas in den Menschen. In einigen jedenfalls. In mir haben Sie etwas berührt.«

»Habe ich Ihren Humor-G-Punkt gefunden?«

»Sie verstecken sich hinter den Witzen, aber Sie sind ein trauriger Mensch. Ich kenne das.« Astrid knetete ihre Unterlippe mit den Zähnen. »Ich versuche so etwas in meinen Liedern auszudrücken. Aber ich kann sie niemandem vorspielen. Sie berühren mich selbst zu sehr.«

Friedrich hoffte, dass sie nicht zufällig eine Gitarre im Kofferraum hatte. Er ahnte, dass er so schnell in kein Lokal kommen würde.

Plötzlich bogen sie von der Landstraße ab auf einen schmalen Feldweg. Im Kegel der Scheinwerfer sah Friedrich eine trockene Piste mit einer Grasspur in der Mitte.

»Haben Sie sich nicht gefragt, wieso eine Frau wie ich mit so einem Mann verheiratet ist?«

Nein, das hatte sich Friedrich nicht gefragt. Er hatte sich daran gewöhnt, dass jede auch nur halbwegs interessante Frau mit einem Idioten zusammen war.

»Es ist das Geld«, sagte sie. »Ich brauche es. Nicht für irgendetwas Spezielles. Ich brauche es einfach so. Ich kann mir nicht vorstellen, arm zu sein.« Sie bog auf einen mit Schotter ausgelegten Parkplatz und hielt an, ließ aber den Motor laufen.

Friedrich sah sich um. Kein Gasthaus.

Astrid öffnete die Fahrertür. »Ich möchte Ihnen etwas zeigen.« Sie stieg aus, ohne den Motor abzustellen. Friedrich seufzte und folgte ihr. Im Licht der Scheinwerfer gingen sie einen Weg bergauf.

»Haben Sie Angst?«

Friedrich stellte den Kragen seines Bühnenanzugs hoch. Er hatte nicht damit gerechnet, dass heute noch eine Nachtwanderung auf dem Programm stehen würde. »Sollte ich?«

»Sie haben schon seit einiger Zeit keinen Witz mehr gemacht.«

»Irgendwann habe ich dann doch Feierabend.«

»Ich glaube, Sie haben Angst. Aber dazu besteht kein Grund. Ich will Ihnen nichts Böses. Ich möchte Ihnen etwas zeigen.«

Sie erreichten eine Hügelkuppe. Vor ihnen lag ein Baggersee. Das konnte Friedrich nur erkennen, weil kurz zuvor der volle Mond hinter einer Wolke hervorgekommen war. Vollmond. Das erklärte manches.

»Hier komme ich her, um meine Lieder zu schreiben.« Astrid setzte sich auf den Boden. Friedrich blieb stehen. Die geldgeile Frau des fetten Bauunternehmers schrieb ihre traurigen Lieder also am Rande eines Baggersees.

»Es ist nicht gerade der Lago Maggiore«, sagte sie. »Aber das ist alles, was ich hier habe.«

»Der Starnberger See ist nicht weit. Und in ein paar Stunden sind Sie in Italien.«

»Mein Mann verreist nicht gern. Nur in den Nachbarort zu der kleinen Schlampe, mit der er mich betrügt.«

Friedrich hörte den Motor des Jeeps. Er überlegte ernsthaft, ob er sich hinters Steuer werfen und wegfahren sollte.

»Möchten Sie mit mir schlafen?« Die Frage überraschte Friedrich schon nicht mehr. »Ist es nicht so üblich in Ihren Kreisen?«

»In meinen Kreisen?«

»Künstler. Menschen, die viel unterwegs sind. Haben Sie nicht in jedem Hafen eine Braut?«

»Schön wär's.«

»Ich habe eine Decke im Auto.«

»Na, solange es keine Gitarre ist.«

Astrid stand auf. »Haben Sie Angst, dass Sie mich hinterher nicht loswerden? Dass ich Sie mit Anrufen belästige und ein Kind von Ihnen will? Ich habe mich sterilisieren lassen.« Sie berührte ihn am Arm. »Ich will nichts von Ihnen. Es ist nur dieses eine Mal, dann hören Sie nie wieder etwas von mir.«

»Ich finde, ich sollte jetzt in mein Hotel zurück.«

»Haben Sie Ihr Geld schon bekommen?«

»Wieso? Nein.«

»Mein Mann unterstützt diese Reihe des Kulturamtes mit großzügigen Spenden. Man könnte sagen, mein Mann hat Sie bezahlt.«

»Und deshalb muss ich jetzt ...«

»Ist das so eine fürchterliche Vorstellung? Finden Sie mich so abstoßend?«

»Darum geht es nicht.«

»Ich nehme ihn auch in den Mund.«

»Bringen Sie mich bitte zurück.«

»Sie können alles machen.«

»Danke, sehr freundlich. Aber danke, nein.«

»Egal, was es ist, es macht mir nichts.«

»Aber mir. Ich will jetzt weg hier.«

»Möchten Sie woandershin?«

»In mein Hotel. Auf mein Zimmer. Allein.«

»Sie sind ein Arschloch.« Sie sagte das ganz ruhig, mit einem Lächeln auf den Lippen. »Ich fahre Sie ins Hotel.« Sie ging den Hügel hinunter. Friedrich atmete tief durch.

Auf der Rückfahrt starrte Astrid wortlos auf die Straße.

Als sie vor dem Hotel ankamen, sagte sie: »Sie sind ein Feigling, wie alle anderen auch. Sie sind nur besser gekleidet.«

Friedrich stieg aus, nahm seinen Kleidersack vom Rücksitz und sah noch einmal zu ihr hinein. »Ich an Ihrer Stelle würde mal meine Taktik überdenken.«

»Lecken Sie mich!«

»Das hätte ich ja vielleicht getan. Wenn Sie es etwas cleverer angestellt hätten.«

»Sie wären der erste Mann, der es clever braucht.« Sie ließ den Motor aufheulen und raste davon.

11

Friedrich schob die Einladung in den Umschlag zurück. Es klingelte. Der Fahrer von der Reinigung holte den Wäschesack ab.

Friedrich kochte sich Kaffee und las die Zeitung. Dann ging er zum Telefon und rief Maus an. Der alte Gärtner versprach, am Mittag vorbeizukommen. Friedrich wusste nichts mit sich anzufangen, er hatte nicht einmal Hunger. Er stellte sich ans Fenster und starrte in den Garten. Langsam verfinsterte sich der Himmel, und es begann zu regnen. Nach zwei Stunden meldete sich Maus und meinte, heute hätte es wohl keinen Sinn, die Beete und der Rasen wären zu nass.

Friedrich ging nach oben und bezog die Betten neu, obwohl Frau Sanders das in seiner Abwesenheit sicher erledigt hatte. Er stopfte die Bettwäsche in die Waschmaschine.

Um kurz nach zwölf standen zwei Zeugen Jehovas vor der Tür. Fast hätte er sie hereingebeten.

Stattdessen setzte er sich in seinen Wagen und fuhr ein wenig durch die Gegend. Es regnete immer heftiger. Schließlich hielt er vor dem Hochhaus, in dem Silvia wohnte, und klingelte bei ihr. Er fuhr mit dem Fahrstuhl in

: 144 :

den zehnten Stock. Sie stand in der Tür, war überrascht, schien sich aber zu freuen.

»Hallo«, sagte sie. »Schön, dich zu sehen.«

»Ich war gerade in der Nähe.«

»Komm doch rein!«

Es war eine schöne Wohnung, voller Dinge, an denen Silvias Erinnerungen hingen. Friedrich fand sein Haus immer etwas unpersönlich. Er hatte kein Talent, Räume zu gestalten.

»Ich bin gerade dabei, Milchkaffee zu machen. Willst du welchen?«

»Gerne.« Er folgte ihr in die Küche. Sie stellte eine Tasse unter die kleine Espressomaschine, die Friedrich ihr vor einigen Jahren zum Geburtstag geschenkt hatte, legte den Hebel um und nahm zwei Schalen aus dem Küchenschrank. Unter einem tiefen Brummen lief der Kaffee langsam in die Tasse. Silvia goss Milch in einen Topf auf dem Herd. »Wie geht es dir? Wie lange warst du jetzt weg?«

»Drei Wochen.«

»Wie hältst du das nur immer aus, die ganze Zeit allein?«

»Ganz allein bin ich nicht. In manchen Hotels gibt es den Pornokanal.«

Silvia nahm die volle Tasse unter der Maschine hervor und verteilte den Inhalt auf die beiden Schalen. Sie nahm den Topf vom Herd, schäumte die heiße Milch mit einem Schneebesen auf und kippte sie in den Kaffee.

Sie gingen ins Wohnzimmer. Vom Panoramafenster aus konnte man die ganze Stadt überblicken. Es goss jetzt in Strömen. Sie setzten sich aufs Sofa, und Friedrich musterte die voll gestopften Regale, die bis unter die Decke reichten.

Silvia bemerkte seinen Blick. »Ich müsste mal wieder ausmisten.«

»Es hat was.«

»Lauter altes Zeug.«

»Woran arbeitest du gerade?«

»Ich übersetze einen französischen Roman, den schon in Frankreich niemand lesen wollte.«

»Warum wird er dann hier überhaupt veröffentlicht?«

»Keine Ahnung. Ist mir auch egal, solange sie zahlen.«

»Kommst du zurecht?«

»Keine Sorge.«

Sie verdiente nicht gut als Übersetzerin. Eigentlich hatte ihr etwas anderes vorgeschwebt. Sie hatte Dolmetscherin werden wollen oder Fremdsprachenkorrespondentin, aber dann war Kai gekommen. Friedrich unterstützte sie. Sie hatte das Geld zunächst nicht annehmen wollen, aber jetzt war das kein Thema mehr zwischen ihnen.

Sie pustete in ihren Kaffee. »Ich musste nur die Putzfrau wieder rausschmeißen. Ständig ist sie im Bad verschwunden. Ich dachte schon, die hat aber eine schwache Blase. Aber sie hat da drin gesoffen. Außerdem hat sie mich beklaut, glaube ich.«

»Geld?«

Silvia schüttelte den Kopf. »Eine Brosche, die ich mal von meiner Mutter bekommen habe. Na ja, ich konnte das Ding sowieso nie leiden.«

»Hast du schon jemand Neues?«

»Ich bin noch auf der Suche. So eine Perle wie deine Frau Sanders findet man nicht so einfach.«

»Schade, dass sie keine neuen Jobs mehr annimmt. Aber ich könnte sie fragen, ob sie mal hier vorbeikommt und bei mir dafür aussetzt.«

»Lass mal, ich finde schon jemanden.«

Friedrich stellte seinen Kaffee auf dem Boden ab. »Hast du dich wegen Kai wieder ein wenig beruhigt?«

»Was bleibt mir anderes übrig?«

»Ich rede mit ihm. Ich denke, das ist nur so eine Phase.«

Sie konnte ein Grinsen nicht unterdrücken. Friedrich machte mal wieder Bemerkungen über Dinge, von denen er keine Ahnung hatte. Er konnte nicht behaupten, dass er ein besonders inniges Verhältnis zu seinem Sohn hatte.

Als Silvia ihm vor fast fünfzehn Jahren sagte, sie sei schwanger, drang das zunächst gar nicht bis zu ihm vor. Die Sache mit Ellen war noch zu frisch. Silvia war für ihn da, wann immer er sie brauchte. Sie schliefen miteinander, um nicht reden zu müssen. Silvia verlor kein Wort über Ellen und das Kind, obwohl auch sie davon ausging, dass Friedrich der Vater war.

Nach ein paar Wochen konnte er Silvias Schwangerschaft nicht mehr ignorieren. Er gab sich Mühe, ging mit ihr zum Frauenarzt, hockte neben ihr, wenn sie an den Wehenschreiber angeschlossen wurde, und erledigte Einkäufe für sie, als sie nichts Schweres mehr heben durfte. Bei der Geburt war er nicht dabei. Abends um neun platzte ihre Fruchtblase, sie musste ihre Eltern anrufen, die sie ins Krankenhaus brachten. Friedrich hatte gerade einen Auftritt auf einer Hochzeitsgesellschaft und war nicht zu erreichen. Elf Stunden lag sie in den Wehen. Er besuchte sie erst nach vier Tagen, stand neben ihrem Bett und hatte das Gefühl, er betrachte ein ganz fremdes Kind. Silvia sagte, Kai habe seine Augen und seinen Mund, aber das konnte Friedrich nicht erkennen. Am sechsten Tag holte er sie aus dem Krankenhaus ab und brachte sie nach Hause.

Die Zahl seiner Auftritte nahm zu, je älter sein Sohn wurde, schließlich sah er ihn nur noch alle zwei oder drei Monate. Er wusste nie, was er mit ihm anstellen, was er mit ihm reden sollte. Er ging mit ihm in den Zoo oder auf die Kirmes, sie amüsierten sich aber beide nicht besonders. Als Kai in die Schule kam, fingen Silvia und Friedrich wieder an, miteinander zu schlafen. Nicht regelmäßig, nicht einmal besonders häufig, aber es war einfacher, als jemand Neues kennen lernen und beeindrucken zu müssen. Zuletzt war es vor ein paar Monaten passiert.

»Zacher hat sich gemeldet.«

Silvia war ehrlich schockiert. »Oh Gott. Hat er dich angerufen?«

»Nein, ich habe einen Brief bekommen. Er ist wieder in der Stadt. Ich frage mich, wie lange schon.«

»Was schreibt er?«

»Es war nur eine Einladung zum Abendessen.«

»Wirst du hingehen?«

»Natürlich nicht.«

»Sonst hat er nichts geschrieben? Nur die Einladung?«

»Er scheint geheiratet zu haben. Im Absender tauchte eine Frau auf.«

»Ich frage mich, wo er die ganzen Jahre über gewesen ist.«

»Wo auch immer, er hätte dort bleiben sollen.«

»Meinst du, er will sich mit dir aussöhnen?«

»Wenn er das glaubt, hat er den Verstand verloren.« Friedrich stand auf und stieß dabei die Schale mit dem Milchkaffee um. »Oh, verdammt!«

Silvia holte einen Lappen aus der Küche und drückte ihn Friedrich in die Hand. »Mach dir keine Gedanken. Passiert mir andauernd.«

Friedrich kniete sich hin und versuchte, den Flecken aus dem Teppich zu reiben. »Ich frage mich, was ihn dazu bringt, sich überhaupt zu melden. Und warum jetzt und nicht vor vier Jahren oder erst in zehn oder gar nicht?«

Silvia nahm ihm den Lappen wieder ab. »Ich denke, ich weiß, warum.«

»Ach ja?«

»Du warst letzte Woche nicht hier, also hast du die Zeitung nicht gelesen.«

»Welche Zeitung?«

Silvia ging zu einem Stapel Altpapier, der in einem Karton in der Ecke lag. »Ich müsste es noch haben.« Sie durchwühlte die alten Zeitungen, zog dann eine hervor und breitete sie auf dem Esstisch aus. »Ich nehme an, du beschäftigst dich nicht mit den Todesanzeigen?«

Friedrich schüttelte den Kopf. »Noch kein Bedarf.«

»Hier ist es.«

Friedrich beugte sich über den Tisch und las die Anzeige, auf die Silvia mit dem Finger getippt hatte. Sein Puls beschleunigte sich. Da stand der Name des Mannes, der mit seinem LKW Ellen überrollt hatte. Er war nur sechsundfünfzig geworden.

»Meinst du, er hat sich umgebracht?«

Silvia zuckte mit den Schultern. Sie war damals zu dem Prozess gegangen und hatte Friedrich erzählt, dass der Mann psychisch völlig fertig war. »Keine Ahnung. Aber es könnte doch sein, dass Zacher die Anzeige gelesen und sich deshalb bei dir gemeldet hat.«

Friedrich zerknüllte die Zeitung und warf sie auf den

Boden. »Dass er überhaupt den Nerv hat, sich hier wieder blicken zu lassen! Und mir dann ganz unschuldig so eine verdammte Einladung zu schicken!«

»Vielleicht ist es gar nicht schlecht, wenn ihr ...«

»Ach Scheiße! Was weißt du denn?«

Silvia zuckte zusammen. Friedrich holte tief Luft. »Tut mir Leid. Ich sollte meine Wut nicht an dir auslassen.«

»Schon in Ordnung.«

»Du bist immer für mich da gewesen. Mehr als ich für dich.«

Sie lächelte. »Ich habe mich auch ein paarmal bei dir ausgeheult.«

Friedrich legte ihr eine Hand an die Wange. »Was würde ich nur ohne dich tun.« Er beugte sich vor, um sie zu küssen. Sie legte ihm einen Finger auf die Lippen.

»Nein, Friedrich.«

Er griff nach ihrem Finger. »Ich möchte mit dir schlafen.«

»Kai kommt gleich aus der Schule. Außerdem ...«

»Außerdem was?«

»Ich bin einfach nicht in der Stimmung.«

Friedrich küsste ihre Hand. »Entschuldige.«

»Du musst dich nicht entschuldigen. Willst du noch auf Kai warten?«

»Nein. Ich rufe ihn später an, und dann verabreden wir uns und reden über die Sache mit dem Klauen. Aber, ob ich da was ausrichten kann ...«

»Es ist einen Versuch wert. Auf mich hört er gar nicht mehr. Wann gehst du wieder auf Tour?«

»Morgen muss ich nach Köln. Bin mal wieder bei Korff und Steiner eingeladen. Dann habe ich in der nächsten Zeit nur ein paar Auftritte hier in der Nähe.«

»Wird auch Zeit, dass du es etwas ruhiger angehen lässt.«

Friedrich ging zur Wohnungstür. »Es kommen einfach nicht mehr so viele Auftritte rein wie früher.«

»Das wird schon wieder.«

»Am Samstag ist mir ganz kurzfristig ein Auftritt weggebrochen, und ausgerechnet für den Abend hat mich Zacher eingeladen.«

»Du überlegst also doch hinzugehen?«

»Auf keinen Fall. Sollen wir essen gehen? Dann müsste ich nicht lügen, wenn ich ihm schreibe, ich hätte keine Zeit.«

»Ich habe am Samstag schon was vor.«

»Wozu soll ich auch absagen! Die Einladung ist so unverschämt, die sollte man nicht mal mit einer Absage adeln.« Er küsste Silvia auf die Stirn. »Bis bald.«

»Ich drück dir die Daumen.«

Als er zu seinem Auto ging, ließ der Regen langsam nach.

Am Nachmittag telefonierte er mit Kai und verabredete sich mit ihm für die nächste Woche. Vorher hatte der Junge »keinen Termin mehr frei«.

12

Die Fernsehstudios des Westdeutschen Rundfunks lagen tief unter der Erde. Friedrich meldete sich beim Pförtner, sagte einen Namen und weswegen er hier war. Der Pförtner sah ihn an, als sei er ein Terrorist, der plane, das Studio in seine Gewalt zu bringen und mit der geballten Medienmacht des dritten Programms den Umsturz der freiheitlich-demokratischen Grundordnung zu betreiben. Fernseh- und Hörfunkstudios, das wusste Friedrich, waren besser gesichert als das Kanzleramt. Der Pförtner telefonierte ein paar Minuten herum, bis er jemanden gefunden hatte, der bezeugen konnte, dass irgendwo unter der Erde auf einen Herrn Pokorny gewartet wurde. Er legte auf und sagte: »Einen Moment!«

Nach ein paar Minuten erschien eine junge Frau, und auf ihr Nicken hin drückte der Pförtner auf einen Knopf, ein Summen ertönte und die schwere Glastür, die Friedrich bisher aufgehalten hatte, ließ sich mühelos öffnen.

»Guten Tag, Herr Nowotny.« Die junge Frau gab Friedrich die Hand. Sie sah gelangweilt aus. Ihre Hand war kalt und trotzdem schweißig.

»Pokorny«, korrigierte Friedrich.

»Wie bitte? Aber Sie sind doch hier für die Sendung von diesem ... diesem ...«

»Korff. Hartmut Korff. Kabarettlegende. Ganz richtig.«

»Kommen Sie bitte mit.«

Sie ging vor. Friedrich kam sich vor, als werde er abgeführt. Sie fuhren mit dem Aufzug in das zweite Untergeschoss. Eigentlich war es das vierte, aber es gab noch »Unterzwischengeschoss eins« und »Unterzwischengeschoss zwei«, niemand wusste, warum. Die junge, gelangweilte Frau mit den feuchten Händen zeigte ihm seine Garderobe.

»Mann, hier könnte man aber auch einen Atomschlag überleben, was?«

Die junge Frau zog nur die Stirn in Falten. »Sie wären eigentlich vor einer Stunde dran gewesen.«

»Wie bitte? Auf meinem Plan steht zwölf Uhr!«

»Der Plan wurde geändert. Hat man Ihnen das nicht mitgeteilt?«

»Nein, das hat man mir nicht mitgeteilt!«

»Tja, jetzt müssen Sie warten, bis die Band fertig ist.«

Friedrich legte seinen Mantel ab und ging in den Aufenthaltsraum. Hier gab es belegte Brötchen und Getränke. Friedrich nahm sich einen Kaffee und setzte sich auf eines der beiden Ikea-Sofas, die man hier hereingestellt hatte, um es gemütlich zu machen. Das hatte nicht funktioniert, man sah noch immer zu viel von den eitergelben Wänden.

Der Kaffee war nicht gut, aber heiß, und Friedrich hatte sich gerade am ersten Schluck die Zunge verbrannt, da kam Steiner herein, Korffs Partner. Steiner war schmächtig und klein, er war in der Bühnenverbindung mit Korff der dumme August, während Korff den Weißclown gab. Er fuhr nicht schlecht auf dem Mitleidsticket. In den Kritiken wurde immer wieder hervorgehoben, wie sympathisch Steiner als Verlierer rüberkam. Meinten sie es gut, nannten sie ihn subtil. Realistisch betrachtet, war er einfach nicht witzig.

: 151 :

»Ah, Pokorny«, sagte er leise, denn Steiner wurde nie laut. »Wie schön, dich zu sehen!«

»Das Vergnügen ist auf meiner Seite.«

Steiners Kopf schien zwischen den Schultern verschwinden zu wollen. »Wirst du uns heute wieder mit deinen wunderbaren Sottisen über die Tücken des Alltags beglücken?« Das war schon unverschämt. Steiner verabscheute genau wie Korff jede unpolitische Form von Komik. Leute wie Friedrich mussten notgedrungen in die Sendung eingeladen werden, weil es immer weniger politische Kabarettisten gab.

»Ich will tun, was ich kann«, antwortete Friedrich.

»Das ist viel! Das ist sehr viel!«

»Es hat wohl eine Änderung im Probenablauf gegeben.«

»Bedauerlicherweise.« Steiner wirkte noch weiter entrückt als sonst ohnehin schon. Friedrich fragte sich, ob er auf Prozac war. Man sollte ihm das Zeug entziehen, dann sprang er vielleicht von der Deutzer Brücke.

»Das hatte man mir nicht mitgeteilt, deshalb bin ich so spät dran.«

»Es ist schwer, heute gutes Personal zu bekommen.«

»Na ja, da warte ich halt ab, bis die Band fertig ist. Mit wem haben wir denn da das Vergnügen?«

»Kleinhans beglückt uns mit seinem musikalischen Genie. Ist das nicht eine Freude?«

Das war es allerdings, fand Friedrich. Fritz Kleinhans war ein großartiger Musiker mit einer wunderbaren Band und nebenbei einer der komischsten Menschen, die Friedrich kannte.

»Sind wir denn heute wieder ein reiner Männerverein?«

»Bedauerlicherweise«, seufzte Steiner. »Du weißt ja, es gibt so wenig komische Frauen. Ich weiß nicht, woran es liegt, aber sie sind einfach nicht witzig.«

Friedrich stellte seine Kaffeetasse ab. »Ich denke, ich höre mir mal den Soundcheck an und sage Kleinhans Hallo.«

»Sicher, sicher. Es ist toll, dich dabeizuhaben, Friedrich!«

Die Kulisse war eine Straße mit Backsteinhäusern und einer Laterne Die kleine Bühne, auf der die Band stand, war die Pritsche eines Lastwagens. Kleinhans kreiste gerade mit dem Finger in der Luft, das Zeichen für die Band, nach dem Ende des Chorus aufzuhören. Und das taten sie, als hätte jemand ein Seil durchgeschnitten. Friedrich klatschte. Er war der Einzige.

»Pokorny! Verbrecher!« Kleinhans sprang von der Bühne herunter. Sie umarmten sich. »Was machst du so?«

»Das Übliche«, sagte Friedrich.

»So schlecht?«

»Es geht.«

Friedrich begrüßte die Band. Dann gingen sie in den Aufenthaltsraum, bis die Produktionsassistentin kam und Friedrich darauf hinwies, dass er jetzt zum Soundcheck zu erscheinen habe.

»Sie sind etwas zu spät, Herr Nowitzki.«

»Pokorny.«

»Hier entlang. Bitte!«

»Ich kenne mich aus, danke.«

Er ließ sich vom Toningenieur das Ansteckmikro und den Sender verpassen.

»Kann ich den Sender in die Innentasche des Jacketts stecken?«, fragte Friedrich.

Der kleine Mann mit der faltigen Stirn und dem dicken Schnauzbart machte ein besorgtes Gesicht und sagte: »Mir wäre es lieber, sie würden es hinten an den Gürtel hängen.«

»Ach, ich denke, das geht auch so.«

»Wenn Sie meinen.«

Friedrich war klar, dass er damit unten durch war. Man hatte die Kompetenz des technischen Personals nicht anzuzweifeln. Man hatte zu gehorchen, sonst galt man als arrogant. Diese Leute hatten sich den Respekt, den sie meinten zu verdienen, in ihre Tarifverträge schreiben lassen. Friedrich steckte den Sender immer in die Innentasche und ließ die Antenne herausschauen. Es hatte noch nie Probleme gegeben.

Die Position für seine Nummer war neben der Straßenlaterne. Er ging hin und sah sich nach dem Regisseur um.

»Dann mach mal!«, kam es aus einem Lautsprecher. Der Regisseur saß also schon in dem Raum, in dem er auch während der Sendung sitzen würde. Normalerweise schlugen sie während der Proben ein provisorisches Lager vor der Bühne auf.

Friedrich machte seinen gesamten Text, immerhin sechs Minuten lang, ohne dass irgendjemand reagierte. »Und? War's okay?«

»Was?«, kam es aus dem Lautsprecher. »Ja, klar, war okay. Bis später.«

Friedrich holte seinen Mantel aus der Garderobe, um das Studio zu verlassen. Schließlich wollte er nicht den ganzen Tag hier unter der Erde hocken. Auf dem Weg zum Fahrstuhl traf er die Produktionsassistentin. Sie sah ihn an, als müsse sie scharf nachdenken, wo sie ihn schon mal gesehen hatte.

»Sind Sie nicht auch heute in der Sendung?«

»Ganz richtig.«

»Kowalski?«

»Korrekt.«

»Waren Sie schon beim Soundcheck?«

»Jawohl.«

»Um sechs ist Generalprobe. Bitte halten Sie sich zur Verfügung.«

»Ich werde die Stadt nicht verlassen.«

»Das wäre schön.« Sie drehte sich um und ging den Gang entlang, als wisse sie, wo sie hinwollte.

Um Viertel nach fünf war Friedrich in der Maske. Korff, der schon fertig geschminkt war, lag in dem waagerecht gekippten Frisierstuhl und ließ sich von der Maskenbildnerin die Schläfen massieren. »Ah, der Meister der subtilen Alltagsbeobachtung!«

»Guten Abend.« Friedrich setzte sich in den zweiten Stuhl. Ein hoch gewachsener junger Mann in einem braunen Rippenrolli begann gleich, ihn abzupudern.

»Hast du gehört, dass sie Hartmann abgesetzt haben?« Korff kam gleich zur Sache.

»Nein, habe ich noch nicht gehört.«

»Sie wollten ihn schon seit Wochen loswerden, weil die Quoten nicht aus dem Keller kamen, und jetzt haben sie einen Witz über den Papst und Kinderpornografie zum Vorwand genommen, ihn abzuschießen.«

»Ach ja?« Hartmann war bekannt dafür, dass er die Grenzen des guten Geschmacks gern hinter sich ließ.

»Geschieht ihm recht. Ich habe schon Papstwitze gemacht, als Hartmann noch nicht auf den Tisch gucken konnte. Was glaubst du, was ich damals auf den Deckel bekommen habe. Der Rundfunkrat hat sich wochenlang praktisch nur mit mir beschäftigt. Die wollten durchsetzen, dass ich nicht mehr live senden dürfe, aber da hatten sie sich mit dem Falschen angelegt.«

Die Zeiten waren vorbei, wusste Friedrich. Auch Korff sendete nur noch Aufzeichnungen.

»Weißt du, das Schlimme ist, der Junge kann was«, machte Korff weiter. »Er hat das Handwerk gelernt, er macht einen guten Kohl, auch wenn Kohl-Parodien natürlich heute kälter als kalter Kaffee sind. Aber da muss man doch nicht gleich diese Unterhosenkomik machen. Interessiert sich denn niemand mehr dafür, was in diesem Land vor sich geht?«

»Dafür bist du doch da.«

»Da hast du Recht, Friedrich. Aber es ist einsam an der Spitze, das kann ich dir sagen. Danke, Magda.« Die Maskenbildnerin ließ ab von Korff und brachte die Lehne des Stuhls wieder in eine aufrechte Position. Korff stand auf, stellte sich hinter Friedrich und redete mit dessen Spiegelbild. »Machst du was aus deinem neuen Programm?«

»Nein, noch aus dem alten.«

»Hattest du nicht schon Premiere?«

»Hab ich verschoben.«

»Probleme?«

»Ach weißt du, ich wollte mir einfach Zeit lassen.«

»Natürlich. Ich freue mich. Wir sehen uns später.« Er berührte Friedrich noch an der Schulter und schlenderte dann pfeifend Richtung Studio.

Die Sendung begann mit einer Fanfare. Korff trat aus einer Haustür auf die Studiostraße und badete in dem freundlichen Applaus. Er breitete die Arme aus und tat verschämt, rieb sich die Hände und lächelte. Dann legte er den Oberkörper zurück und zeigte dem Publikum die Zähne. Der Applaus verebbte. Zehn Minuten lang zog Korff über das aktuelle politische Personal her. Zehn Minuten waren im Fernsehen eine Ewigkeit. Dann kam Steiner hinzu, und es ging ein wenig gegen die USA. Währenddessen stiegen Kleinhans und die Band auf die Pritsche des Lastwagens. Gleich nach der USA-Nummer legten sie los.

Kleinhans sang ein Lied über Tulpen. Darüber, was Tulpen für blöde Blumen seien, so zwanghaft hochgeschlossen, so arrogant langstielig, Tulpen seien die Nazis unter den Blumen, nur eine tote Tulpe sei eine gute Tulpe. Friedrich stand in der Kulisse und lachte. Korff und Steiner schüttelten die Köpfe. So was wäre früher nicht möglich gewesen, damals, als der Rundfunkrat sich tagelang nur mit Korffs Papstwitzen beschäftigte.

Kurz vor Ende des Liedes nahm Friedrich seinen Platz ein. Er betrachtete die Laterne und dachte: Wer steht schon unter einer Straßenlaterne? Hunde pinkelten daran. Und Huren warteten darunter. Friedrich fand, dass dieser Platz gut zu ihm passte.

Nach der Sendung gingen sie in ein Restaurant in der Südstadt. Jetzt erst sah Friedrich auch den Regisseur, einen schmächtigen älteren Herrn in einem karierten Jackett mit Lederflicken an den Ellenbogen. Sie waren etwa zwanzig Leute, von denen Friedrich nur die kannte, die direkt an der Sendung beteiligt gewesen waren. Er unterhielt sich mit Kleinhans. Etwas später, als die Hälfte der Leute schon weg war, setzte sich ein sichtlich angetrunkener Korff neben Friedrich.

»Ich fand deine Nummer gut«, sagte Korff mit schwerer Zunge.

»Danke.«

»Nein, wirklich, ich finde das gut, was du machst. Also, diese Idee, dass die Dinge des täglichen Lebens sich plötzlich gegen die Menschen verschwören, das hat was. Wie der Typ dann nach Hause kommt und die Saftpresse und der Kühlschrank und die Stereoanlage ihn fertig machen, das ist so absurd, das finde ich gut.« Korff legte seinen Arm um Friedrichs Schultern. »Aber weißt du, ich frage mich ... Sag mal, der Rotwein hier ist doch spitze, oder? Also so ein verdammt guter Rotwein ... Ich muss den Wirt fragen, wo er den herhat. Ist übrigens Türke, der Wirt. Nicht etwa Italiener, nein! Du hast wahrscheinlich gedacht, der ist Italiener, der Wirt, weil wir hier in einem italienischen Restaurant sind, aber das stimmt nicht, der Wirt ist Türke. Der hat die Tochter des Vorbesitzers geheiratet, und der war Italiener. Wahnsinn, was? Und der Rotwein! Wo war ich stehen geblieben?«

»Du fandest meine Nummer gut, aber du fragst dich ...«

»... ob das einen ganzen Abend trägt, genau, das frage ich mich. Ein ganzer Abend mit sprechenden Waschmaschinen und so. Erschöpft sich das nicht ziemlich schnell?«

»Es ist nur eine Nummer in einem Programm von fast zwei Stunden.«

»Und weißt du, was das Problem an unserem Job ist? Weißt du das?«

»Nein, Korff, sag's mir!«

»Das Publikum! Verdammte Scheiße noch mal, das Publikum! Ich verstehe doch, warum ihr euch alle nicht mehr mit den gesellschaftlichen ... Dingens ... Bedingungen beschäftigen wollt. Das Publikum will es nicht mehr. Die sind fertig, die sind alle. Die haben sich das ... na ... das Gehirn waschen lassen, sage ich dir, von den Privaten, von dieser ganzen Scheiß-Spaßkultur. Guck sie dir doch an, wie sie da ... wie sie hocken, in diesen Scheiß-Nachmittagsdingern und sich gegenseitig in die Hose gucken. Zum Kotzen! Sind wir denn nur noch von Abschaum umgeben? Die Leute wollen nur noch ... Ich meine, fahr doch mal tagsüber zu Ikea!« Korff machte eine Pause, als sei mit dem letzten Satz alles gesagt.

»Wieso?«

»Na, fahr doch mal mittags zu Ikea und guck dir den Parkplatz an! Was siehst du da?«

»Autos?«

»Autos. Genau. Hunderte. Tausende! Schon mittags ist da ... ist da ... na, was ist da ...«

»Voll?«, half Friedrich aus.

»Voll, genau. Absolut voll. Die trampeln sich gegenseitig tot. Und was sagt uns das?«

»Keine Ahnung.«

»Den Leuten geht es zu gut. So sieht es aus.« Korff lehnte sich zurück, als habe er gerade ein Heilmittel gegen Krebs vorgestellt. »Den Leuten geht es zu gut. Jedenfalls den meisten. Denen geht es so gut, dass ihnen ... scheißegal ist, was mit denen passiert, denen es ... denen es ... na ...«

»Nicht so gut geht?«

»Genau! Und sie wollen auch nicht, dass ihnen jemand sagt, dass es da noch andere gibt. Die wollen sich nur noch kaputtlachen. Über Saftpressen und sprechende Kühlschränke und übers Ficken. Das Publikum ist das Problem. Das sind alles Wichser. Schafe sind das. Mit so einem Publikum kann man kein ordentliches Kabarett machen. Weißt du ...« Korff rückte wieder ganz dicht heran. Friedrich roch, dass auch guter Wein eine miese Fahne macht. »Weißt du, manchmal, wenn ich auf der Bühne stehe oder in so einem ... einem ... Fernsehstudio, dann ... dann will ich sie manchmal alle erschießen. Einfach ... abknallen. Mit so einer guten alten Kalaschnikow. Ich war nie im bewaffneten Kampf. Aber manchmal ... Wirklich, ich hasse dieses Pack. Aber die Nummer, die du heute in der Sendung gemacht hast – toll! Erste Sahne. Es gibt doch noch Unterhaltung mit Niveau, ich wusste es, man muss nur danach suchen. Ich brauche noch was von diesem großartigen ... Rotwein. Der Wirt ist Türke, wusstest du das?«

Korff stand auf und wankte davon. Friedrich sah auf die Uhr. Er musste aufbrechen, wenn er den letzten Zug nach Hause erwischen wollte. Er beglich seine Rechnung, denn es war noch immer nicht so, dass der WDR dafür aufkam. Gerade als er seinen Mantel überzog, stand die Produktionsassistentin wieder vor ihm. Sie schleppte immer noch ihr Klemmbrett durch die Gegend. Sie sah müde aus.

»Herr Podewitz?«

»Pokorny.«

»Wie bitte?«

»Nicht so wichtig.«

»Waren Sie nicht auch in der Sendung heute?«

»Ja, ich denke schon.«

»Dann müssen Sie noch dieses Formular ausfüllen. Für die Erstattung der Reisekosten.«

»Darf ich Ihnen das in den nächsten Tagen zuschicken? Ich muss den letzten Zug bekommen.«

»Warum sagen Sie nicht gleich, dass Sie mit öffentlichen Verkehrsmitteln da sind? Dann bitte ich Sie, mir die Reisedokumente so schnell wie möglich im Original zuzuschicken, damit ich das abrechnen kann. Wir übernehmen natürlich nur zweite Klasse.«

»Natürlich.«

Friedrich ließ ein Taxi rufen und verabschiedete sich von Kleinhans mit einer Umarmung, von den anderen, indem er auf den Tisch klopfte. Ein paar Hände gingen hoch. Dann war das Taxi da. Er fuhr zum Bahnhof und dann nach Hause.

13

Das Haus lag auf einem künstlich aufgeschütteten Hügel und war das größte in der ganzen Straße. Friedrich stellte seinen Wagen direkt vor der großen Garage ab, nahm den Champagner und die Blumen vom Beifahrersitz und ging zur Haustür. Er zupfte an seinem Hemd herum, damit es locker aussah, und drehte die Schultern ein paarmal nach hinten, damit das Jackett besser saß. Er fuhr sich mit der Zunge zuerst über die untere, dann über die obere Zahnreihe und hoffte, dass er keine Zahnpasta mehr in den Mundwinkeln hatte. Er roch auch unter seinen Armen, aber da war alles in Ordnung, schließlich hatte er ausgiebig geduscht, und seine Sachen waren frisch aus der Reinigung. Hoffentlich hatte er nicht zu viel Eau de Toilette aufgelegt. Er klingelte.

Die Frau, die die Tür öffnete, war ungefähr Anfang vierzig. Sie hatte dunkle Haare, zu einem Pilzkopf geschnitten, und ein längliches Gesicht mit kleinen Fältchen um die Augen, eine gerade Nase und einen kleinen spitzen Mund.

»Sie müssen Friedrich sein!« Sie trug ein weißes ärmelloses Oberteil, einen dunkelblauen Hosenrock und dazu passende Wildlederpumps.

»Sie dürfen mich Pok nennen!« Was für eine hirnverbrannte Idee! Niemand hatte ihn je »Pok« genannt!

»Ich bin Carla. Kommen Sie doch herein.« Da war eine Spur eines Akzentes in ihrer Stimme, den er nicht zuordnen konnte.

»Vielen Dank. Das ist für Sie!« Er reichte ihr den bunten Strauß und die Flasche und deutete eine Verbeugung an.

»Darf ich Ihnen etwas zu trinken anbieten? Thomas wird gleich herunterkommen. Er hatte sich noch etwas hingelegt und leider verschlafen.«

Friedrich folgte Carla über die polierten schwarzen Marmorplatten durch die Halle und eine mit Blumenintarsien verzierte gläserne Schiebetür in ein sehr großes Wohnzimmer. Rechts war eine Sitzgruppe aus schwarzem Leder, links ein sehr langer Tisch aus heller, massiver Eiche, gedeckt für sechs Personen. Es wurde also mit noch mehr Gästen gerechnet. Und er war als Erster erschienen, als könne er es nicht abwarten.

»Was darf ich Ihnen anbieten? Einen Martini?«

»Sehr gern.«

»Ich stelle nur rasch die Blumen ins Wasser und den Champagner in den Kühlschrank.«

»Natürlich. Lassen Sie sich Zeit.«

Carla lächelte und verschwand durch eine Tür, hinter der offenbar die Küche lag. Friedrich trat hinaus in den Garten. Das Grundstück war riesig. An den Seiten gepflegte Blumenbeete. Tulpen und akkurat beschnittene Rosenstöcke. Das Grundstück grenzte an einen Wald. Friedrich fragte sich, ob Zacher dieses Haus wirklich gehörte oder ob er es nur für diesen Abend gemietet hatte, um ihn zu beeindrucken. Er entfernte sich etwas von dem Haus und sah dann zurück. Die Fassade war in gelb und weiß gehalten. Es dämmerte. Im ersten Stock des Hauses stand ein Fenster offen. Dahinter bewegte sich was. Friedrich ging darauf zu. Da war jemand. Eine junge Frau. Erst sah er sie. Dann erkannte er sie.

Er fühlte sich, als habe man ihm einen riesigen Stahlnagel durch den Schädel gerammt und den ganzen Körper am Boden festgenagelt. Es war Ellen. Es war *nicht* Ellen. Und es *war* Ellen. Das war ihr Gesicht, das war ihre Nase, das war ihre Stirn, das waren sogar ihre Haare. Sie stand im Profil zum Fenster, hielt sich ein blau changierendes Kleid vor und schaute in einen Spiegel. Sie bewegte sich ein wenig, um zu sehen, wie das Kleid sie wirken ließ. Friedrich sah ihre nackten weißen Schultern, dann ein wenig von ihrem weißen Rücken. Sie warf das Kleid zur Seite, stemmte ihre Arme in die Seiten und verlagerte ihr Gewicht von einem Bein auf das andere. Sie verschwand aus Friedrichs Blickfeld. Er wartete. Dann war sie wieder da, diesmal mit einem hellen Kleid. Sie machte die gleichen Bewegungen wie zuvor. Sie warf auch dieses Kleid zur Seite. Dann sah sie ihn. Zuerst erschrak sie ein wenig, aber dann lächelte sie und winkte.

»Gefällt es Ihnen?«

Er fuhr herum. Carla kam aus dem Haus und reichte ihm ein Glas.

»Ein wunderschönes Haus!« Er nahm einen Schluck von dem Martini. Sein Gesicht war heiß, und sein Herz schlug schneller.

»Sie sind Kabarettist?«

»Ich bevorzuge den Begriff Komiker. Ich bin ein Dienstleister, kein Missionar. Ich will nur, dass die, die Eintritt bezahlen, lachen, damit sie auch beim nächsten Mal wieder Eintritt bezahlen. Ich will nicht die Welt verändern.«

»Das ist aus der Mode gekommen, nicht wahr?«

»Wenn jemand die Welt verändert, dann bestimmt nicht Friedrich!« In der offenen Schiebetür stand Zacher in einem dunklen Anzug mit Weste und Krawatte. Da war kein Gramm Fett an seinem Körper. Er baute sich vor

Friedrich auf und hielt ihm die Hand hin. Friedrich griff danach und drückte zu. Zachers Druck war härter.

»Guten Abend, Friedrich!«

»Er sagt, wir dürfen ihn Pok nennen.«

Zacher hob nur eine Braue und legte den Arm um seine Frau.

Friedrich nickte ihm zu. »Guten Abend.«

»Ich sehe, du verstehst immer noch, dich zu kleiden. Wie geht es dir?«

»Hervorragend!«

»Na, so gut kann es nicht um dich stehen, wenn du an einem Samstagabend ohne Begleitung zu einem Abendessen erscheinst. Noch etwas zu trinken?«

Friedrich blickte auf sein Glas und stellte fest, dass es leer war. »Gern.« Zacher reichte Friedrichs Glas an Carla weiter, und die verschwand im Haus.

Friedrich ließ seinen Blick durch den Garten wandern. »Nicht schlecht, was du hier hast.«

Zacher zog seine Weste glatt. »Ich kann leider nicht sagen, dass ich deine Karriere verfolgt hätte. Ich habe lange in der Schweiz gelebt. Und da bist du wohl nicht aufgetreten.«

»Doch, doch, ein paarmal.« Also war Carla Schweizerin. Daher der Akzent.

»Schade, das habe ich nicht mitbekommen. Meine Tochter hat dich mal im Fernsehen gesehen.«

»Deine Tochter?«

»Meine Stieftochter.«

»Was hast du in der Schweiz gemacht?«

»Gearbeitet, was sonst. In einer großen Kanzlei für Wirtschaftsrecht. Dafür ist die Schweiz das richtige Pflaster.«

»Wieso bist du zurückgekommen?«

Zacher atmete aus, kniff die Augen zusammen und schien ein kleines Stück Rasen in etwa drei Meter Entfernung besonders intensiv zu betrachten. »Ich bin sentimental. Ich wollte nach Hause. Zeigen, was ich geworden bin, nehme ich an.«

Carla kam mit dem Martini. Zacher ging zur Tür. Als er zurückkam, war Konietzka bei ihm, in Begleitung einer Frau, die er als Evelyn vorstellte.

»Kristina müsste jeden Moment da sein«, sagte Carla. Im gleichen Moment fuhr die Tür zur Halle auseinander, und das junge Mädchen, das Friedrich vorhin am Fenster nackt gesehen hatte, kam herein. Sie hatte sich weder für das helle noch für das blau changierende Kleid entschieden, sondern für ein schwarzes. Das passte sehr gut zu ihren dunklen Haaren, auch wenn es die Blässe ihrer Haut betonte. Friedrich schluckte trocken. Diese Ähnlichkeit war mehr, als er ertragen konnte. Sie war Ellens Klon. Er warf Zacher einen Blick zu, aber der wich ihm aus.

Kristina reichte allen die Hand. Als sie bei Friedrich ankam, sagte sie: »Wir kennen uns bereits!« Seine Nackenhaare stellten sich auf.

Zacher runzelte die Stirn. »Ihr kennt euch?«

»Ich habe ihn vom Fenster aus gesehen. Wir haben uns zugewinkt.«

Sie setzten sich an den gedeckten Tisch. Carla lief immer wieder in die Küche, um die Speisen und Getränke zu holen. Zacher machte keine Anstalten, ihr zu helfen, also bot Friedrich sich an, doch als gute Gastgeberin lehnte Carla ab. Als guter Gast bestand er darauf. Sie holten Wein und verschiedene Dips aus der Küche. Es gab Brot und Gambas als Vorspeise.

Als der Hauptgang kam – Ente in irgendetwas, das orange war, dazu schwarze Nudeln – sagte Evelyn zu Friedrich: »Und du bist also Komiker?«

»Ich sorge dafür, dass Konietzka immer was zu essen hat.«

»Oh ja«, sagte Konietzka, »ohne Friedrich säße ich praktisch auf der Straße.«

Kristina wandte sich an Friedrich. »Ich habe mich nie an den Anblick von schwarzen Nudeln gewöhnt.«

Friedrich nickte. »Ich finde auch, die sehen aus, als würden sie unter Tage abgebaut.«

Kristina lachte, und dieses Lachen durchfuhr ihn wie ein Messer.

»Komiker. Wieso machst du das?«, wollte Evelyn wissen.

Es hörte sich an, als wäre es etwas Unanständiges, wie

: 163 :

Organhandel oder Menschenschmuggel. »Es ist ein schmutziger Job, aber einer muss ihn ja machen.«

Evelyn verzog das Gesicht. »Wenn ich mir den ganzen Comedy-Scheiß im Fernsehen ansehe, könnte ich kotzen.«

Konietzka winkte ab. »Friedrich macht nicht viel Fernsehen.«

»Also, ich habe ihn schon gesehen«, sagte Kristina, »und ich fand es ziemlich witzig. Es war eine Nummer über Ihre Mutter, nicht wahr?«

»Nicht über meine Mutter. Über Mütter allgemein.«

Evelyn langte über den Tisch und tunkte ein Stück Brot in die Thunfischpaste. »Es ist ja üblich, heutzutage nur noch so etwas Privatistisches zu machen.«

»Aber, aber«, meldete sich Zacher lächelnd, »soll nicht alles Private auch politisch sein?«

»Ich habe nichts gegen Komik«, sagte Evelyn.

Friedrich nahm einen Schluck Wein und dachte: Nein, du Stimmungskanone, du bist witzig wie ein aufgeräumter Schreibtisch.

Evelyn ließ nicht locker. »Weißt du, was mich bei dieser ganzen Comedy ankotzt? Das Verkniffene! Man hat immer den Eindruck, diese Leute strengen sich alle unheimlich an. Die sind nicht locker. Dieses ewige Grimassieren, das Augenrollen, das Gebrüll. Es ist immer irgendwie zu viel und zu laut. Diese Komiker sehen alle aus ...«

»Man nennt sie jetzt Comedians, Schatz!«, warf Konietzka ein.

»Ich finde, die sehen alle aus, als hätten sie Verdauungsprobleme. Sie drücken und drücken, und es kommt nichts.«

»Also Pok sah sehr locker aus im Fernsehen«, sagte Kristina.

»Pok?« Konietzka hob die Brauen.

»Er lässt sich jetzt Pok nennen«, bestätigte Zacher.

Friedrich verdrehte die Augen. Aus der Nummer kam er heute Abend nicht mehr heraus.

Carla tupfte sich den Mund mit der Serviette ab. »Ich denke, dies ist ein freies Land, und zur Freiheit gehört nun mal, dass die Leute sich über das amüsieren, was ihnen gefällt. Ist eben alles Geschmackssache.«

»Das genau ist das Problem«, sagte Zacher. »Warum ist Freiheit immer die Freiheit der Idioten? Sicher, es gab immer Abschaum und Schwachsinnige, aber wieso müssen die plötzlich alle ins Fernsehen?«

»Du musst ja nicht hinsehen«, sagte Kristina.

»Es geht bergab, das ist das Problem. Alles ist nur noch ein Witz. Wer nichts ernst nimmt, ist leicht regierbar. Komik ist Opium fürs Volk. Endlich durchatmen, keine unangenehmen Wahrheiten mehr. Ab sofort wird zurückgelacht.«

Friedrich stöhnte auf. »Also bitte! Jetzt wird es lächerlich. Ein steinreicher Wirtschaftsanwalt mit einer Villa und einem Grundstück so groß wie Liechtenstein als linksradikaler Aufklärer?«

»Genau diese Haltung meine ich! Immer den kleinsten Widerspruch aufdecken und gleich mit einer ironischen Bemerkung kontern, anstatt sich mit dem Inhalt auseinander zu setzen. Ironie ist gegen alles und für nichts. Ist ja eh nichts mehr real, ist ohnehin alles simuliert, also kann man sich auch drüber kaputtlachen.«

Friedrich seufzte. »Ich tue nur meinen Job.«

»Das hat Eichmann auch gesagt.«

»Jetzt reicht es aber«, rief Kristina.

»Ich hätte gedacht«, sagte Zacher leise, »dass ausgerechnet du wüsstest, worum es wirklich geht. Nach allem, was passiert ist, aber du hast immer lieber einen Witz gemacht, als dich der Wirklichkeit zu stellen.«

»Wer ist denn damals abgehauen?«

»Du bist geblieben, als sei nichts passiert. *Das* ist das Perverse.«

»Moment mal, ich komme nicht mehr mit!« Kristina blickte zwischen ihnen hin und her.

Konietzka räusperte sich. »Ich denke, das ist der Moment, wo jemand eingreifen sollte.«

»Es gibt noch Dessert«, sagte Carla.

»Jetzt wird es doch erst richtig interessant«, meinte Evelyn. Und zu Konietzka: »Weißt du, worum es hier geht?«

»Ja.«

: 165 :

»Verrätst du es mir?«

»Nein.«

»Dann will ich Dessert.« Sie stand auf und folgte Carla und Kristina in die Küche. Konietzka, Zacher und Friedrich saßen da und studierten unterschiedliche Abschnitte der Tischdecke.

Später gingen sie in den Garten. Eigentlich war es etwas zu kühl, aber niemand widersprach, da man sich hier draußen besser aus dem Weg gehen konnte. Friedrich nutzte die Gelegenheit und setzte sich ab. Er kam zu einem Teich, in dem Goldfische schwammen. Dieser Abend verlief merkwürdig. Andererseits: Was hatte er erwartet? Dass Zacher vor ihm auf die Knie ging und um Verzeihung flehte? Und was war eigentlich mit Konietzka? Der schien über Kristina nicht überrascht gewesen zu sein. Hatte er sie schon vor diesem Abend gekannt? Wieso hatte er Friedrich dann nicht gewarnt?

Plötzlich stand Kristina neben ihm, mit einem Glas Wein in der Hand. »Mögen Sie Fische?«

»Gedünstet, mit Pellkartoffeln und einem Chablis. Wieso kriegt man eigentlich nirgendwo Goldfisch zu essen? Müsste doch toll aussehen auf dem Teller.«

»Wahrscheinlich schmeckt er scheiße.«

»Ist ein Argument.«

Sie lachten.

»Wir müssen uns nicht siezen«, sagte Friedrich.

»Okay. Kristina.«

»Friedrich.«

Sie gaben sich die Hand.

»Nicht Pok?«

»Nein, nicht Pok. Dafür habe ich heute schon genug eingesteckt.«

»Ich denke mal, nicht nur dafür.«

Friedrich antwortete nicht.

»Tut mir Leid, ich wollte witzig sein, aber das sollte man wohl den Profis überlassen.«

Friedrich fand, sogar ihre Stimme erinnerte ein wenig an Ellen. Es war unheimlich. Am liebsten wäre ihm gewesen, sie hätte sich auf einen Stuhl oder einen Sockel gestellt, damit er sie von allen Seiten betrachten konnte.

Sie blickte in ihr Glas. »Thomas ist ein Großkotz.«

»Ich weiß.«

»Sie kennen ihn schon ziemlich lange, oder?«

»Wir sind zusammen aufgewachsen.«

»Wirklich? Wie war er denn als Kind?«

»Ein Großkotz.«

Kristina lachte.

»Nein, nein«, sagte Friedrich, »wir wollen fair bleiben. Er hat es nicht einfach gehabt.«

»Was meinen Sie?«

»Du hast mich jetzt zweimal hintereinander gesiezt. Wir wollten uns doch duzen.«

»Stimmt, Entschuldigung. Das ist mein Respekt vor älteren Männern.«

»Danke für die Blumen.«

»Was meinst du damit, dass er es nicht leicht gehabt hat?«

»Nun, er war ziemlich auf sich gestellt. Kein Vater, schwierige Mutter.«

»Wieso schwierig?«

»Alkohol.«

»Prost.« Sie hob ihr Glas und trank. »Davon hat er nie was erzählt.«

»Das wundert mich nicht.« Friedrich ließ ein paar Sekunden verstreichen, bevor er die nächste Frage stellte. »Wie lange ist er schon mit deiner Mutter zusammen?«

»Drei Jahre.«

Drei Jahre, dachte Friedrich. Es war also kein Zufall, natürlich nicht. Vor drei Jahren musste sie schon genauso ausgesehen haben wie jetzt. Wusste sie, dass Zacher zwar mit ihrer Mutter verheiratet war, sich jedoch eigentlich nur für sie interessierte, weil sie aussah wie eine Frau, die vor fünfzehn Jahren von einem LKW überrollt worden war? Und dass er, Zacher, daran schuld war? Wusste Carla es?

Kristina lächelte. »Er gibt sich wirklich Mühe. Allerdings hat man immer das Gefühl, er spult ein Vater*pro-*

gramm ab. Er weiß nicht wirklich, was er da tut. Er kommt mir manchmal vor, als hätte er irgendwo eine Bedienungsanleitung für Töchter gefunden und die auswendig gelernt.«

»Das funktioniert ja nicht mal bei Videorekordern.«

Sie lachte wieder. Friedrich wollte sie nach ihrem richtigen Vater fragen, aber er traute sich nicht. Stattdessen wechselte er das Thema. »Was machst du, außer dass du Zachers Stieftochter bist?«

»Ich arbeite im Zoo.«

»Ernsthaft?«

»Ja, warum nicht?«

»Nichts. Ich ... Damit habe ich jetzt nicht gerechnet.«

»Womit hast du denn gerechnet?«

»Keine Ahnung.«

»Mit etwas Normalem, was? Studium? BWL oder Romanistik?«

»Mit welchen Tieren hast du zu tun?«

»Mit Delfinen.«

»Ernsthaft?«

»Wieso fragst du immer, ob ich etwas ernst meine?«

»Entschuldigung, du hast mich jetzt zweimal schwer überrascht. Ich finde, Delfine sehen immer so aus, als würden sie grinsen.«

»Oh, das tun sie.«

»Ernst... wirklich?«

»Sie lachen sich kaputt über uns.«

»Lachen sich die Goldfische hier auch kaputt?«

»Die sind zu blöd. Die sind nur Futter.«

»Für Delfine?«

»Nein, Delfine haben Geschmack.«

»Interessantes Thema?« Sie drehten sich um. Carla stand hinter ihnen.

»Nur die Arbeit«, sagte Kristina.

Carla sah Friedrich an. »Haben Sie schon mit Thomas gesprochen?«

»Vorhin beim Essen. Sie haben das ja mitbekommen.«

»Ich meinte, danach?«

»Ich hatte noch nicht das Vergnügen.«

»Nun, wissen Sie, er wollte Sie etwas fragen, Sie zu etwas einladen.«

»Und ich dachte schon, ich müsste für das Essen bezahlen.«

Kristina grinste. »Das weiß man bei Thomas nie.«

Carla ignorierte die Bemerkung. »Thomas wollte Sie einladen, mit uns über Ostern in die Schweiz zu fahren. Wir haben da ein Haus.«

»Nun, ich weiß nicht ...«

»Ich würde mich freuen«, sagte Kristina.

Carla warf ihrer Tochter einen Blick zu. »Ich denke, er möchte Sie immer noch fragen. Es wäre schön, wenn Sie mitkämen. Vielleicht hätten Sie da Gelegenheit, sich mit Thomas mal richtig auszusprechen.«

Friedrich fragte sich wieder, wie viel sie wusste. Er traute Zacher zu, dass er ihr gar nichts erzählt hatte.

»Sie können gern jemanden mitbringen.«

Friedrich schüttelte den Kopf. »Wenn ich komme, dann allein.« Er hatte das Gefühl, Kristina sehe ihn an.

Sie gingen zum Haus zurück.

14

»Herrgott, nimm ab, ich weiß, dass du zu Hause bist.« Es war Viertel nach acht am Sonntagmorgen.

Es knackte in der Leitung. »Was willst du?«

Als er Konietzkas verschlafene Stimme hörte, sackte Friedrichs Zorn in sich zusammen. »Oh, du bist es.«

»Na, mit mir wolltest du doch auch sprechen, oder?«

»Wie geht es dir?«

»Komm zur Sache, Friedrich.«

»Na ja, es ist ...« Jetzt wusste er nicht mehr, wie er anfangen sollte. Gestern Abend, als er nach Hause gekommen war, die ganze Nacht über, in der er kein Auge zugemacht hatte, und die zwei Stunden, die er geduscht, angekleidet und gekämmt um das Telefon herumgestrichen war, war ihm alles so klar gewesen. »Du hast mich ins Messer laufen lassen.«

Konietzka gähnte. »Ich weiß nicht, was du meinst.«

»Du hast es gewusst, und du hast mir nichts gesagt, du hast es drauf ankommen lassen, obwohl du hättest wissen müssen, dass es für mich ... dass ich ...«

»Was denn, Friedrich? Sag mir doch, was du meinst. Vielleicht kann ich dir helfen.«

»Mach hier nicht den Therapeuten. Weißt du, wer einen Therapeuten braucht? Zacher braucht einen! Warum macht er das, warum kommt er zurück, mit ... mit ihr? Hast du sie gesehen? Natürlich hast du sie gesehen. Warum hast du mich nicht gewarnt? Ein Freund hätte das getan. Wieso hast du das nicht gemacht, hä? Los, antworte, verdammt noch mal!«

Konietzka atmete hörbar aus. »Ich dachte, wenn ich dir vorher etwas sage, kommst du gar nicht erst dahin.«

»Und weißt du was? Es wäre auch besser gewesen, wenn ich mir das erspart hätte. Ich hätte diesem kleinen Arschloch den Triumph nicht gönnen dürfen, mich zu einer Figur in seinem perversen kleinen Spiel zu machen. Was hättet ihr eigentlich gemacht, wenn diese Idioten von der Kulturinitiative den Auftritt nicht abgesagt hätten, hä?«

Wieder atmete Konietzka schwer aus. Nur sagte er diesmal nichts. Das war auch nicht nötig, denn Friedrich begriff schlagartig.

»Jetzt verstehe ich, was hier gespielt wird! Die haben überhaupt nicht abgesagt! Das warst du! Du hast mir nicht nur was verschwiegen, du hast mich auch noch angelogen! Was ist das? Die Solidarität der Zwergwüchsigen? Kannst du nicht ehrlich zu mir sein, weil ich zwei Köpfe größer bin? Ist jeder über einssechzig dein Feind, weil die böse Welt der Großen so gemein zu dir gewesen ist?«

»Du vergreifst dich entschieden im Ton und in der Tendenz!«

Friedrich wusste, dass er zu weit gegangen war. »Sag mir doch nur, wieso!«

»Also hör mal, die ganze Sache war nicht meine Idee.«

»Ich kann mir schon denken, wessen Idee das war. Zacher hat nach all den Jahren einfach mal wieder Lust gehabt, mir einen reinzuwürgen, mich fertig zu machen, das war immer seine Lieblingsbeschäftigung.«

»Wenn es nach Zacher gegangen wäre, dann hätte das alles nicht stattgefunden.«

»Ach ja? Dann haben wir dir diesen Mist zu verdanken?«

»Es war Carlas Idee. Sie hat gesehen, wie diese ganze Geschichte Zacher belastet.«

Friedrich schwieg ein paar Sekunden und versuchte, sich zu beruhigen. »Weiß sie Bescheid? Wie ihre Tochter aussieht? Und warum ihr Mann sie geheiratet hat?«

»Ich glaube nicht, dass er sie deshalb geheiratet hat.«

»Na, das glaube ich aber für dich mit, das sage ich dir. Ich kenne diesen Gestörten schon mein ganzes Leben. Weiß sie es?«

»Ich glaube nicht.«

Friedrich musste kichern. »Er ist pervers, klare Sache! Meine Güte, ICH werde hier hingestellt, als hätte ich nicht alle Karos an der Jacke, dabei ist ER das kranke Hirn. Er kann sich nur besser verstellen.«

»Immerhin stellt er sich der Sache. Vielleicht solltest du das mal so sehen.«

»Sollte ich das? Soll ich dir sagen, was ich sollte? Ich sollte auflegen und mir diesen Mist nicht länger anhören. ER ist damals weggelaufen! ER hat damit nicht leben können! ER hat sich jahrelang verkrochen wie ein kleiner Junge. Vielleicht solltest DU DAS mal SO sehen!«

»Und was machst *du*? Glaubst du, du bist damit fertig geworden, nur weil du noch immer deinen festen Wohnsitz in der gleichen Stadt hast? Wieso trittst du auf wie ein Wahnsinniger? Wieso bist du immer gleich so verzweifelt, wenn du dich mal nicht hinter deinem feigen, fiesen Bühnengeschwätz verstecken kannst?«

»Du lebst jedenfalls nicht schlecht von diesem Geschwätz.«

»Glaub mir, ich würde liebend gern darauf verzichten.«

»Wenn WAS geschähe? Wenn ich WAS tun würde? Was

erwartest du denn von mir? Es kotzt mich an, dass ICH hier der Idiot sein soll. Und weißt du, was mich am meisten ankotzt? Du spielst dich auf wie Jesus, obwohl du nicht einmal die ganze Wahrheit kennst. Solange du nicht im Besitz sämtlicher Informationen bist, spreche ich dir das Recht ab, über mich zu urteilen!«

»Was meinst du damit? Das verstehe ich nicht. Gib mir die Informationen, die ich brauche. Was gibt es da noch?«

Friedrich schloss die Augen. Wenn er es jetzt sagte, würde Konietzka ihm nicht glauben. Also wechselte er das Thema. »Sie haben mich gefragt, ob ich mit ihnen über Ostern in die Schweiz fahre.«

»Und? Was wirst du tun?«

Friedrich legte auf.

Am Montagnachmittag traf er sich mit Kai in einem Fast-Food-Restaurant.

»Was möchtest du? Vielleicht einen Fischmäc?« Friedrich nahm ein Taschentuch und putzte den Stuhl ab, auf den er sich setzen wollte.

»Das hier ist Burger King. Da gibt es nichts, das Mäc heißt!« Der Junge verdrehte die Augen. Er hatte einen Idioten zum Vater. »Und dann auch noch Fischmäc! Das ist ekelhaft.«

»Okay, bestell du für uns.«

»Was willst du denn?«

»Ich nehme das, was du nimmst.«

»Das kann doch nicht dein Ernst sein!«

»Wieso?«

»Wie sieht das denn aus, wenn wir beide das Gleiche nehmen, wir sind doch keine Mädchen!«

Friedrich studierte widerwillig die bunten Angebotstafeln hinter den Kassen und bestellte sich dann einen Doppelwhopper mit Käse, eine kleine Portion Pommes frites und ein kleines Mineralwasser. Für das, was Kai sich bestellte, hätte der eigentlich zwei Tabletts nur für sich gebraucht.

»Willst du das wirklich alles essen?«, fragte Friedrich, als sie sich an einen Tisch am Fenster setzten.

»Nein, das meiste nehme ich mit nach Hause und hänge es mir an die Wand. Natürlich will ich es essen.«

Kai musterte beim Kauen die Pappkartons der Burger. Die Fritten aß er mit der Hand und tunkte sie in eine große Lache Mayo, die er auf dem Tablett angerichtet hatte. Friedrich umfasste seinen Whopper mit einer Serviette. Er sah seinen Sohn an. Woher kam nur diese unbändige Lust, so mies wie möglich auszusehen? Die Haare hingen ihm beim Essen in die Augen, hinten fingen sie an, den Rücken hinunterzukriechen, an den Seiten schob er sie immer wieder hinters Ohr, und ob er sie dabei mit Mayo oder Ketchup anreicherte, interessierte ihn nicht. »Du warst englisch einkaufen?«

Kai hielt mitten im Kauen inne. Durch die herabhängenden Haare vor seinen Augen sah er seinen Vater an. »Was?«

Friedrich legte seinen Whopper vorsichtig ab, stand auf und zog sein Jackett aus, wusste dann aber nicht, wohin damit. Gab es hier keine Garderobe? »Englisch einkaufen«, sagte er. »So haben wir das früher genannt, wenn wir was haben mitgehen lassen.« Das war ein Versuch, dem Bengel eine Brücke zu bauen. Sieh her, ich war auch mal wild. Dabei stimmte es gar nicht. Friedrich hatte nie irgendetwas geklaut. Den Begriff »englisch einkaufen« hatte er irgendwo gehört.

»Was stehst du da herum mit der Jacke in der Hand?«

»Ich weiß nicht, wohin damit.«

»Leg sie doch einfach über den Stuhl neben dir.«

»Äh ... Natürlich. Gute Idee.«

»Mama hat dich auf mich angesetzt. Die kann ihre Klappe nicht halten.«

»Was erwartest du?«

»Na, dass sie die Klappe hält. Ist doch logisch.«

»So sind Mütter nun mal.«

»Zumindest sollte sie *dir* nichts erzählen, was dich nichts angeht.«

»Ich bin dein Vater.«

»Weil du mir Whopper spendierst?«

Kai versuchte, seine Beine unter dem Tisch neu anzuordnen, und stieß dabei gegen Friedrich. Der Junge hatte unglaublich lange Beine. Und er war erst vierzehn! Bald würde er größer sein als sein Vater. »Spielst du Basketball?«

»Wie kommst du denn da drauf?« Der Tonfall des Jungen verriet, dass es für ihn auf der ganzen Welt keine blödere Frage gab.

»Ich dachte nur. Du bist doch so groß.«

»Ich bin gar nicht so groß.« Er schob sich Fritten in den Mund, obwohl der noch voller Whopper war. »Mal was anderes ...«

Friedrich griff nach dem Becher mit dem Wasser. Zum ersten Mal heute sprach sein Sohn ihn von sich aus an. »Ja?«

»Was war das vorhin mit englisch einkaufen?«

»Was soll damit gewesen sein?«

»Du hast gesagt, so habt ihr das früher genannt, wenn ihr mal was habt mitgehen lassen?«

»Genau.«

»Soll das heißen, du hast mal geklaut?«

»Ist vorgekommen.«

»Was denn so?«

»Das Übliche. Zigaretten. Bier. Platten. Und mit den Platten war das schwieriger, die waren damals so groß.«

»Dafür sind CDs elektronisch gesichert. Ist auch nicht einfach.«

»Und wie machst du das?«

»Berufsgeheimnis.«

»Du willst einen Beruf daraus machen?«

Der Junge grinste. »Ich bin gut.«

»Du bist erwischt worden.«

»Kann jedem mal passieren. Alles in allem bin ich im Haben.«

»Was heißt das?«

»Na, ich habe so viel abgegriffen, dass ich unterm Strich Gewinn gemacht habe, wenn man die Strafe abzieht.«

»Die Strafe zahlt deine Mutter.«

»Sie kürzt mir das Taschengeld.«

»Was waren das denn für Platten?«

»Ist doch egal.«

Friedrich wollte ihm zeigen, dass er ihm vertrauen konnte, dass er wusste, worum es ging. »Wahrscheinlich so hartes Zeug, was? Limp Bizkit, Marilyn Manson?«

»Oh Gott, doch nicht so ein hirnloser Mist!«

»Nicht? Was denn dann?«

»Ist doch nicht wichtig.«

»Mich interessiert es aber.«

»Wieso?«

»Einfach so.«

Kai stopfte sich ein Stück, das eigentlich zu groß war, in den Mund und hatte erst mal ein paar Sekunden Mühe, das zu verarbeiten. Dann sagte er: »Wagner.«

»Wie?«

»Wagner, Richard, deutscher Komponist. Opern. Besser gesagt Musikdramen. Tristan und Isolde. Tannhäuser. Der Ring des Nibelungen.«

»Du hörst Wagner?« Etwas Ketchup tropfte auf Friedrichs Hemd, aber das war jetzt nicht so wichtig.

»Wagner ist der Größte. Und diese Opern-CDs sind unglaublich teuer. Das ist unmenschlich.«

Friedrich wusste nicht, was er sagen sollte. Harte Rockmusik mit satanischen Texten, das hätte er dem Alter zuschreiben können, der Notwendigkeit, etwas zu finden, was auch die liberalsten Eltern noch auf die Palme brachte, aber Wagner? »Wagner war Hitlers Lieblingskomponist.«

»Bitte, Friedrich, das ist sogar unter *deinem* Niveau.«

Sein Vorname aus dem Mund seines Sohnes versetzte ihm einen Stich. Früher hatte Kai mal Papa gesagt. Friedrich war ratlos. Er versuchte, das Thema zu wechseln.

»Und wie sieht es aus mit Mädchen?«

»Wie soll es aussehen?«

»Du bist doch jetzt in dem Alter, oder nicht?« Friedrich war sich tatsächlich nicht ganz sicher. Vielleicht hatten sie es heutzutage in diesem Alter schon wieder hinter sich.

»Willst du mir Tipps geben?«

»Du kannst mich alles fragen.«

»Mama sagt, was Frauen angeht, könntest du mir nicht weiterhelfen.«

Danke, Silvia, dachte Friedrich, vielen Dank auch. Sieh doch zu, wie du mit dem Bengel fertig wirst.

Als sie sich vor dem Burger King verabschiedeten, sagte Kai: »Englisch einkaufen. Das ist cool. So nennen wir das jetzt auch.«

Friedrich lachte. Na immerhin. Sein Sohn war auf dem Weg, ein Kleinkrimineller zu werden, der germanische Opern voller Stabreime hörte, und er hatte ihm auch noch eine coole Umschreibung für das Klauen beigebracht. Kein Zweifel: Er war der Vater des Jahres.

15

Am Karfreitag passierte Friedrich gegen Mittag die deutsch-schweizerische Grenze. Er fuhr ein kurzes Stück Autobahn und kam dann durch ein paar kleinere Gemeinden. Carlas Zeichnung war sehr präzise. Irgendwann bog er von der Landstraße ab und fuhr auf eine Ansammlung von Ställen und Häusern zu. Ein wenig abseits, etwa fünfhundert Meter vom eigentlichen Hof entfernt, lag ein kleines Haus, das schon bessere Zeiten gesehen hatte. Die Fassade krallte sich nur mit Mühe am Gebälk fest, auf dem Dach fehlten ein paar Schindeln, die Fensterrahmen im Parterre und im ersten Stock sahen brüchig aus, und durch einige der Scheiben liefen diagonale Risse. Links neben dem Haus war eine leicht abfallende Schotterfläche, auf der ein Metalltisch und ein paar Stühle standen. Rechts neben dem Haus war ein Brunnen, ein großes Betonbecken mit einem Turm, aus dem ein grober, ständig sprudelnder Wasserhahn ragte.

Er stellte den Motor ab und blieb ein paar Sekunden sitzen. Er war früh dran. Gegen fünf Uhr am Morgen war er aufgewacht, hatte nicht mehr schlafen können und war losgefahren. Eigentlich hatte er sich für den späten Nachmittag angesagt.

Kristina kam aus dem Haus. Er stieg aus und ging auf

sie zu. Sie lächelte und streckte ihm die Hand entgegen.
Sie sah noch immer so aus, wie sie aussah. Sie hieß ihn
willkommen und fragte ihn, wie die Fahrt gewesen sei. Gemeinsam freuten sie sich über das gute Wetter. Friedrich
holte seinen Koffer aus dem Wagen und folgte Kristina ins
Haus.

Im Parterre gab es insgesamt vier Räume, zwei links
vom Flur abzweigend, einer geradeaus und einer rechts.
Das Wohnzimmer und die Küche waren modern eingerichtet. Kristina lachte. »Wenn man die Hütte von außen
sieht, befürchtet man das Schlimmste, aber innen ist es
sehr schön. Thomas hat sich nicht lumpen lassen.«

Das Zimmer, das geradeaus vom Flur abging, war klein
und hatte nur ein Fenster. Es standen nur ein ungemachtes
Bett darin und ein alter Kleiderschrank. Neben dem Bett
ein Stuhl als Nachttisch. Auf dem Stuhl stand ein Radio-
wecker. »Tja, hier schlafe ich«, sagte Kristina. »Und hier
drüben haben wir dich untergebracht.« Sie zeigte ihm das
letzte Zimmer in der unteren Etage. Er würde also Wand
an Wand mit ihr schlafen. An der Wand stand ein durch-
gesessenes Sofa mit einem grasgrünen Bezug. Außerdem
war da ein breites französisches Bett mit einem in die
Kopfstütze eingebauten Radio. An jeder Seite war eine
schwarze Platte als Nachttisch an den Rahmen montiert.
Dazu gab es noch einen Tisch mit zwei Stühlen, einen
niedrigen, mit dunkelbraunem Leder überzogenen Sessel
sowie eine antike Kommode mit drei tiefen Schubladen.

»Nicht schlecht.«

»Oben schlafen Mama und Thomas. Die sind mit dem
Wagen in die Stadt gefahren, zum Einkaufen.«

Friedrich fiel auf, dass die Hausführung nicht komplett
war. Er fragte nach den sanitären Einrichtungen.

Kristina biss sich auf die Unterlippe. »Das ist hier ein
bisschen problematisch. Ein Badezimmer gibt es nicht.
Waschen muss man sich an dem Spülstein in der Küche.
Allerdings gibt es da nur kaltes Wasser. Und die Toilette ist
in einem kleinen Verschlag hinterm Haus.«

»Ernsthaft?«, entfuhr es ihm, und Kristina musste lachen, weil sie sich an das Gespräch am Goldfischteich vor

fast einer Woche erinnerte. »Aber es gibt hier doch eine Dusche, oder?«

»Nicht direkt.«

»Nicht direkt?«

»Nun ja, wir machen Wasser in einigen großen Kesseln heiß, kippen es in eine Gießkanne, stellen uns hinter das Haus und duschen uns gegenseitig ab.«

»Ernsthaft?« Herrgott, fällt dir nicht mal was anderes ein als dieses äffische »ernsthaft«?

»Es ist lustig. Meistens sehen einem Kühe dabei zu. Außerdem wundert man sich, mit wie wenig Wasser man auskommen kann. Ich mach uns erst mal einen Kaffee.«

»Gut.« Friedrich trug seinen Koffer in sein Zimmer und verstaute seine Sachen in der antiken Kommode.

»Tja, es ist witzig«, begann Zacher und zog an seinem Zigarillo, »ohne diesen Unfall hätte ich jetzt das Haus nicht.«

Sie saßen auf den alten Gartenstühlen neben dem Haus. Friedrich hatte die abschüssigste Stelle erwischt. Nachdem er in normaler Haltung zweimal beinahe nach hinten umgefallen war, hockte er sich rittlings auf den Stuhl. Er hatte Mühe, nicht ständig Kristina anzustarren. Zacher erzählte weitschweifig, wie der Bauer, dem das Grundstück gehörte, an einer Kreuzung auf seinen Wagen aufgefahren sei. Während sie auf den Abschleppwagen warteten, kamen sie ins Gespräch, und Beat erzählte von diesem Haus, das er schon lange verkaufen wollte. Friedrich hörte kaum hin, ließ immer wieder seinen Blick wandern, wobei er ein paarmal wie zufällig Kristina ansah. Mitunter hatte er sogar das Gefühl, sie sehe *ihn* an. Aber das war wahrscheinlich Einbildung.

Zacher riss ihn aus seinen Gedanken. »Sag mal, hörst du mir überhaupt zu?«

»Was? Oh, Verzeihung, ich wusste nicht, dass wir mitschreiben müssen. Werden wir später über das Thema geprüft?«

Kristina prustete. Zacher sah verärgert aus. »Zeit fürs Abendessen«, sagte er, stand auf und ging ins Haus. Kristina meinte, sie müsse noch telefonieren, und folgte ihm.

»Es sollte nur ein Scherz sein.«

Carla ermöglichte ihm einen Themenwechsel. »Gefällt es Ihnen bei uns?«

»Ist sehr ursprünglich hier.«

»Wir sind hier bedauerlicherweise einigen Einschränkungen unterworfen.«

»Das Haus ist toll eingerichtet.«

»Wir sind noch nicht dazu gekommen, die Toilette und das Bad herzurichten. Ich hoffe, Sie können für die nächsten Tage mit dem vorlieb nehmen, was wir haben.«

»Wir könnten uns eigentlich auch duzen, oder?«

Sie lächelte. »Ich würde lieber beim Sie bleiben, bis ... wir uns besser kennen.«

»Natürlich. Entschuldigen Sie.«

Sein Vorstoß war plump gewesen. Hätte er nur einen Funken Menschenkenntnis besessen, wäre ihm klar geworden, dass man mit solchen Aktionen bei Carla keine Punkte machen konnte. Sie kam aus der Schweiz, da konnten sich die Leute noch benehmen, da bedankten sich wahrscheinlich auch die Taschendiebe. In wenigen Minuten hatte er erst Zacher und dann seine Frau verärgert. Um die Situation zu entschärfen, sagte er, er mache bis zum Essen noch einen kleinen Spaziergang.

Nach dem Essen entschuldigte sich Kristina und ging auf ihr Zimmer. Etwa eine Viertelstunde später kam sie noch einmal herein und verabschiedete sich. Sie trug ein enges rotes Kleid und eine weiße Perlenkette, über dem Arm hatte sie eine zerschlissene Lederjacke und an den Füßen Turnschuhe. Friedrich fragte sich, wo sie in dieser Einöde hingehen wollte. Als sie weg war, servierte Zacher einen Selbstgebrannten von Bauer Beat. Sie wechselten ins Wohnzimmer.

»Hast du noch Kontakt zu Leuten von früher?« Zacher hielt sich den Schnaps unter die Nase.

Friedrich trank seinen in einem Zug aus. »Ich habe mal gehört, dass Gerstenberger Sportlehrer geworden ist.«

»Andy Pilz, du erinnerst dich ...«

»Hing immer mit Gerstenberger rum.«

»Pilz ist bei einem Autounfall schwer verletzt worden. Sitzt jetzt im Rollstuhl.«

»So, so.«

Eine Weile hörten sie zu, wie es im Gebälk knackte.

»Noch einen?« Zacher hielt die Flasche hoch.

Friedrich streckte ihm das Glas entgegen. »Gern.«

Carla strich sich eine Strähne aus der Stirn. »Haben Sie viel zu tun in nächster Zeit?«

»Ich kann mich nicht beklagen.«

Friedrich leerte sein Glas.

Ein paar Minuten sagten sie nichts. Sogar das Haus schien den Atem anzuhalten.

»Schön ruhig hier«, stellte Friedrich fest.

»Noch einen?«

»Sehr gern. Gutes Zeug.«

Clara gähnte hinter vorgehaltener Hand. »Ich denke, ich ziehe mich zurück.«

»Ich komme mit«, sagte Zacher. Und zu Friedrich: »Du kannst gerne noch ...«

»Ich bin auch ziemlich müde.«

Wenig später saß Friedrich auf dem grasgrünen Sofa im kurzen Ende seines L-förmigen Zimmers, hatte den Discman neben sich liegen und hörte Wagner. Er hatte wissen wollen, was sein Sohn daran fand, und sich eine CD mit »Highlights« aus dem »Ring des Nibelungen« zugelegt. Jetzt hockte er da, die kleinen schwarzen Knöpfe in den Ohren, und war ratlos. Er konnte damit überhaupt nichts anfangen. Dieses Raunen, dieses Pathos und vor allem: die Alliterationen. Weia! Waga! Woge du Welle! Walle zur Wiege! Wagalaweia! Und dann doch viel He! und Ho! und kaum etwas zum Mitsingen. Na gut, dieser Walkürenritt vielleicht, aber das war fast schon wieder zu einfach. Mit jeder Note fühlte er die Entfernung zu seinem Sohn wachsen.

Er wechselte die CD und legte Sinatra ein. Er übersprang die schnellen Sachen, ließ *In the wee small hours* in sich einsickern, *A man alone* und vor allem *One for my baby*. Große Nachtmusik. Er beruhigte sich, rutschte tiefer ins Sofa und legte seinen Kopf auf die Lehne.

Er schrak hoch, als er ein Geräusch hörte. Die Kopfhörer steckten noch in seinen Ohren. Er war zur Seite gesunken und hatte auf dem Discman gelegen. Er richtete sich auf, rieb sich den steifen Nacken und sah auf die Uhr. Es war kurz nach drei. Offenbar war Kristina nach Hause gekommen. Das Geräusch, das ihn geweckt hatte, war das Zuschlagen der Haustür gewesen. Jetzt meinte er Flüstern und gedämpftes Lachen zu hören. Sie war nicht allein. Friedrich kriete sich auf das Sofa und legte ein Ohr an die Wand. Da war Kristinas helle Stimme und zwischendurch immer wieder eine ganz tiefe. Ein Mann. Friedrich drückte sein Ohr so fest gegen die Wand, dass es schmerzte. Kristina seufzte. Sein Ohr klebte an der Wand, als sei es mit ihr verwachsen. Jetzt konnte er nicht nur hören, sondern auch sehen. Er sah, wie Ellen sich bewegte, sah ihre helle Haut im Dunkeln leuchten, sah, wie ihre Lippen sich spitzten und sich auf Friedrichs Knie legten. Dann spürte er ihre Zunge, wie sie die Zwischenräume seiner Zehen erforschte, an den Längsseiten seine Füße nach hinten wanderte, seine Ferse umspielte und sich die Wade hinaufarbeitete. Und dann hörte er sie nur noch atmen.

Um halb neun wachte er auf. Er saß noch immer auf dem Sofa. Zacher und Carla bewegten sich im oberen Zimmer. Nebenan war alles still. Die Sonne fiel auf ein unbenutztes Bett. Er zog seine Schuhe an und ging zu dem Toilettenverschlag. Auf einem Loch im Bretterboden stand eine weiße Kloschüssel, daneben ein Eimer mit Wasser. Es war so eng, dass er rückwärts hineingehen musste. Er ließ die Hosen herunter und setzte sich auf die Schüssel, wobei er das rechte Bein hinter einem gleich neben der Tür verlaufenden Rohr einklemmen musste. Es gab kein Licht, aber durch die Ritzen in der Brettertür fiel ein wenig Sonne. Genug jedenfalls, um festzustellen, dass er hier nicht allein war. Überall, so hatte er das Gefühl, krabbelte und kroch es. Über der Tür saß eine dicke Spinne in ihrem Netz. Sie drehte sich wie wild um die eigene Achse. Als er fertig war, nahm er den Eimer und kippte das Wasser in die Schüssel. Dann lief er zum Brunnen und holte neues.

Er ging zurück ins Haus und gleich in die Küche, um zu sehen, wie er sich an dem Spülstein waschen konnte. Die Küche war leer, aber durch das Fenster war etwas zu sehen. Da draußen war Kristina. Sie hatte den Kopf zurückgelegt, und aus einer Gießkanne lief Wasser über ihr Gesicht. Sie war nackt. Der Mann neben ihr ebenfalls. Er war mindestens zwei Meter groß. Er brauchte sich nicht einmal auf einen Stuhl zu stellen, um Kristina abduschen zu können. Friedrich betrachtete sie, wie sie sich einseifte und dabei mit dem Mann sprach. Dann duschte er sie wieder ab. Die grüne Plastikgießkanne war leer, und der Mann ging weg, um frisches Wasser zu holen. Friedrich trat ein wenig näher ans Fenster. Kristina trocknete sich ab. Er machte noch einen Schritt. Sie rieb sich die Arme ab, hob abwechselnd beide Beine und trocknete sich ihre Füße und Schenkel. Er beugte sich vor. Und jetzt sah sie ihn.

Friedrich wagte nicht zu atmen. Sie ließ das Handtuch sinken. Sie lächelte. Friedrich schloss die Augen. Jetzt geht es los, dachte er.

»… und dann gab es *richtig* was auf die Fresse. Am Ende kam noch dieser Junge mit den Fußballschuhen und trat Zacher mit voller Wucht zwischen die Beine.«

Kristina verzog das Gesicht. »Autsch!«

Es war Ostermontag, spät am Abend. Sie hatten schon einiges von dem Selbstgebrannten getrunken. Kristina war zu Hause geblieben, anstatt sich mit dem Hünen zu treffen. Das hieß, dass Friedrich sie morgen früh nicht beim Duschen betrachten konnte, wie er es in den letzten Tagen gemacht hatte.

Es war der erste Abend, an dem sie sich alle zusammen ganz locker unterhielten, vielleicht weil sie wussten, dass es morgen vorbei war. An den anderen Abenden hatten Friedrich, Zacher und Carla im Wohnzimmer gesessen und versucht, die Zeit totzuschlagen, bis sie müde genug waren, um ins Bett zu gehen. Heute war Friedrich dann in die Geschichte geraten, wie er und Zacher sich kennen gelernt hatten.

Kristina war begeistert. »Tolle Geschichte.« Sie hatte

sich einen Cocktail gemixt, den sie durch einen Strohhalm trank. Am Rand des Glases klemmte ein Stück Kokosnuss.

»Ich fand sie beängstigend.« Wenn Carla ein oder zwei Pinnchen getrunken hatte, brach ihr Schwyzerdütsch stärker durch.

Kristina legte Friedrich ihre Hand auf den Unterarm. »Mama haben nur die vielen schmutzigen Wörter gestört.«

»Friedrich erinnert sich daran viel besser als ich«, meinte Zacher.

»Aber an den Tritt wirst du dich doch noch erinnern?«

»Den spüre ich heute noch. Gibt es den Cadillac noch?«

»Oh ja!«

»Ihr hattet als Kinder einen Cadillac?« Kristina nagte an dem Stück von der Kokosnuss.

»Auf dem Schrottplatz stand ein alter, pinkfarbener Cadillac.« Zacher geriet regelrecht ins Schwärmen. »Sein Vater hatte extra einen Zwinger dafür gebaut.«

»Einen Käfig für ein Auto?« Kristina machte große Augen. Sie war nicht mehr ganz nüchtern.

»Es war ein ganz besonderes Auto«, sagte Friedrich.

Zacher beugte sich vor. »Geht es dem Caddy gut?«

»Es geht ihm besser als jemals zuvor.«

Carla kicherte beschwipst. »Hört sich an, als wär das ein Mensch.«

Friedrich verneinte. »Der Caddy ist kein Mensch. Er ist besser.«

Zacher goss sich noch einen Selbstgebrannten ein. »Wie geht es deinem Vater?«

Die Frage überraschte Friedrich. »Es geht ihm gut. Na ja, so wie es einem wie ihm gut gehen kann.«

»Das Alter?«, wollte Carla wissen.

»Mein Vater fühlt sich nutzlos, seit er den Schrottplatz verkauft hat. Er bekämpft die Langeweile mit schlechter Laune.«

»Dein Vater ist in Ordnung«, sagte Zacher. »Anfangs war ich ihm nicht gut genug. Aber das hat sich gelegt. Weißt du, was der größte Vorteil an deinem Vater ist?«

»Keine Ahnung.«

»Er ist kein Schwätzer.«

Ein paar Sekunden blieb es still. Die gute Laune war verflogen.

»Nein«, sagte Friedrich dann. »Wenn andere reden wie ein Buch, dann redet mein Vater höchstens wie ein Telegramm.«

Kristina lachte. Sie pustete durch den Strohhalm in ihren Cocktail, machte Luftblasen wie ein Kind.

»Es ist schön, dass Sie noch Kontakt zu Ihrem Vater haben«, sagte Carla.

Das ist kein gutes Thema, dachte Friedrich, wohl für niemanden am Tisch. »Wo wir doch gerade Ostern hatten ... Zu Ostern hat mein Vater immer bunte Eier in den Schrottautos für mich versteckt.«

Carla war begeistert. »Das muss viel Spaß gemacht haben, als Kind.«

»Bevor noch jemand von meinem Vater anfängt, gehe ich lieber ins Bett.« Kristina stellte ihr Glas ab und stand auf. Sie küsste ihre Mutter auf die Wange, warf Zacher eine Kusshand zu und streifte Friedrich kurz mit der Hand an der Schulter.

Dienstag war ihr letzter Tag. Am späten Nachmittag wollten sie nach Hause fahren. Beim Frühstück schlug Zacher vor, man könne noch einen Ausflug zum Rheinfall von Schaffhausen machen, das sei ein einmaliges Naturschauspiel. Heute seien sicher nicht mehr so viele Touristen dort wie noch während der Ostertage. Nach dem Frühstück fuhren sie los.

Als sie ankamen, mussten sie feststellen, dass vielleicht nicht so viele Besucher da waren wie an den Feiertagen, der Parkplatz jedoch trotzdem fast voll war.

Sie mussten durch einen engen Andenkenladen. Hier gab es Tassen, T-Shirts und Teller, verziert mit einer schlechten Zeichnung des Rheinfalls. Quälend langsam schoben sie sich durch diesen Laden.

»Oh, sieh mal!« Kristina hielt einen Plastikfernseher von der Größe einer Zigarettenschachtel in die Höhe. Dieses Ding konnte man sich vor die Augen halten, um Rheinfallbilder zu betrachten. Sie legte es wieder hin, als die Schlange sich weiterwälzte. Am Ausgang kauften sie ihre Eintrittskarten, traten ins Freie und stiegen ein paar Treppen hinunter, bis ein Weg in Serpentinen weiter hinabführte. Sie hielten an, als der Rheinfall zu sehen war.

»Schon beeindruckend, nicht wahr?«, sagte Carla, die zufällig neben Friedrich stand.

»Viel Wasser.«

Zacher ging weiter. Carla, Kristina und Friedrich folgten ihm. Wie das Gefolge dem König, dachte Friedrich. Zacher beschleunigte seinen Schritt und setzte sich ab.

»Seht mal da unten!« Kristina zeigte auf ein Boot, in dem einige Leute ganz nah an die fallenden Wasser herangefahren wurden.

Carla blickte skeptisch. »Das sieht gefährlich aus.«

Friedrich beruhigte sie. »Die wissen schon, was sie da tun.«

Weiter unten war ein feuchter Gang in den Fels gehauen worden, der an einem Holzgeländer endete. Dort stand Zacher, die Hände auf das Geländer gestützt und starrte in die Gischt. Es waren noch drei oder vier andere Touristen da, die aber bald genug davon hatten, da man dort immer ein bisschen nass wurde.

Carla hielt Friedrich zurück. Kristina war von sich aus stehen geblieben.

»Geben Sie ihm ein paar Minuten«, sagte Carla. »Er liebt es, da allein zu stehen.«

Kristina ging in die Hocke und berührte den feuchten Boden. Sie hob ihre Hand vor ihr Gesicht und rieb ihren Daumen gegen ihren Zeige- und ihren Mittelfinger, als prüfe sie die Wasserqualität.

Zacher stand da, als sei der Rheinfall sein Werk. Die nächsten Touristen drängten nach. Carla gab Friedrich ein Zeichen, dass es nun in Ordnung wäre, ebenfalls an das Geländer zu treten. Kristina war als Erste vorn. Mindestens zehn Leute kamen von hinten und drängelten sich an dem Holzgeländer. Es wurden Fotos gemacht. Videokameras liefen. Kristina streckte den Kopf so weit vor wie nur möglich. Eine Mutter hielt ihr Kind davon ab, über das Geländer zu klettern. Das Kind fing an zu schreien, und die Mutter zerrte es aus der Höhle. Außer Friedrich und Kristina war da jetzt nur noch ein altes Ehepaar, das sich an den Händen hielt und ergriffen ins Wasser schaute.

Plötzlich stemmte Kristina sich hoch, setzte sich auf das Geländer und schwang die Beine nach draußen.

»Bist du irre? Was machst du da!«, schrie Friedrich, aber Kristina lachte nur. »Komm da runter!«

Kristina legte die Arme nach hinten, hielt sich fest und stellte ihre Füße auf den schmalen, abschüssigen Vorsprung aus Fels und Geröll vor dem Geländer. Friedrich forderte sie noch einmal auf, da wegzukommen, aber Kristina lehnte sich auf Armeslänge nach vorn. Friedrich drehte sich Hilfe suchend zu den beiden alten Leuten um. Die Frau sah teilnahmslos zu, der Mann grinste über das ganze Gesicht. Kristina schloss die Augen. Einzelne Wasserspritzer landeten in ihrem Gesicht. Endlich kletterte sie wieder zurück. Der alte Mann applaudierte, und jetzt grinste auch seine Frau.

Friedrich schüttelte nur den Kopf und wandte sich wieder dem Ausgang zu, doch Kristina hielt ihn zurück. Sie stellte sich auf die Zehenspitzen und legte ihren Mund an sein Ohr. »Gefällt dir, was du da jeden Morgen zu sehen bekommst?« Friedrich wurde rot. »Es ist in Ordnung, sonst hätte ich schon was gesagt.«

»Wer ist der Mann, mit dem du die Nächte verbringst?«

»Du hast gehorcht, nicht wahr? Stimmt, dein Zimmer grenzt ja an meines.«

»Ich bin zufällig aufgewacht.«

»Das war Urs. Der Sohn vom Bauer. Wir kennen uns schon eine ganze Weile. Möchtest du wissen, ob es etwas Ernsthaftes ist?«

»Geht mich nichts an.«

»So wenig interessierst du dich für mich?«

Das alte Ehepaar verließ die Höhle. Der Mann grinste.

»Urs ist ein Freund. Ein guter Freund, aber mehr nicht. Wer duscht dich morgens eigentlich ab?«

»Niemand. Ich wasche mich am Spülstein in der Küche.«

»Schade, da entgeht dir was. Hast du keine Angst, dass Thomas dich erwischen könnte, wenn du mir zusiehst?«

»Ich bin vorsichtig.«

»Ich glaube, er denkt, du willst was von mir.«

»Und was denkst du?«

Sie lächelte. »Es ärgert Thomas, und das finde ich nicht schlecht.«

Friedrich nahm den Ball dankbar auf. »Ich dachte, ihr kommt gut miteinander klar.«

»Weißt du noch, was ich dir am Goldfischteich erzählt habe? Dass Thomas nur ein Programm abspult? Manchmal habe ich den Eindruck, er nimmt mich gar nicht wahr. Oder er bemüht sich, mich zu ignorieren. Meinst du, er ist scharf auf mich?«

»Nein. Ich glaube, es ist komplizierter.«

»Meiner Mutter hat er jedenfalls sehr gut getan. Es war sehr schwer für sie nach Papas Tod.«

Friedrich wandte sich zum Gehen.

»Willst du nicht wissen, was mit ihm passiert ist?«

»Ich dachte, es sei indiskret, danach zu fragen.«

»Ach, Unsinn. Du weißt doch auch, wie das ist. Hast du nicht deine Mutter verloren?«

»Da war ich zehn.«

»Mein Vater ist beim Bergsteigen verunglückt. Schweizerischer kann man wohl nicht ums Leben kommen. Schockiert dich das, wenn ich so darüber rede? Du bist doch Komiker. Ich dachte, ihr flüchtet euch immer in einen Witz, wenn es brenzlig wird.«

»Wie kommst du darauf?«

»Das stelle ich mir so vor. Außerdem habe ich dich im Fernsehen gesehen, wie du über deine Mutter geredet hast.«

»Da ging es nicht um meine Mutter.«

»Ach komm, ein bisschen schon, oder?«

»Meine Mutter war ganz anders.«

»Aber du hast so traurig ausgesehen.«

Oh bitte, nicht schon wieder! »Das gehört alles zur Show.«

»Sicher.«

Ein Räuspern ließ Friedrich herumfahren. Zacher stand in dem Eingang zur Höhle. »Wir warten auf euch.«

»Wir sind unterwegs«, sagte Kristina.

Friedrich wollte an Zacher vorbei, aber der hielt ihn fest. Zacher blickte Kristina nach, bis sie um die nächste Biegung der Serpentine verschwunden war.

»Was ist los?« Friedrich wollte sich losmachen, aber Zacher hielt sein Handgelenk umklammert.

Zacher wartete, bis eine Gruppe von Reisenden die Höhle verlassen hatte. Seine Hand schoss nach oben und umklammerte Friedrichs Hals. Zacher drückte ihn gegen die feuchte Felswand. Friedrich bekam keine Luft mehr. Zachers Gesicht lief rot an. Friedrich röchelte. Er schlug nach Zacher, aber der reagierte nicht. Groteske Muster tanzten vor Friedrichs Augen.

Am Abend war Friedrich wieder zu Hause.

Am Mittwoch lief er unruhig den ganzen Tag durchs Haus.

Am Donnerstag stritt er sich mit Konietzka am Telefon, fuhr dann zu seinem Vater und stritt sich auch mit ihm.

Am Freitag rief Silvia an, weil Friedrich sich nicht mehr bei Kai gemeldet hatte, seit die beiden sich bei Burger King getroffen hatten.

Am Samstag ging er in den Zoo.

16

Er spürte, wie ihre Zunge seine Wade hinaufglitt. Ihre Hände lagen auf seinen Hinterbacken. Sie küsste seinen Rücken und seinen Nacken und legte sich neben ihn. Unten im Wohnzimmer lief *Fly me to the moon*.

»War es richtig so?«

»Es war sehr schön.«

»Mehr darf ich ja nicht.«

Er hatte ihr gesagt, was er wollte und was nicht. Darüber bestand Klarheit. Aber sie ließ nicht locker.

»Sollen wir es nicht wenigstens versuchen?«

»Ich möchte es nicht.«

»Ich möchte dich in mir haben. Verstehst du das?«

»Natürlich. Aber bitte versteh du mich auch.« Er stand auf. »Ich mache uns einen Kaffee.«

Er zog seinen Morgenmantel an, ging hinunter und setzte die Espressomaschine in Gang. Vom Küchenfenster aus sah er den alten Maus vor einem der Beete knien. Der hatte den Schreck seines Lebens bekommen, als Kristina ihm heute Morgen, nur mit einem T-Shirt bekleidet, die Tür geöffnet hatte. Im Wohnzimmer lief noch *All or nothing at all*, dann war die CD zu Ende.

Er goss den fertigen Espresso in zwei große Schalen, schäumte Milch auf, gab sie dazu, garnierte den Schaum mit ein paar Schokoflocken und trug die beiden Schalen nach oben ins Schlafzimmer. Kristina hatte sich die Kissen in den Rücken gestopft. Sie griff nach dem Milchkaffee.

»Oh, mit Schoko obendrauf. Ist ja wie im Café.«

Friedrich setzte sich neben sie, hielt seine Schale in beiden Händen und nippte in kurzen Schlucken.

»Weißt du«, sagte sie, »nachdem du so einen Aufwand betrieben hast, um an mich heranzukommen, hatte ich gedacht, du seist auf das übliche Programm aus.«

»Das übliche Programm? Was ist dein übliches Programm?«

»Ich bin zwanzig, und ich weiß, wie ich aussehe.«

»So einen großen Aufwand habe ich doch gar nicht betrieben.«

»Wie oft hast du dir die Vorstellung im Delfinarium angesehen?«

»Es war das erste Mal.«

Das war vor drei Monaten gewesen. Eines Nachmittags hatte er sie am Hintereingang abgepasst und dann nach Hause gefahren. So hatte es angefangen. Nein, so war es weitergegangen. Nach fünfzehn Jahren Pause.

»Hat dir die Show gefallen?«

»Ich liebe Minderjährige in Neopren-Anzügen.«

Sie boxte ihn gegen den Arm. »Ich bin nicht minderjährig.«

»In einigen Staaten der USA dürftest du nicht mal Bier trinken.«

»Ich einigen Staaten der USA dürfte ich keinen Analverkehr haben, egal wie alt.«

Friedrich starrte in seinen Kaffee. Er mochte es nicht, wenn sie so sprach.

Sie kicherte. »Na ja, hier darf ich ja auch keinen haben.«

»Das ist nicht lustig.«

»Ach komm, du bist doch Komiker.«

Friedrich wusste, das half ihm hier auch nicht weiter.

»Darf ich dich vielleicht mal fotografieren?«, fragte er. »So wie du jetzt bist?«

»Jetzt gleich?«

»Ich habe keine Kamera.«

»Du willst mich fotografieren, aber du hast keine Kamera?«

»Ich kaufe eine.«

»Und was sollen das für Fotos sein?«

»Nicht, was du denkst.«

»Schade.«

Später, nachdem Kristina zur Arbeit gegangen war, fuhr Friedrich zum Essen in die Stadt. Das *Sonne, Mond und Sterne* war sein Stammlokal. Das Personal trug lange weiße Schürzen und schwarze Hemden. Man war hier ausgesucht höflich. Friedrich mochte das. An den Wänden hingen große Fotos von Sonneneruptionen, Astronauten auf dem Mars und von Sternenhaufen und entfernten Galaxien. Es erinnerte Friedrich ein wenig an das *Stahlwerk*, das vor ein paar Jahren dichtgemacht hatte, nachdem Annabel doch noch mal schwanger geworden war.

Er hatte gerade das Lamm bestellt und sich in eine der ausliegenden Zeitungen vertieft, als plötzlich zwei Männer neben seinem Tisch standen und ihn angrinsten. Der eine war etwa einssiebzig und trug einen Schnäuzer, der ihm nicht ganz gelungen war. Für das, was es hätte werden sollen, waren zu wenig Haare unter der Nase vorhanden. Der andere war schon ziemlich alt, bestimmt Mitte siebzig, aber ungewöhnlich groß. Friedrich erkannte ihn an dem einen milchigen Brillenglas.

»Herr Dr. Bergmann! Was für eine Überraschung!« Und nicht mal eine freudige!, hätte er hinzufügen können. Dennoch stand er auf und schüttelte dem Mann die Hand.

»Friedrich! Der berühmteste Sohn unserer alten, ehrwürdigen Anstalt!« Die Stimme des alten Lateinlehrers donnerte noch wie damals aus seinem riesigen Brustkasten.

»Zu viel der Ehre!«

»In der Tat! Hätte er sich in der Sprache Catulls ein wenig mehr Mühe geben, könnte er heute einem anständigen Beruf nachgehen!«

Arschloch, dachte Friedrich freundlich lächelnd. »Wollen Sie sich nicht setzen?« Er hoffte auf ein höfliches Nein als Antwort aber Bergmann zwängte sich schon in den Stuhl gegenüber.

Der Schnäuzer stand noch immer neben dem Tisch und grinste breit. »Mensch, Friedrich, erkennst du mich nicht?«

»Entschuldigung?«

»Polke! Matthias Polke! Du musst dich doch erinnern! Mann, was hast du mich unter der Dusche immer fertig gemacht! Meine Mutter schickt mir alle Zeitungsartikel über dich!« Polke setzte sich ebenfalls.

»Ich muss sagen«, rumorte Bergmann, »dafür, dass er einen Ablativus Absolutus nicht von einem A.C.I. unterscheiden konnte, berichtet die Journaille recht flott über ihn. Aber wenn die Sonne der Kultur tief steht, werfen auch Zwerge lange Schatten.«

»Karl Kraus«, sagte Friedrich, »eigentlich nicht Ihr Parteigänger, Herr Dr. Bergmann.«

»Mensch, was für ein Zufall, dass wir dich hier treffen.« Polke war ganz außer sich. »Ich bin nur ganz selten hier. Gestern hatte meine Mutter Geburtstag. Sonst wohne ich ja in Bad Cannstatt. Tja, und wie ich so durch meine Heimatstadt gehe, treffe ich plötzlich unseren alten Lateinlehrer. Und jetzt auch noch dich. Was für ein Glück! Ich habe mal einen Auftritt von dir in Stuttgart gesehen.«

»Ach ja?« Friedrich war froh, dass Polke den Anstand besessen hatte, nach der Vorstellung nicht im Foyer zu warten.

»Es war super! Ich habe mich totgelacht. Und alles so mitten aus dem Leben gegriffen. Mensch, wie fällt dir so was nur ein?«

»Na ja, wie du schon sagtest, mitten aus dem Leben. Also eigentlich fällt es mir nicht ein, sondern auf.«

»Ach, du warst schon immer so schlagfertig.«

»Außer im Vokabeltest«, dröhnte Bergmann so laut, dass es noch die Leute auf der Straße mitbekamen. »Da half ihm das alles nichts, da war Schluss mit lustig, da sah er ganz alt aus, der Herr Komiker.«

»Was machst du, wenn du nicht auftrittst?«, wollte Polke wissen. »Bist du verheiratet? Hast du Kinder? Ich habe drei. Zwei Mädchen und einen Jungen. Acht, sechs und vier Jahre alt.«

Friedrich versuchte zu grinsen. »Ich lass mir doch nicht all die knackigen Zwanzigjährigen entgehen, die nach der Vorstellung nackt vor meiner Garderobentür liegen!«

»Immer noch ein Maulheld!«, knarrte Bergmann.

»Da ist bestimmt ganz schön was los, wenn man so auf Tournee ist«, war Polke überzeugt.

Friedrich dachte an Astrid, die Frau, die traurige Lieder schrieb und sich ihm am Rande eines Baggersees hatte hingeben wollen. Ja, so war das Leben auf der Überholspur: wild, schnell und gefährlich.

Der Kellner brachte das Essen. Friedrich hoffte, das sei für Bergmann und Polke das Signal, sich diskret zurückzuziehen, aber da hatte er sich getäuscht. Polke erzählte von seiner Frau und seinen Kindern und dass sie nur deshalb ein drittes »gemacht« hatten, weil er so gern einen Sohn wollte, die beiden Ersten seien ja Mädchen geworden. Er erzählte von seinem Job als Automatenaufsteller, in dem er auch sehr viel unterwegs sei, also hunderttausend Kilometer im Jahr, das sei nichts, und da treffe man schon mal ganz interessante Menschen, wenn Friedrich verstehe, was er meine.

Bergmann starrte die ganze Zeit auf Friedrichs Teller, als

könne er es nicht fassen, dass dieser elende Latein-Versager tatsächlich mit Messer und Gabel aß.

Nach dem Essen verzichtete Friedrich auf den sonst üblichen doppelten Espresso, gab an, er habe noch einen dringenden Termin, und ließ die Rechnung kommen. Als er Bergmann die Hand gab, bollerte der: »Zusammenreißen! Dann wird es vielleicht noch was.«

»Ich wünsche Ihnen ebenfalls alles Gute, Herr Dr. Bergmann.«

Polke sprang auf. »Ich bring dich zur Tür!«

Mit der Hand zwischen Friedrichs Schulterblättern begleitete Polke ihn zum Ausgang. Dort nahm er Friedrichs Rechte in beide Hände und drückte fest zu. »Weißt du was, Friedrich?«

»Ich weiß viel. Aber auch das?«

»Immer ein Witz, toll!« Polkes Augen glänzten. »Ich wollte immer sein wie du! So witzig und so schlagfertig. Alle haben dich gemocht. Und dein Vater hatte einen Schrottplatz! Wahnsinn! Mann, war ich neidisch auf dich. Tatsächlich, als ich dich in Stuttgart auf der Bühne gesehen habe, habe ich mir wieder gewünscht, ich wäre du. Mach's gut! Man sieht sich!«

Friedrich ging in ein Fotogeschäft und kaufte eine Digitalkamera mit einem ausklappbaren Bildschirm. Er fuhr nach Hause, hängte die Kamera an die Steckdose, damit der Akku aufladen konnte, und holte den Espresso nach. Maus kam herein und sagte, er habe sich heute lange mit dem Efeu befasst. Er gab immer solche kurzen Statements ab, denen dann nichts nachfolgte. Friedrich musste dann Fragen stellen, um dem alten Herrn das Gefühl zu geben, er interessiere sich für dessen Arbeit.

Friedrich tat ihm den Gefallen. »Haben wir ein Problem mit dem Efeu?«

»Nun, Efeu hat die Tendenz, alles zu überwuchern.«

»Verstehe.«

»Es ist eine Heidenarbeit, das immer wieder rauszurupfen. Aber es muss sein.« Maus holte einen kleinen Gefrierbeutel hervor, in dem er seine Selbstgedrehten aufbewahrte. Mit einem Zippo zündete er sich eine an. »Ich fahre jetzt die Abfälle zur Deponie.«

»Soll ich Ihnen helfen, die Säcke ins Auto zu tragen?«

»Das mache ich schon.« Auf dem Weg in den Garten drehte sich Maus noch einmal um. »Sie hatten heute Morgen Besuch.«

»Ja, das war ... eine Freundin.«

»Ziemlich jung.«

»Es geht.«

»Nett.« Maus sah dem Rauch seiner Zigarette nach. »Wirklich, sehr nett.« Er tippte sich an die Stirn und ging hinaus.

Das Telefon klingelte. Es war Konietzka.

»Oh«, sagte Friedrich nur.

»Meine Güte, bist du immer noch sauer?«

»Ich bin beschäftigt, mach schnell.«

»Beschäftigt? Schreibst du an einem neuen Programm?«

»Nein.«

»Wenn du im nächsten Frühjahr noch Auftritte haben willst, dann musst du jetzt aus dem Quark kommen. Oder willst du Pause machen? Das täte dir gut, glaube ich. Gibst du mir bitte die Tasse?«

»Ich?«

»Nein, entschuldige, ich meinte Anita.«

»Anita? Kommt mir bekannt vor.«

»Wir kannten uns an der Uni. Du erinnerst dich vielleicht. Sie war dabei an diesem ... diesem einen Abend.«

»Als ich es den Kommunisten gezeigt habe. Ich dachte, du steigst nicht zweimal in dasselbe Boot?«

»Was schert mich mein Geschwätz von gestern. Apropos: Wie wäre es mit einem Best-of-Programm? Du hast einen ganzen Haufen Programme gemacht, und Best-of geht immer. Da haben die Veranstalter den Eindruck, sie kriegen etwas Neues, das sie aber schon kennen.«

»Ich dachte, Best-of-Programme macht man, wenn einem nichts mehr einfällt.«

»Oh Verzeihung, ich wusste nicht, dass du die Schublade voller neuer Nummern hast.«

»Arschloch.«

»Gesundheit. Denk mal drüber nach, ein Best-of würde dich wenigstens über das nächste Jahr bringen.«

»Ich denke darüber nach.« Friedrich legte auf. Er wusste, dass Konietzka Recht hatte, aber das war ihm egal. Sein Leben war in Ordnung. Es ging ihm so gut wie schon seit Jahren nicht. Heute Abend würde er Kristina fotografieren. Das war alles, was zählte.

»Wieso denn nicht?«

Kristina stöhnte. »Ich möchte nach draußen! Es ist Sommer! Die Fotos können wir später noch machen!«

»Ich habe extra die Kamera gekauft.«

»Die wird ja wohl nicht schimmelig.«

Friedrich stand vom Tisch auf und stellte das schmutzige Geschirr in die Spüle. Er machte dabei mehr Lärm als nötig. Er wollte nicht »nach draußen«. Er wollte zu Hause bleiben und Fotos von Kristina machen. Herrgott, darauf hatte er sich den ganzen Nachmittag gefreut. Außerdem wollte er nicht mit ihr gesehen werden. Aber er fand keine Ausrede. »Okay, wo willst du hin?«

Kristina seufzte. »Kannst du bitte wieder gute Laune kriegen?«

»Sag mir einfach, wo du hinwillst.«

»Wenn du mich so fragst: am liebsten nach Hause.«

Friedrich schluckte. »Es tut mir Leid. Ich bin kein großer Spaziergänger. Ich bin gern mit dir hier zu Hause.«

Sie legte ihre Arme um seinen Hals. »Wir kommen doch wieder her. Und dann darfst du mich von allen Seiten fotografieren. Aber ich kann einfach bei so einem Wetter nicht den ganzen Abend im Haus verbringen.«

»Okay. Das verstehe ich.« Er verstand es nicht, aber er hatte keine Wahl.

Wenig später stolperten sie durch die Ruhrwiesen. Friedrich bereute sofort, nicht hart geblieben zu sein. Kristina wäre doch nie nach Hause gegangen, damit hatte sie ihn nur unter Druck gesetzt. Jetzt musste er ständig riesigen Haufen von Hundescheiße ausweichen, weil diese Wiesen bekannt waren als Auslaufzonen für die Köter der ganzen Stadt. Kristina erzählte irgendwas von ihren Delfinen, aber Friedrich hörte nicht zu. Es wurde langsam dunkel.

Und plötzlich rief sie: »Schau mal: eine Sternschnuppe!«

Für eine Sekunde passte Friedrich nicht auf und schon war es passiert. »Ich habe Hundescheiße am Schuh!«

»Du musst dir was wünschen.«

»Ich wünsche mir, so ein Drecksköter würde mal in meine Scheiße treten.«

»Beruhige dich. Willst du dir nicht die Sternschnuppe ansehen?«

Friedrich sah kurz hoch und sagte: »Das ist ein Satellit.« Er versuchte, den Schuh im Gras abzuwischen.

»Das ist kein Satellit!«

»Das Ding zieht eine schnurgerade Linie über den Himmel! Das ist ein Fernmeldesatellit, mit dem Idioten rund um den Erdball Schwachsinn austauschen können.«

»Kann es sein, dass du ein bisschen unromantisch bist? Ich bin nicht blöd. Natürlich weiß ich auch, dass das keine Sternschnuppe ist. Aber man hätte sich das ja vorstellen können.«

»Ich kann mir keine Sternschnuppe vorstellen, wo ich einen Satelliten sehe. Außerdem habe ich Hundescheiße am Schuh, und dieser Schuh war verdammt teuer. Und überhaupt! Was ist denn eine Sternschnuppe mehr als ein Haufen Dreck, der beim Eintritt in die Erdatmosphäre durch den dabei entstehenden Druck zu Gas zermahlen wird?«

Als sie wieder zum Wagen kamen, zog Friedrich seine Schuhe aus und warf sie in den Kofferraum. Auf der Rückfahrt schwiegen sie sich an. Sie hielten vor Friedrichs Haus, blieben aber im Wagen sitzen. Er zog die Handbremse an. »Unser erster Streit.« Er bedauerte, dass der Abend sich so entwickelt hatte.

Kristina legte ihm ihre Hand aufs Knie. »Die ganze Zeit waren wir ein Herz und eine Seele. Irgendwann kracht es dann mal. Ich kann auch nicht verlangen, dass dir die Sache mit Sascha genauso nahe geht wie mir.«

»Sascha?«

»Der Delfin. Ich habe dir vorhin von ihm erzählt. Kurz bevor du in den Haufen getreten bist. Sascha war krank, und wir haben uns alle große Sorgen gemacht. Für mich ist er was ganz Besonderes. Er ist der erste Delfin, mit dem ich gearbeitet habe.«

»Ja, natürlich. Sascha. Geht es ihm besser?«

»Zum Glück. Lass uns reingehen.«

Friedrich holte seine Schuhe aus dem Kofferraum, trug sie in den Garten und spritzte die Sohle mit dem Gartenschlauch ab. Kristina mixte in der Küche zwei Margaritas. Er ging in sein Arbeitszimmer, um sich schnell ein paar Notizen zu machen.

Plötzlich stand Kristina hinter ihm, in jeder Hand ein Glas mit salzigem Rand.

»Musst du noch arbeiten?«

»Ich schreibe nur schnell was auf.«

Sie blickte über seine Schulter. »Das ist doch unser Gespräch von vorhin!«

»Das hat mich auf eine Idee gebracht, ja.«

»Das ist fast wörtlich, was wir gesagt haben.«

»Ich habe es ein wenig gestrafft.«

»Fandest du das witzig?«

»Du erzählst etwas von Sternschnuppen, ich trete in Hundescheiße und sage, die Sternschnuppe war nur ein Satellit. Das ist doch komisch.«

»Schlachtest du dein Privatleben immer so schamlos aus?«

»Selten. Ich habe ja keins.« Er stand auf, nahm ihr ein Glas ab, und sie stießen an.

Kristina drängte sich an ihn. »Zieh mich aus!«

Sie gingen ins Schlafzimmer, stellten die Drinks auf den Boden und schälten sich gegenseitig aus den Kleidern. Sie holte mit dem Zeigefinger das Salz vom Rand ihres Glases, verteilte es auf Friedrichs Schlüsselbein und leckte es ab.

»Erzähl mir was!«, flüsterte sie.

»Ich habe nichts zu erzählen.«

»Was hast du heute gemacht?«

»Ich habe einen alten Pauker und einen ehemaligen

Mitschüler getroffen. Und dann habe ich die Kamera gekauft.«

Er beugte sich über die Kante und holte die Kamera unter dem Bett hervor. Er hatte sie eigens dort deponiert, um sie nicht lange suchen zu müssen.

»Sieht schick aus. Möchtest du Fotos von mir machen, die du mitnehmen kannst, wenn du auf Tournee gehst?«

»Zum Beispiel.«

»Ich warne dich, das könnte mich sehr erregen.«

»Ich habe dir schon gesagt, solche Fotos sollen es nicht sein.«

»Muss ich mich etwa wieder anziehen?«

Er sagte, sie solle sich aufsetzen, mit beiden Kopfkissen im Rücken, nein, nicht ganz so hoch, ein wenig tiefer. Und jetzt die Decke. Nein, nicht bis unters Kinn, nur so, dass die Brüste gerade bedeckt waren.

Friedrich stutzte. Das Glas war falsch. »Einen Augenblick!« Er holte ein Weinglas aus der Küche und füllte es etwa zur Hälfte. Das war nicht perfekt, aber auf jeden Fall besser. »Hier nimm das hier.«

»Warum darf ich nicht das andere nehmen?«

»Man sitzt nicht mit einem Cocktailglas im Bett.«

»Tue ich doch gerade.«

»Nimm bitte einfach das Weinglas, okay?«

»Ist ja gut.«

Er baute sich seitlich von ihr auf. »Könntest du die Decke ein wenig zur Seite ...«

»So?«

»Nein, das ist zu viel. Ja, so ist es gut.« Man durfte ihre linke Brust nur im Ansatz sehen. Jetzt ging es um ihren Ausdruck. Nein, nicht lachen! Auch nicht so ernst! Was ihm vorschwebte, sei mehr eine bestimmte Form von ... Melancholie. »Versuch doch mal so auszusehen, als wärst du zwar nicht traurig, könntest es aber jeden Moment werden.«

»Du hast ja ziemlich konkrete Vorstellungen.«

»Versuch dich daran zu erinnern, was du gedacht hast, als ich das mit dem Satelliten gesagt habe.«

»Da war ich nicht traurig, sondern wütend.«

Sie gab sich alle Mühe, aber umsonst. Friedrich machte bestimmt ein Dutzend Fotos, die er sich im kleinen Bildschirm der Kamera ansah und gleich wieder löschte.

»Wieso ist dir das so wichtig?«

»Weil es toll aussieht, deshalb.«

»Komm wieder ins Bett!«

»Herrgott, wenn es dir hilft, dann stell dir einfach vor, dieser beschissene Sascha wäre verreckt!« Schlagartig liefen ihre Gesichtszüge aus dem Ruder. Friedrich drückte auf den Auslöser. »Genau! Das war es! Es sieht toll aus! He, es war ein Witz, nichts weiter. Für das Foto war es großartig!«

»Ich finde das nicht komisch.«

Er schaltete die Kamera aus und legte sie weg. Er war zufrieden mit sich. Er kroch wieder zu ihr ins Bett und küsste den Teil ihrer linken Brust, der auf dem Foto zu sehen war. »Entschuldige bitte, das war wirklich eine unpassende Bemerkung.«

»Du könntest mir wenigstens das Foto zeigen.«

»Natürlich.« Er wollte gerade aufstehen, da packte sie ihn am Fußgelenk und sagte: »Zeig es mir morgen!«

Später, als sie fertig war mit seinen Kniekehlen, Ohrläppchen, Nasenflügeln, Fersen und Achseln, sagte sie: »Wenn Thomas uns so sehen könnte, was?«

»Besser nicht.«

»Ich würde gern sehen, wie das ist, wenn Thomas die Fassung verliert. Ich kann mir nicht vorstellen, dass ihm das jemals passiert ist.«

Friedrich dachte an die Szene am Rheinfall. »Es hat eine Zeit gegeben, da brauchte auch Thomas Zacher eine Menge Trost.«

»Und? Hat er ihn bekommen?«

»Keine Ahnung.«

Am nächsten Morgen musste Kristina bereits um sechs im Zoo sein, dafür würde sie schon am frühen Nachmittag freihaben. Um Viertel nach fünf brachte Friedrich ihr Kaffee ans Bett. »Sollen wir heute Mittag zusammen essen? In der Stadt?«

»Du willst dich öffentlich mit mir zeigen?«

»Ich war gestern auch mit dir spazieren.«

»Das war weit draußen.«

»Um halb drei im *Sonne, Mond und Sterne*?«

»Ist gut. Danke für den Kaffee.« Sie küsste ihn auf den Mund und griff nach seinem Penis.

»Du musst zur Arbeit«, sagte er. »Ich fahre dich.«

Eine Viertelstunde vor der verabredeten Zeit war er im *Sonne, Mond und Sterne* und setzte sich so, dass die Gefahr, von der Straße aus gesehen zu werden, möglichst gering war.

Kristina kam ein paar Minuten zu spät. Beim Essen sagte sie: »Ich bin gern mit dir zusammen.«

»Ach ja? Ich bin auch gern mit mir zusammen.«

»Irgendwann müssen wir mit dieser Geheimniskrämerei aufhören.«

»Wenn Zacher das erfährt, bringt er mich um.«

»Na, jetzt halt aber mal den Ball flach. Ich denke, dass er nicht begeistert wäre, wenn er von uns wüsste, aber er würde sich wieder einkriegen.«

»Nein.«

»Wieso bist du dir da so sicher?«

»Weil ich ihn kenne, seit ich ein Kind war. Ich weiß Dinge, die du nicht weißt.«

»Was meinst du? Tu nicht so geheimnisvoll.«

»Sagen wir einfach, Zacher und ich haben eine gemeinsame Vergangenheit, die nicht ganz unbelastet ist.«

»Meine Güte. Ihr Männer bleibt wohl ewig kleine Jungs. Habt ihr euch gegenseitig Eimerchen und Schippe geklaut, als ihr im Sandkasten gespielt habt?«

»Es war schon ein wenig ernster.«

»Also ging es um eine Frau.«

»Ganz recht.«

»Wie dramatisch.«

»Allerdings.«

»Hallo Friedrich!«

Er zuckte zusammen. Silvia stand neben dem Tisch. Er brauchte dringend ein neues Stammlokal.

»Ich habe dich von draußen gesehen und ...« Ihr Blick fiel auf Kristina. »Oh Gott!«

»So schlimm? Ich bin Kristina.« Sie hielt Silvia die Hand hin, aber die machte keine Anstalten, sie zu ergreifen.

Silvia sah Friedrich an. »Kai ... Vielleicht rufst du ihn mal wieder an ...«

Kristina wies auf den Stuhl neben sich. »Möchten Sie sich nicht setzen?«

»Ich wollte nur kurz Hallo sagen.«

»Ich rufe ihn an«, sagte Friedrich. »Gleich heute Abend.«

»Nett. Das ist nett. Auf Wiedersehen. Hat mich sehr ... gefreut.«

Silvia hatte es eilig, als sie das Lokal verließ. Irgendetwas lief Friedrich den Rücken hinauf und wieder hinunter, abwechselnd heiß und kalt.

»Meine Güte. Wer war das denn?«

»Silvia. Meine Exfrau.«

»Du warst verheiratet?«

»Nein, aber ich nenne sie so. Wir standen uns sehr nahe.«

»Ist sie noch hinter dir her?«

»Wieso?«

»Wie sie mich angesehen hat. Die war ja richtig schockiert.«

»Sie war wohl nur etwas überrascht.«

»Und wer ist Kai?«

»Unser Sohn.«

»Oh.«

Friedrich hatte keinen Hunger mehr. Er schob den Teller von sich weg.

»War sie der Grund, dass Zacher und du ...?«

»Silvia? Um Gottes willen, nein!«

»Warum willst du mir nicht sagen, worum oder um wen es damals gegangen ist?«

Friedrich schloss für einen Moment die Augen. »Das ist vorbei. Lange her. Wieso willst du dich damit belasten?«

»Weil ich denke, dass es zwischen Zacher und meiner Mutter ebenfalls eine Rolle spielt.«

»Ich kann mir nicht vorstellen, dass er ihr davon erzählt hat.«

»Genau das scheint das Problem zu sein.«

»Du kannst verdammt altklug sein, weißt du das? Warum beschäftigst du dich nicht mit irgendeiner Boygroup, wie die anderen Mädchen in deinem Alter?«

Kristina starrte ihn an.

»Entschuldigung. Ich sage ja, ich möchte nicht darüber reden. Es macht mich fies.«

»Weiß deine ... Exfrau, was damals passiert ist?«

Friedrich seufzte. »Ja, sie weiß davon.«

»Sie darf es wissen und ich nicht?«

»Ich will nicht darüber reden, verdammt noch mal, ist das so schwer zu begreifen?«

»Du verlangst eine ganze Menge von mir. Ich darf dies nicht tun und das nicht wissen. Wir kennen uns seit drei Monaten, und plötzlich erfahre ich, dass du einen Sohn hast. Es liegt mir etwas an dir. Deshalb möchte ich wissen, was dich bewegt. Ist *das* so schwer zu begreifen?«

»Wenn dir etwas an mir liegt, dann lass mich in Ruhe mit diesem Zeug.«

»Ich kann auf Dauer nicht damit leben, dass du mir weniger vertraust als einer Schnepfe, die du früher mal gebumst hast. Und nicht mal dafür bin ich dir gut genug.«

Friedrich schlug mit der flachen Hand auf den Tisch. »Du hast kein Recht, so über sie zu reden.«

»Oho, da habe ich wohl in ein Wespennest gestochen!«

»EINEN SCHEISSDRECK HAST DU!«

»Prima, jetzt wissen es alle.«

»Ich muss hier raus!« Friedrich warf Geld auf den Tisch und stolperte nach draußen.

Es regnete. Sie kam ihm nachgelaufen und ging neben ihm her. Er musste etwas tun. Er durfte das hier nicht vermasseln.

Zacher war an allem schuld. Seitdem er wieder aufgetaucht war, war alles aus dem Gleichgewicht. Und wer hatte den Ärger? Wen hatte Silvia angesehen, als sei er geisteskrank? Auch Konietzka redete mit Friedrich, als sei er ein Kandidat für die Gummizelle. Zacher hatte eine Frau geheiratet, nur um an ihre Tochter heranzukommen. Niemand redete *darüber*.

Kristina nahm seine Hand, und sie gingen um den Block, bis sie wieder am Restaurant waren, wo sein Wagen stand. Sie stiegen ein und fuhren nach Hause. Noch in der Garage fing sie an, ihn auszuziehen. Er leckte ihr den Regen von den Lidern und den Wangen. Sie riss ihm das Hemd auseinander. Knöpfe flogen durch die Gegend. Er atmete in ihre Ohrmuschel. Sie biss in seine Brustwarze.

»Erzähl mir was!« Sie schob ihre Zunge in seinen Mund. »Rede mit mir!«

»Was willst du wissen?«

Sie warf ihre Bluse weg. »Wie alt?«

»Wer?«

»Dein Sohn!« Sie biss in seine Unterlippe.

»Vierzehn.«

Sie waren an der Treppe nach oben angekommen. Sie stieß ihn weg, nahm zwei Stufen auf einmal, er zog sie am Knöchel zurück. Sie schrie auf und fing ihren Sturz mit beiden Händen ab.

»Erzähl mir mehr!«

»Da war eine Frau.« Er riss Gürtel, Knopf, Reißverschluss ihrer Jeans auf. Schob ihre Hose samt Slip runter. Sie hob ihr Becken, damit er es leichter hatte.

»Erzähl mir mehr!«

Friedrich hörte sein Blut rauschen. »Sie war mit Zacher zusammen.« Er küsste ihre Zehen.

»Und du?«

»Ich ...« Er leckte ihre Fußsohlen. »Oh Gott!«

Kristina schlug ihm mit der flachen Hand ins Gesicht. »Sieh mich an! Erzähl weiter! Was war mit der Frau? Warst du in sie verliebt?« Sie kroch die Stufen hinauf.

Friedrich biss ihr in die Schulter. »Wir haben uns oft gesehen.«

»Zacher wusste davon?«

»Nein.«

Auf dem Treppenabsatz angekommen, stand er breitbeinig über ihr. Sie zog ihm die Hose aus, schlug ihm mit der Handkante in die Kniekehlen. Friedrich knickte ein.

»Weiter! Was war mit Silvia?«

»Wusste nichts.«

Sie fuhr ihm mit der Zunge über den Nasenrücken.

»Hat sie es rausgekriegt?« Seine Ohrläppchen, dann Hals und Kinn.

»Erst Zacher.«

»Und?«

»Streit.«

Ihre Zunge an seinem Brustbein, seinem Bauch. Er stemmte sich ins Hohlkreuz. Sie zog ihm die Boxershorts aus, schwang ein Bein über ihn.

»Nein!«

Sie setzte sich auf ihn, er wehrte sich.

»Was ist mit ihr? Wo ist sie heute?«

»Nein«, flüsterte er.

Sie berührten sich schon.

»Was ist mit ihr?«

»Sie ...«

»Los!«

»Sie ist tot.«

Sie hielt inne. Friedrich schloss die Augen. Sie legte sich neben ihn. »Entschuldige.«

Schweres Atmen.

»Wie hieß sie?«

»Was?«

»Wie war ihr Name?«

»Ellen. Sie hieß Ellen.«

Sie küsste ihn auf die Stirn. Nach ein paar Minuten fragte sie ihn, wie es passiert sei, und er erzählte es ihr. Wie Zacher am Fenster gestanden hatte und er selbst auf der anderen Straßenseite. Er sagte nichts von dem Kind und nichts davon, wie sie ausgesehen hatte. Er sagte nicht, dass Zacher sie umgebracht hatte.

»War Silvia damals schon schwanger?«

»Nein.«

»Wie lange wart ihr danach noch zusammen, du und Silvia?«

»Sie war für mich da. Dann kam Kai, und ich bin ausgezogen. Ich bin nicht stolz darauf, glaub mir.«

»Ist es wegen dieser Frau ... wegen Ellen, dass du nicht richtig mit mir schlafen willst?«

Friedrich antwortete nicht.

»Ich bin sicher, dass Zacher meiner Mutter nie auch nur ein Wort über das alles erzählt hat.«

Kein Zacher jetzt! Aber Friedrich fiel kein Witz ein.

Kristina küsste seine Rippen. »Weißt du, er tut mir Leid.«

»Wer?«

»Thomas. Wer sonst?«

Friedrich stieß sie weg. »Man fängt keine Sätze mit ›weißt du‹ an.«

»Wie bitte?«

»Man fängt auch keine Sätze mit ›Du‹ an oder mit ›Du also‹, ›Also du‹ und schon gar nicht mit ›Du also weißt du‹!«

»Was soll das denn jetzt?«

»Dieser Müll kotzt mich an!«

»Du willst nur nicht über Thomas reden.«

»Zacher! Sein Name ist Zacher!«

Friedrich stand auf und ging ins Schlafzimmer.

Sie kam ihm nach. »Du kannst quasseln und quasseln und Witze machen, aber du kannst nicht reden.«

Friedrich fing an, sich anzuziehen. »Was wird das jetzt? So ein ›Du redest nicht mit mir‹-Scheiß? Sind wir jetzt auf dem Taschenbuch-Ratgeber-Level angekommen?« Friedrich hatte frische Boxershorts aus dem Schrank genommen und griff nach einer sauberen Hose. »Warum reden Männer mit Frauen? Um sie ins Bett zu kriegen! Ich habe viel zu viel Achtung vor dir, um mit dir zu reden!« Gut, dass ihm der noch eingefallen war. Den hatte er schon seit Jahren nicht gebracht.

»Du bist ein selbstsüchtiges, neurotisches Arschloch!«

Friedrich stieg in seine Hosen und zog ein Hemd an. Kristina setzte sich aufs Bett. Friedrich suchte nach Socken. Zacher, immer wieder Zacher. War er denn nichts anderes als nur und ausschließlich und einzig und allein der verdammte Zwilling von diesem asozialen kleinen Bengel?

Sie berührte ihn am Arm. »Ich kann dich jetzt besser verstehen.«

»Das ist gut.«

»Aber ich kann auch Thomas besser verstehen. Er sieht manchmal so traurig aus. Wenn er mit meiner Mutter zusammen ist, ist er ganz anders. Dann wirkt er so weich und so zärtlich.«

Friedrich kriegte Kopfschmerzen von diesem Gerede.

»Manchmal kann er sehr abweisend sein, aber mein Gott, wenn ich höre, was er da mit angesehen hat ... Erst musste er erfahren, dass sein bester Freund mit seiner Freundin ... Entschuldige, das soll kein Vorwurf sein, so etwas passiert, aber für Zacher war es sicher unheimlich schwer, und dann muss er auch noch mit ansehen ... Ich darf da gar nicht dran denken!«

Friedrich keuchte. Kalter Schweiß stand ihm auf der Stirn.

»Was ist? Geht es dir nicht gut?«

Er sprang auf und presste seine Finger gegen seine Schläfen. Sie hatte keine Ahnung, wer Zacher war. Sie hatte verdammt noch mal keine Ahnung. DU HAST DOCH KEINE AHNUNG!, wollte er schreien, aber er wusste, dass das nicht ausreichen würde. Gegen seine Worte allein war ihr Verstand offenbar immun. Aber wie sollte er sich verständlich machen? Doch, es gab eine Möglichkeit! Das würde ihr die Augen öffnen!

Er rannte die Treppen hinunter in den Keller, warf alles beiseite, was ihm den Weg versperrte, fand die kleine Kiste mit dem aufgeklebten Schlüssel, riss ihn ab und steckte ihn keuchend und mit zitternden Fingern ins Schloss. Er fand die Klarsichthülle und stürzte wieder nach oben.

Kristina hatte sich nicht von der Stelle gerührt. Er zeigte ihr das Foto und sagte: »Deshalb ist Zacher mit deiner Mutter zusammen!« Es war das Foto, das Ellen im Bett sitzend zeigte, mit dem Weinglas in der Hand, so schön, dass man es nicht beschreiben konnte.

17

Nackt stand er am Fenster und zitterte. Es war in den frühen Morgenstunden, den *Wee small hours of the morning*, und es war kühl.

Um neun Uhr kam Frau Sanders, seine Putzfrau. Die massige Frau mit den roten Wangen erledigte ihren Job, nahm das Geld, das Friedrich auf den Küchentisch legte, und verschwand wieder.

Am Nachmittag klingelte es. Friedrich machte nicht auf.

Abends trank er eine ganze Kanne Kaffee, aber ein Mittel gegen die Müdigkeit in seinen Gliedern und Muskeln war das nicht.

Etwa ab halb acht klingelte immer wieder das Telefon. Friedrich ging zum Anrufbeantworter und drehte die Lautstärke auf null.

Auch in dieser Nacht fand er keinen Schlaf. Er schaltete sich durch die Wiederholungen der Nachmittagstalkshows, die billigen Softpornos und die Werbeclips für Erotik-Hotlines. Als die Sonne aufging, hatte er den Eindruck, er sei die ganze Nacht getreten worden.

Um kurz vor sechs stand er vor Silvias Tür und schnappte nach Luft. Der verdammte Fahrstuhl funktionierte nicht, und er war die zehn Stockwerke zu Fuß hochgestiegen. Er musste dreimal klingeln, bevor sie öffnete. Sie trug einen kurzen Bademantel, darunter war sie nackt. Früher hatte sie immer Herrenpyjamas getragen.

»Friedrich?« Silvia blinzelte gegen die Helligkeit des Flurlichts. »Ist was passiert?«

»Darf ich?«

Silvia zögerte, blickte über die Schulter zurück, dann bat sie ihn herein. Er ging direkt in die Küche.

»Willst du einen Kaffee?«, fragte sie leise. Kai schlief wahrscheinlich noch, und sie wollte ihn nicht wecken. Friedrich nickte. Sie setzte Wasser auf.

Er nahm sich einen Stuhl und erklärte ihr, was passiert

war. Sie legte ihm eine Hand auf den Kopf. »Ach Friedrich!« Er zog sie zu sich heran und presste seinen Kopf an ihren Bauch. Silvia spannte sich an. Sie hatte immer zu ihm gehalten, und er hatte sie so schlecht behandelt. Damit war jetzt Schluss. Er atmete in den Stoff ihres Bademantels.

»Der Kaffee ist fertig.«

Er beobachtete sie, wie sie eine Tasse aus dem Schrank nahm und ihm Kaffee eingoss. Sie stellte den Kaffee schwarz vor ihn hin. Sie kannte ihn so gut, besser würde ihn nie jemand kennen.

Sie setzte sich ihm gegenüber. Er sah sie an und bat sie um Entschuldigung. Für alles.

Ein Geräusch in der Diele. Offenbar war Kai aufgewacht. Das trifft sich gut, dachte Friedrich. Auch an dem Jungen hatte er einiges gut zu machen. Der Vorwurf, er spule nur ein Vaterprogramm ab, hätte auch ihn treffen können.

Ein Mann in einem Bademantel kam zur Tür herein. Er wirkte verschlafen, sein Haar war zerwühlt. Als er Friedrich sah, machte er: »Oh.«

»Friedrich ...«, sagte Silvia.

Er schüttelte den Kopf. Was war er nur für ein Idiot! Als er vom Tisch aufstand, fühlte er sich doppelt so schwer wie vorher. Der Mann reichte ihm die Hand. »Hat mich sehr gefreut, Sie kennen zu lernen. Ich habe schon viel von Ihnen gehört.«

Ein paar Stunden strich Friedrich durch die Stadt. Dann nahm er ein Taxi und fuhr zu seinem Vater.

»Wie siehst du denn aus?«

»Darf ich reinkommen?«

»Meinetwegen.«

In der Küche schnitt die kleine graue Tante Gemüse. Es war noch nicht zehn, aber hier wurde schon das Mittagessen vorbereitet.

»Es geht mir nicht gut«, sagte Friedrich.

»Reiß dich zusammen!«

Friedrich ließ sich auf die Eckbank fallen und atmete

aus. Da hastete man durchs ganze Land und scheffelte Geld und Ruhm, und am Ende hockte man wieder beim Vater in der Küche und riss sich zusammen.

Nach ein paar Minuten, in denen nur Schnippelgeräusche zu hören waren, fragte Friedrich, ob er sich ein wenig hinlegen dürfe. Der Vater nickte.

Friedrich ging ins Wohnzimmer und setzte sich auf das Sofa. Hier standen die gleichen Möbel wie in dem Haus am Schrottplatz. Sein Vater hatte es nicht für nötig befunden, bei seinem Umzug neue anzuschaffen. Am liebsten hätte er auch noch die durchgelatschten Teppiche mitgenommen. Aber heute war Friedrich dankbar dafür, dass ihn das alles an früher erinnerte. Sein Blick fiel auf den Couchtisch. Auf diesen Tisch hatte er vor ein paar Jahren das Geld gelegt, das sein Vater ihm für das Studium gegeben hatte. Auf dem Sofa hatte schon seine Mutter gesessen, seine große schöne Mutter mit den Lederhandschuhen und den Sommerkleidern und dem roten Lack auf den Nägeln ihrer Finger und ihrer Füße. Er legte sich hin und suchte nach ihrem Geruch in den Polstern. Endlich konnte er schlafen.

Am Nachmittag fuhr er nach Hause. Auf dem Anrufbeantworter waren sechs Nachrichten. Auf dem Band war Konietzka. Beim ersten Anruf klang Konietzka noch einigermaßen freundlich. Sicher wisse Friedrich, dass er heute Abend einen Auftritt in Bielefeld habe, bestimmt stehe er im Stau und habe sein Handy ausgeschaltet. Der zweite war schon etwas drängender. Der Veranstalter werde langsam nervös, es sei jetzt kurz vor acht und noch immer keine Spur von Friedrich. Warum er an seinem Handy keine Mailbox mehr eingerichtet habe. Beim dritten Anruf war Konietzka stinksauer. Der Veranstalter mache ihm die Hölle heiß und bestehe in jedem Fall auf der vertraglich festgesetzten Konventionalstrafe. Beim vierten Mal klang er schon wieder ganz anders. »Mensch, Friedrich, ich mache mir Sorgen. Melde dich bei mir, sofort. Ich rufe jetzt mal in den Krankenhäusern an. So was ist dir doch noch nie passiert.«

Das stimmte. Friedrich hatte schon Auftritte absagen müssen, weil er krank geworden war, aber vergessen hatte er noch nie einen. Er stellte fest, dass es ihm gar nicht so viel ausmachte. Konnte das sein? Tatsächlich. Es war ihm scheißegal.

Bei den nächsten beiden Anrufen war Konietzka offenbar im Bilde. Friedrich fragte sich, wie er das herausbekommen hatte. Alle wussten Bescheid über Friedrich Pokorny, den armen Irren.

Der sechste Anruf bestand nur aus Atemgeräuschen. Friedrich wusste, wessen Atem das war.

Es klingelte, und Friedrich machte auf.

»Was willst du?«

Zacher reagierte nicht.

Friedrich ging ins Wohnzimmer. Zacher folgte ihm.

»Ich bringe dir den Schlüssel zurück, sie braucht ihn nicht mehr.«

Friedrichs Kopf war zu klein für alles, was darin war.

Zacher spitzte die Lippen. »Mein erster Impuls war, dir körperliche Schmerzen zu bereiten. Aber eigentlich tust du mir Leid.«

»Leck mich am Arsch.«

»Ich möchte dir raten, dich nie wieder meiner Familie zu nähern, in Sonderheit nicht meiner Tochter.«

Friedrich drehte sich um. »Wie machst du das?«

Zacher sah ihn fragend an.

»Du bist ein kleiner, perverser Gnom, der sich an eine trauernde Witwe herangemacht hat, weil ihre Tochter eine zugegeben erstaunliche Ähnlichkeit hat mit jemandem, den er mal gekannt hat. Aber am Ende stehst du als der strahlende Held da, und mich wollen alle fertig machen, als sei ich der Psychopath der Woche.«

»Nenne sie doch beim Namen. Sag nicht ›jemand, den du mal gekannt hast‹. Sie hieß Ellen. Sie war die Freundin des einzigen Freundes, den du im Leben je gehabt haben wirst. Du warst mit ihr im Bett, und du hast sie geschwängert.«

Friedrich musste lachen. Er glaubte es immer noch. Zacher war so dumm. »Du hast ja keine Ahnung.«

Zacher kniff die Augen zusammen, als lege er auf Friedrich an. »Ellen war schwach. Man hätte auf sie aufpassen müssen. Du hast sie ausgenutzt, um mich zu treffen. Sie hat dir nichts bedeutet. Die Tatsache, dass sie mit mir zusammen war, hat ausgereicht. Du wolltest haben, was ich hatte. Du wolltest sein wie ich.«

»Spar dir den Scheiß!«

»Du bist ein alberner Mensch, Friedrich. Eine Witzblattfigur. Du warst immer zufrieden damit, dass sie über dich lachten, aber nie hat jemand vor dir auch nur einen Funken Respekt gehabt. Du bist ein ganz armes Schwein.«

Er hatte tatsächlich die Stirn, Friedrich zu beschimpfen.

»Nie, nicht ein einziges Mal habe ich mit Ellen geschlafen. Es war nichts so Primitives zwischen uns. Das hat in deinem simplen Hirn keinen Platz, was? Das Kind war deins. Geh und frag Ellen, wieso sie dich angelogen hat.«

Friedrich ließ seine Worte wirken. Er wollte sehen, wie Zacher auseinander brach. Aber der blieb ruhig.

»Glaubst du im Ernst, dass ich diese Möglichkeit in den letzten fünfzehn Jahren nicht erwogen habe? Und weißt du was? Es spielt keine Rolle. Jedenfalls nicht, wie du denkst.«

»Woher willst du wissen, was ich denke?«

»Die Vorstellung, dass ich glaubte, das Kind sei von dir und du hättest mit Ellen monatelang geschlafen, ohne dass ich es ahnte, diese Vorstellung, die hat dir gefallen, daran hast du dich aufgegeilt. Endlich hattest du mich mal abgehängt, einmal wenigstens warst du mir einen Schritt voraus. Aber das wäre zusammengebrochen, wenn das Kind auf die Welt gekommen wäre. Du musstest dafür sorgen, dass das nicht passierte. Du hast eine sich unverhofft bietende Gelegenheit eiskalt ausgenutzt.«

Friedrich wollte etwas sagen, aber da schien Säure auf seinen Stimmbändern zu sein.

»Du hast den LKW gesehen. Du hast ihr genau im richtigen Moment ein Zeichen gegeben. Und jetzt wirst du damit leben müssen, dass ich das weiß. Damit, dass du es wieder nicht geschafft hast, Sohn vom Klüngelskerl! Du hast nichts mehr, worauf sich der ohnehin kümmerliche

Rest deines Selbst stützen kann. Du bist nicht mal mehr eine Hülle, du bist ein Vakuum, ein Nichts in lächerlichen Klamotten.«

Der erste Schlag erwischte Zacher am Kinn. Friedrich war fast genauso überrascht wie er. Zacher taumelte zurück, hielt sich jedoch auf den Beinen.

»Du warst es doch, du mieses Schwein! Du hast das Fenster aufgerissen und ihr etwas zugerufen, du hast sie auf dem Gewissen! Und dann bist du weggelaufen! Du feiger Wichser hast dich verkrochen, und jetzt versuchst du, mir alles in die Schuhe zu schieben, aber das ...«

Sie gingen fast zeitgleich aufeinander los, umklammerten sich krampfhaft, wankten durch das Wohnzimmer und schlugen hin. Friedrich stieß mit dem Kopf gegen den Couchtisch. Zacher sprang auf, Friedrich stürzte sich auf ihn, sie fielen auf das Sofa, glitten zu Boden, zusammen mit der Fernbedienung des Fernsehers. Das Gerät schaltete sich ein. Es war die tote Zeit zwischen Nachmittags- und Abendprogramm, es lief ein Boulevardmagazin. Als Friedrich Zachers Schultern mit den Knien auf den Boden drückte, wurde von einer Frau berichtet, die sich ständig den Busen vergrößern ließ und Jagd auf prominente Liebhaber machte. Zacher gelang es, ein Knie gegen Friedrichs Brust zu drücken und ihn von sich zu stoßen. Friedrich versuchte, auf die Beine zu kommen, Zacher packte ihn am Knöchel und brachte ihn zu Fall. Er trat nach Zacher und traf ihn am Kopf. Zacher schrie auf und hieb Friedrich mit der Faust auf die Wade. Im Fernsehen sagte die Frau, sie tue doch niemandem weh. Sie kamen beide auf die Füße und standen sich in geduckter Haltung gegenüber, untermalt vom eintönigen Gefasel der Moderatorin, die einen neuen Beitrag ankündigte. Zacher schlug zu, wieder mit der flachen Hand. Friedrichs Wange brannte. Er schlug zurück, wieder mit der Faust. Zacher nahm den Schlag hin. Blut tropfte aus seiner Nase. Er senkte den Kopf und rammte ihn Friedrich in den Magen. Mit einem absurden Geräusch entwich Luft aus Friedrich. Es hörte sich an wie »Ou!« Sie fielen wieder zu Boden. Im Fernsehen ging es um ein autistisches Kind, das in Kalifornien zwei Wochen lang jeden Tag mit Delfinen in einem Becken schwamm. Delfine, ausgerechnet! Beinahe hätte Friedrich gelacht. Er hieb Zacher mehrmals die Faust auf den Rücken, und Zacher schlug ihm in die Seite. Sie kamen nicht mehr voneinander los, und keinem gelang es, sich nennenswerte Vorteile zu verschaffen. Ihre Schläge verloren an Kraft, und schließlich sackten sie beide in sich zusammen und hörten auf. Zacher rollte von Friedrich herunter wie nach einem erfolgreichen Geschlechtsakt. Im Hintergrund Neuigkeiten aus der Welt des Showbusiness.

»Wie damals, was?«, keuchte Zacher.

Friedrich wusste, was er meinte: die Schlägerei mit den Kindern von der Sonderschule.

Er stand auf und spuckte vor Zacher aus.

Friedrich beobachtete die dicke Frau, die das dritte Stück Apfelkuchen mit Sahne in sich hineinstopfte. Sie passte kaum hinter den Tisch. Sogar der Kellner und der Koch zogen über sie her. In einer slawisch klingenden Sprache tuschelten sie miteinander in der Küche. Friedrich und die dicke Frau waren die einzigen Gäste im Speisewagen.

Er hatte sich oft vorgestellt, wie es wäre, etwas mit einer Zugbegleiterin zu haben. Irgendwo zwischen Mannheim und Karlsruhe auf der Toilette verschwinden oder im Dienstabteil der ersten Klasse, während ihre Kollegen in der zweiten die Fahrkarten abknipsten.

In München stieg er um in eine Regionalbahn. Es herrschte Feierabendverkehr, die erste Klasse war gut gefüllt. Die anderen versteckten sich hinter Zeitungen oder kramten in Aktentaschen nach wichtigen Papieren.

Der Zug hatte nur zwei Minuten Verspätung. Der Bahnhofsvorplatz kam Friedrich bekannt vor. Das Hotel, in dem er damals übernachtet hatte, war nicht weit.

Friedrich durchquerte die Innenstadt und fand die Ausfallstraße, die zur Stadthalle führte. Von da aus fand er auch das Haus, das er suchte. Ein von Säulen gestütztes Vordach ragte über die Eingangstür.

Kein Auto in der Auffahrt. Niemand da. Friedrich wartete.

Eine halbe Stunde später bog der Jeep Cherokee in die Straße ein. Rasch ordnete Friedrich sein Haar, strich das Hemd unter dem Jackett glatt und verbarg sich hinter einem Baum.

Der Wagen rollte die Auffahrt hoch und blieb stehen. Friedrich trat hinter dem Baum hervor. Der Motor wurde abgestellt, die Bremslichter erloschen. Eine Frau stieg aus. Er sprach sie an, sie zuckte zusammen, fuhr herum, die flache Hand auf dem Brustbein. Dann erkannte sie ihn.

»Herr Pokorny?«

»Hallo Astrid. Wie geht es Ihnen?«

»Was ... was machen Sie hier?«

»Nun, ich war zufällig in der Gegend, und da dachte ich, ich schaue mal vorbei und komme auf Ihr freundliches Angebot vom Frühjahr zurück. Sie erinnern sich vielleicht. Wir saßen nachts an einem Baggersee, und Sie erzählten mir von Ihrem Mann und davon, dass sie Lieder schreiben.«

»Bitte gehen Sie.«

»Und dann boten Sie mir an, mit Ihnen zu schlafen, was ich seinerzeit ablehnte, aber ich denke, das war voreilig.«

Im Geländewagen regte sich etwas. Es wurde von innen an die Scheibe geklopft.

»Ich bitte Sie. Die Kinder ...«

Friedrich winkte ihnen zu und lachte.

»Mein Mann muss jeden Moment nach Hause kommen.«

»Aber nein. Sicher ist er wieder in dieser Wohnung im Nachbarort, wo er sich mit seiner Geliebten trifft. Sie sehen, ich erinnere mich an alles.«

»Bitte!«

»Wissen Sie noch, was Ihnen damals besonders an mir gefallen hat? Meine Traurigkeit. Sie meinten, ich hätte etwas in Ihnen berührt.«

»Das haben Sie. Aber das war damals.«

»Damals? Nur ein paar Monate ist das her!«

Das Klopfen im Geländewagen wurde heftiger. »Das mit dieser Wohnung im Nachbarort ist vorbei. Mein Mann und ich, wir haben uns ... wir haben das ausgeräumt.«

»So etwas kann man nicht ausräumen, Astrid.«

Sie hatte Tränen in den Augen. »Warum tun Sie das?«

Friedrich hob die Schultern. »Ich dachte, Sie würden sich freuen.‹

»Ich muss die Kinder jetzt ins Haus bringen.« Astrid wischte sich die Tränen aus den Augen. Sie öffnete die hintere Wagentür und befreite ihren Sohn und ihre Tochter aus den Kindersitzen. Der Junge und das Mädchen sprangen aus dem Auto. Sie hatten weiße Gesichter. Ihre Münder und ihre Mundwinkel waren knallrot, bis hinauf zu den Wangen. Der Junge trug eine knallrote Perücke, das Mädchen eine rote Plastiknase. Sie starrten Friedrich an.

»Im Kindergarten haben sich heute alle verkleidet. Und die beiden hier wollten unbedingt Clowns sein.«

Der Junge gab Friedrich die Hand. »Hallo! Wer bist du?«

Das Mädchen kam näher und streckte Friedrich einen Keks entgegen.

Was tat er hier? War er denn völlig durchgeknallt?

Er ließ den Wagen vor der großen Garage ausrollen und hupte. Keine Reaktion. Er presste die Hand auf die Hupe und ließ nicht mehr los, bis Zacher in der Tür auftauchte. Er sah wütend aus, vor allem, nachdem er Friedrich erkannt hatte, aber dann fiel sein Blick auf den Wagen. Friedrich stieg aus und warf die Tür krachend ins Schloss. Zacher kam näher und sah Friedrich lange an. »Du hast sie nicht alle!« Er strich mit der Hand über den Kotflügel. »Tadellos.«

»Drehen wir eine Runde?«

Zacher nickte geistesabwesend.

Friedrich sagte: »Du fährst!«

Zacher setzte sich hinter das Steuer. »Lenkradschaltung. Bin ich noch nie gefahren.«

»Man gewöhnt sich dran.«

Sie fuhren los. Friedrich schaltete den CD-Player ein. Dem Radioprogramm war heute ja nicht mehr zu trauen, der *Jazz Doctor* hatte seine Praxis längst geschlossen, und in diesem Auto konnte man einfach nichts hören, was nach 1959 herausgekommen war. Frankie Lymon sang *Why do fools fall in love.*

Zacher grinste. »Du hast gesagt, es geht ihm gut, aber ich hätte nicht gedacht, dass es ihm *so gut* geht.«

»Hat mich eine Stange Geld gekostet. Es ist praktisch alles neu.«

Mit den Ellenbogen in den offenen Fenstern fuhren sie durch die Stadt. Schließlich bog Zacher in die Straße ein, in der sie aufgewachsen waren.

»Was ist denn hier passiert?«

»Na ja, sie haben ein bisschen was verändert.«

»Aber musste es gleich IKEA sein?«

Friedrich lachte. »Mich hat auch keiner gefragt.«

Sie hielten mitten auf der Straße an. Ein paar Autos fuhren um sie herum und hupten.

Zacher umklammerte das Steuer so fest, dass seine Fingerknöchel weiß wurden. »Hast du wirklich gedacht, ich hätte ...«

»So wie du.«

Zacher schüttelte den Kopf und wendete. Er kurbelte das Fenster hoch. »Du glaubst sicher, ich sei nur wegen Kristina mit Carla zusammen.«

Friedrich hob die Augenbrauen. »Bist du?«

»Am Anfang war es so. Ich hätte Carla nie angesprochen, wenn Kristina nicht gewesen wäre. Aber dann ... Ich wüsste nicht, was ich ohne Carla täte.«

»Verstehe.«

Zacher strich mit der Hand über das Armaturenbrett. »Es ist fast alles neu an ihm?«

»Es sind praktisch nur noch die Karosserie und die Sitze. Natürlich aufgepolstert und mit frischen Bezügen. Auch das Armaturenbrett ist nicht mehr das Original. Und einen neuen Himmel habe ich einziehen lassen.«

»Ist irgendwie nicht mehr derselbe, was?«

»Findest du?«

»Ich vermisse den Maschendraht, wenn ich nach vorne schaue.«

Friedrich nickte.

18

Von weitem sah er sie vor dem Café sitzen. Sie stützte ihre Stirn mit der linken Hand und las in einem Buch. Sie hatte sich die Haare gefärbt und sie länger wachsen lassen. Es war warm. Sie trug eine dünne weiße Bluse. Friedrich trug Shorts, Sandalen und ein dunkles Hemd, das er über der Hose trug.

Er überquerte den Platz und sagte: »Hallo.«

Sie blickte auf. Trotz der Sonnenbrille musste sie die Augen mit der Hand abschirmen. »Setz dich!«

Friedrich bestellte einen Kaffee. »Danke, dass du gekommen bist.«

Kristina legte ihr Buch beiseite. »Ist schon gut.«

»Du hast neue Haare.«

»Die alten schienen mir nicht mehr ... angemessen.«

»Sieht gut aus.«

»Danke.«

»Ich habe gehört, du gehst weg?«

»Wenn man eine Stelle im Zoo von San Diego angeboten bekommt, müsste man schon mit Blödheit geschlagen sein, wenn man sie nicht annehmen würde.«

»Tolle Sache.« Er wartete ein paar Sekunden. »Wie geht es deiner Mutter?«

»Erstaunlich gut. Es war nicht leicht. Aber sie glaubt ihm.«

»Und du?«

Sie zuckte mit den Schultern. »Sie muss wissen, was sie tut.« Sie orderte bei der vorbeieilenden Kellnerin einen Dänemark-Becher.

»Ich wollte ...«, begann Friedrich.

»Du musst nichts sagen.«

»Ich möchte aber.«

»Dann mach.«

»Ich war ein Idiot.«

»Ach Gott, du wärst nicht der Erste. Aber du bist keiner. Was ist schon groß passiert? Ich bin ein wenig in meiner

Eitelkeit gekränkt worden. Jeder muss lernen, dass er nicht einzigartig ist.«

»Zacher und ich, wir haben uns geprügelt.«

»Er sah ziemlich schlecht aus, als er nach Hause kam. Ihr habt euch danach noch mal getroffen und seid mit dem Caddy durch die Gegend gefahren? Wie war das?«

»Merkwürdig. Es ist nicht mehr dasselbe Auto.«

Die Kellnerin brachte den Eisbecher. Drei Kugeln Vanilleeis mit Sahne und einer dickflüssigen Schokoladensauce. Kristina nahm ein wenig von der Sauce auf den Löffel und leckte ihn ab. »Habt ihr euch ... na ja, vertragen?«

»Ich weiß nicht, ob man das so nennen kann.«

»Ihr könnt doch eigentlich gar nicht ohne einander, oder?«

Friedrich zuckte mit den Schultern. »Zacher hat mal gesagt, mein größtes Problem sei, ich wolle so sein wie er. Wahrscheinlich stimmt das. Ihm war immer egal, was die anderen von ihm dachten, jedenfalls ließ er das alle glauben. Aber ein bisschen wollte er auch immer so sein wie ich.«

»Wie denn?«

»Witzig.«

Kristina lachte.

»Ich habe dir etwas mitgebracht«, sagte Friedrich.

»Fotos?«

»Nein, die habe ich verbrannt.«

»Alle?«

»Fast.«

»Welches hast du behalten? Das von ihr oder das von mir? Original oder Fälschung?«

»Das sage ich nicht.«

»Aber eines von den beiden hast du behalten, nicht wahr? Wie wir im Bett sitzen, mit dem Wein in der Hand. Mein Gott, jetzt sage ich schon ›wir‹, als wäre sie meine Schwester.«

Er holte den kleinen Plastikfernseher aus der Hosentasche und stellte ihn auf den Tisch.

»Vom Rheinfall? Ich habe gar nicht mitgekriegt, wie du den damals gekauft hast.«

»Ich habe ihn übers Internet bestellt.«

Kristina hielt sich den kleinen Fernseher vor die Augen und knipste mit dem Hebel an der Seite die Bilder durch. »Toll. Danke.«

»Ich muss mich auf den Weg machen. Ich wünsche dir alles Gute. Dein Eis schmilzt.«

»Ich wünsche dir auch alles Gute. Was hast du vor?«

»Ich muss jemanden abholen.«

Kai stand bereits vor der Haustür, als Friedrich vorfuhr. »Der Fahrstuhl ist immer noch kaputt. Ich dachte, du willst nicht unbedingt die zehn Stockwerke hochlatschen.«

»Guter Junge.« Friedrich nahm seinem Sohn den See-sack ab und verstaute ihn im Kofferraum. Kai hatte sich die Haare gewaschen, nach hinten gekämmt und mit ei-nem Gummi zusammengebunden. Er trug ein schwarzes T-Shirt, auf dem in roten Lettern »Ich bin hier« geschrie-ben stand. Als sie eingestiegen waren, rief der Junge ent-geistert: »Dad! Was ist das denn?«

»Was meinst du?«

»Du trägst JEANS?«

»Tja, ich würde sagen, das ist der *neue* Dad. Aber ich kann dich beruhigen, ich ziehe die Dinger nur zum Autofa-hren an. Gartenarbeit mache ich weiter in Zegna-Anzügen.«

»Du hast doch einen Gärtner!«

»Dem gehe ich jetzt ein bisschen zur Hand.«

»Ich glaube es nicht.«

Als Friedrich seinem Sohn vorgeschlagen hatte, zusam-men in den Urlaub zu fahren, hatte Kai sich an einem großen Stück Whopper verschluckt. Er hatte einen Tag lang überlegt und dann gesagt, Italien fände er cool.

»Sieh doch mal im Handschuhfach nach!«

»Ist das für mich?«, fragte Kai, als er das Geschenk sah.

»Ich habe es nicht selbst eingepackt, tut mir Leid.«

»Cool. Dann muss ich mir mit dem Papier keine Mühe geben.« Er riss das Papier von der CD. »Wahnsinn! ›Die Meistersinger von Nürnberg‹. Komplett. Und eine geile Aufnahme.« Er sah Friedrich an. »Danke, Mann! Danke! Kann ich das gleich hören?«

»Wir wollen nicht übertreiben. Dieses Auto bleibt wagnerfrei. Ich habe einen Discman dabei, den kannst du dir in den nächsten Tagen mal leihen.«

In einer Raststätte aßen sie zu Mittag.

»Sag mal, was ist das mit dem neuen Freund deiner Mutter?«

Kai grinste. »Willst du mich aushorchen?«

»Ach was.«

»Bist du eifersüchtig?«

»Ich? Wieso denn? Du weißt, deine Mutter und ich sind schon lange nicht mehr zusammen.«

»Aber ihr habt ab und zu einen weggesteckt, oder?«

Friedrich hörte auf zu kauen. »Du bist vierzehn.«

»Aber ich bin nicht blöd.«

»Deine Mutter und ich, wir haben uns immer mal wieder getroffen, weil wir uns kennen und einen gemeinsamen Sohn haben.«

»Und dann habt ihr immer mal wieder einen weggesteckt.« Kai zuckte mit den Schultern. »Ist schon okay. Stört mich nicht.«

»Danke.«

»Dieter ist in Ordnung.«

»Dieter?«

»Mamas Neuer.«

»Der heißt Dieter?«

Kai lachte. »Schlimm, was?«

»Mein Gott, da bringt man ein Kind zur Welt, guckt es sich an, sieht, wie schön und süß es ist, und dann sagt man: Du sollst Dieter heißen.«

»Der Typ ist besser als sein Name.«

»Sind sie schon lange zusammen?«

»Paar Monate.«

»Bleibt er oft über Nacht?«

»Du willst es aber genau wissen, was, Herr Kommissar?«

»Interessiert mich nur.« Friedrich versuchte, gleichgültig in seinem Essen herumzustochern.

»Klar bleibt er manchmal über Nacht. Mama kann ja nicht zu ihm, sie hat doch einen minderjährigen Sohn.«

»Manchmal glaube ich, du bist weniger minderjährig als ich.«

»Darf ich das bei Mama gegen dich verwenden?«

Sie aßen auf und holten sich Nachtisch.

»Behandelt er sie gut?« Friedrich arbeitete sich durch einen Schokoladenpudding.

»Dieter hat eine Menge Geduld, und die kann man bei Mama schon brauchen. Du hast dich doch bisher nicht dafür interessiert.«

»Ich war ein Arsch.«

»Und jetzt nicht mehr?«

»Mal sehen.«

»Was ist passiert?«

»Ich bin entarscht worden.«

»Hat es mit diesem Typen zu tun, mit dem du aufgewachsen bist? Und mit dieser Frau, die vom LKW überfahren worden ist?«

»Woher weißt du das alles?«

Kai zuckte mit den Schultern. »Hat mir Mama erzählt. Sie sagte, du hättest in der letzten Zeit eine schwierige Phase gehabt.«

Friedrich schüttelte den Kopf. »Kann ich mal deinen Ausweis sehen?«

Jetzt hörte Kai auf zu löffeln. »Wieso das denn?«

»Dein Ausweis! Gib mal her!«

Kai fingerte sein Portemonnaie aus der hinteren Tasche seiner Hose.

»Da steht es. Du bist tatsächlich erst vierzehn. Und erzählst mir was von schwierigen Phasen. Wo hast du das her?«

Kai widmete sich wieder seiner Karamellcreme. »Einzelkind. Schlechter Umgang, schlechte Ernährung. Auf der Straße lernt man schnell.«

»Du bist ironisch wie ein frustrierter Enddreißiger.«

»Das müssen die Gene sein.«

Friedrich besorgte zwei Kaffee und kam an den Tisch zurück. Sie tranken ihn beide schwarz. Das müssen die Gene sein, dachte Friedrich.

»Wir könnten demnächst öfter zusammen wegfahren«,
sagte Friedrich.

»Du bist doch immer so viel unterwegs.«

»Ich will demnächst etwas kürzer treten.« Friedrich
dachte daran, wie er mit Konietzka telefoniert hatte, um
ihn zu bitten, für die nächsten zwölf Monate alles abzusa-
gen beziehungsweise nichts anzunehmen. Es war lange
still gewesen am Ende der Leitung. Dann hatte Konietzka
gesagt: »Das ist gut, Friedrich. Was willst du stattdessen
machen?«

»Weiß nicht, vielleicht schreibe ich meine Memoiren.«

»Ansichten eines Clowns, was?«

»Kommt mir bekannt vor.«

»Und dann planen wir dein Comeback unter dem Titel
›Pokorny lacht‹.«

»Wie kommst du denn darauf?«

»Die Garbo war in ihren frühen Filmen immer so ernst.
Dann hat sie ›Ninotschka‹ gemacht, mit Lubitsch. Und da
gibt es diese Szene, wo sie in einer Kneipe sitzt und sich
kaputtlacht. Das war eine Sensation. Der Werbeslogan zu
dem Film hieß: ›Garbo laughs‹.«

»Was habe ich mit der Garbo zu tun?«

»Du bist immer so verkniffen und ernst auf der Bühne.
Das ist geradezu dein Markenzeichen.«

»Ach ja«, hatte Friedrich gesagt, »Garbo und Pokorny,
die zwei.«

Kai griff Friedrich an den Unterarm und riss ihn aus seinen Gedanken. »Hörst du mir überhaupt zu?«

»Was?«

»Das heißt ›Wie bitte‹.«

Friedrich schüttelte den Kopf. Sein Sohn brachte ihm
Benehmen bei. Na ja, vielleicht war das auch notwendig.
»Was hast du denn gerade gesagt?«

»Ich habe gesagt, wir können ja mal mit Mama und Dieter wegfahren.«

»Hm, ich weiß nicht ...«

»Dad?«

»Ja?«

»Das war ein Sche-herz!«

»Sohn?«

»Ja?«

»Du kannst unmöglich vierzehn sein.«

Sie tranken ihren Kaffee aus, stellten die Tabletts in den Geschirrwagen neben der Kasse und gingen zurück zum Wagen.

Als sie wieder auf die Autobahn auffuhren, sagte Kai: »So und jetzt Schluss mit der defensiven Fahrweise. Hol ein bisschen was raus aus der Kiste. Ich möchte gerne vor Sonnenuntergang in München sein.«

»Ich wusste gar nicht, dass wir über München fahren.«

»Ich schon«, grinste Kai.

»Was willst du in München?«

»Ich dachte, wir gehen mal richtig shoppen. Ich könnte neue Klamotten brauchen. Vor allem 'ne neue Hose.«

»Du hast doch 'ne Hose.«

»Ach, das alte Scheißding.«

»Hose ist Hose«, sagte Friedrich.

»Oh Gott, was sind das denn für Klosprüche?«

»Sohn?«

»Ja?«

»Das war ein Sche-herz!«

»Sag das doch.«

Friedrich schaltete den CD-Player ein: *Fly me to the moon, let me swing among the stars, let me see what spring is like on Jupiter and Mars.*

»Sinatra? Nicht alles an dem neuen Dad ist neu, was?«

»Na ja, ich kann die langsamen, sentimentalen Nummern nicht mehr hören.«

Friedrich setzte den Blinker, fuhr gleich durch auf die linke Spur und drehte die Musik noch etwas lauter.

Dank

Jeder Autor braucht Menschen, die ihn vor sich selbst beschützen. In meinem Falle übernehmen diese Aufgabe:

zuallererst meine Frau Maria. Ein starkes Movens meines Schreibens ist es, sie zu beeindrucken. Leider muss sie immer die erste Fassung lesen, und die ist oft nicht so beeindruckend. Ich werde es weiter versuchen.

Matthias Bischoff, der weiß, wie es geht, der den Ball flach hält und mir die entscheidenden Fragen stellt.

Wolfgang Ferchl, der jeden Tag mehr gute Ideen für Bücher hat als viele Autoren in Jahrzehnten.

Außerdem gebührt allen Menschen im Eichborn-Verlag Dank dafür, dass sie sind, wie sie sind. Venceremos!

Ein spezieller Dank geht an Helly für Schäufele sowie Ines, Wolfgang, Fritz, Johannes, Agnes und Richard für stets inspirierende Turbulenzen. An Ingbert und Karin für Kontaktspray, die schöne Hochzeit und Cappuccino.

Und ohne meine Omma wäre diese Welt ohnehin eine öde Brache.

Gewidmet ist das Buch meinem Sohn Robert, in dessen ersten achtzehn Lebensmonaten es entstand und ohne den es ein anderes Ende gehabt hätte. Um es mit seinen Worten zu sagen: »Licht aus! Schuss!«